그녀의 등굣길

정춘진 일상 에세이

그녀의 등굣길

정춘진 일상 에세이

사랑이 머물고 있는 이곳에는 먼지 날리는 운동장이 있다. 아이들이 맘대로 뛰어놀 수 있는 것들이 창고 안에 가득하고, 없는 게 없다. 어릴 적 띔틀도 보인다. 그 시절 그 띔틀은 왜 그렇게 높아 보였을까? 나는 한 번도 넘어본 적이 없었다. 정말 울고 싶은 마음을 누구에게도 말하지도 못하고 유년 시절을 보내곤 했다.

추천의 글 1

　　문득 저자(정춘진)님께서 저희 병원에 내원하셔서 진료 상담과 치료를 받으신 날이 떠오릅니다. 그것을 인연으로 '치유상담대학원대학교'에 대해 알게 되었고, 대학교의 교육이념이 '개인과 가정과 사회와 국가에 기여하고, 그 열매를 다음 세대에 전달하고자 한다'고 말씀하실 때 저희 생기가득한방병원의 목표와 같은 방향성을 가지고 있다고 생각했습니다.

　　저희 생기가득한방병원은 '치료'는 의료진이, '치유'는 하나님께서 하신다는 믿음 아래 사랑으로 환자분들 한 분 한 분을 케어하고 있으며 나아가 사회 전반에 선한 영향력을 끼치기 위해 노력하고 있기 때문입니다.

　　출판을 준비한다며 보내주신 제본을 읽어보니, 에피소드 하나하나가 무척 진솔하고 담백해서 훗날 이 수필산문집(에세이)이 출판되면 이 글들을 읽으시는 분들에게 위로와 치유가 되어줄 거라는 확신이 들었습니다. 생기가득한방병원과 인연이 되어주신 저자님께 감사와 찬사를 드

리며, 귀한 내용이 담긴 이 책을 출판하시게 된 것을 진심하게 축하드
립니다.

생기가득한방병원 대표원장 이희재 드림

우리 치유상담대학원엔 좋은 학생들이 모여서 자기를 찾아가는 길을 찾느라고 애쓰고 있다. 어떤 학생들은 새파란 젊은이들인가 하면, 나머지 학생들은 늦깎이들이 대부분이다. 저자는 늦깎이 학생들 가운데 눈에 확 들어오는 사람이다. 이제 와서 무얼 찾으려고 저렇게 애를 쓰며 연구에 몰두할까? 어느 것 하나 놓치지 않고 성실하게 삶을 살아가는 사람들의 모습이 나의 뇌리에 계속 남아있다.

오늘 책을 내는데 추천을 부탁한다는 말을 듣는 순간, '아! 이제야 저자(정춘진)의 참모습을 볼 수 있겠네!'라는 기쁨이 다가온다. 이 책엔 그동안 살아오면서 겪은 여러 가지 기록들이 수필집으로 또는 산문 형태로 펼쳐져 있다. 우리가 살아오면서 미처 깨닫지 못한 수많은 경험을 이 책 속에서 다시 보게 되리라, 그리고 제자에게 고마워하고 마음속 깊은 찬사를 드리리라!

치유상담대학원대학교

명예총장 정태기

응원의 한마디

　　길어도 짧고, 짧아도 긴 세월의 풍경을 담아낸 수필집을 소개합니다.

　이 책은 인생의 여정을 지혜롭게 반성하고 아름다운 순간을 보석 같은 작품들로 인간의 삶을 담아내었습니다. 저자의 고요한 시선을 통해 우리는 나이를 뛰어넘는 지혜와 영감을 발견할 수 있을 것입니다.

　저자는 중학교 등굣길 안전지킴이 봉사활동과 꾸준한 독서로 글쓰기를 통해 세대를 초월하여 감동을 전하고 있습니다. '사랑을 실천하는 길이 이런 것이구나.'라는 마음이 솟아나고 있어 추스르며 짧은 추천사로 대신합니다. 행복은 이미 여러분의 꿈속에도 자라나고 있으니까요.

　축복합니다.

2023.

I 중학고 고감 김법희

목 차

제1부 아주 작은 소리들

들어가는 말

사랑이 머물고 있는 이곳에는 먼지 날리는 운동장이 있다. 아이들이 맘대로 뛰어놀 수 있는 것들이 창고 안에 가득하고, 없는 게 없다. 어릴 적 뜀틀도 보인다. 그 시절 그 뜀틀은 왜 그렇게 높아 보였을까? 나는 한 번도 넘어본 적이 없었다. 정말 울고 싶은 마음을 누구에게도 말하지도 못하고 유년 시절을 보내곤 했다.

몸이 허약한 것을 나 자신이 너무도 잘 알고 있기에 체념이 아닌 단념을 하게 되었는지도 모르기 때문이다. 물론 나의 컨디션은 나의 의도와는 아무런 상관이 없었다. 어릴 적 내가 제일 부러워했던 것들은 운동과 너무도 밀접한 것들이었다. 나는 공부는 반에서 꽤 잘했던 모양이다. 중학교 시절에는 농구 하는 친구들이 너무도 멋있고 대단해 보였다. 더욱이 달리기를 잘하는 애들도 부러웠고, 그 당시 축구 등 단체 경기는 그다지 유행하지도 않았나 보다. 체력이 많이 필요한 것들에는 별로 신경도 쓰지 않고 시골 학교에서도 오로지 공부를 최고로 삼았던 기억이 난다. 대체로 신체발달은 그다지 그 누구도 신경을 별로 쓰지 않던 기억이 새롭다(그러나 나 개인의 생각일 뿐이다). 가깝지 않은 먼 집안 종씨 성을 가진 그 체육선생님은 별로 인기가 없었다.

요즘에는 운동 잘하면 부모들이 좋아하는데 그 시절에는 여자가 운동하면 안 되고, 그야말로 체육선생은 별로 쳐주지도 않았다. 영어선생이나 예능을 가르치는 분들이 인기가 높았다. 특히 시골 초등학교(그 시절에는 국민학교라고 칭했다.)에서는 공부가 조금 뒤처지는 아이들은 나머지 공부나 숙제를 내주어 학교에 남게도 했으니까 오늘날의 방식이 더 현명한지도 모르겠다(그 시절 나의 시골 국민학교 얘기일 뿐…).

햇살이 눈부신 가을! 쌀쌀한 바람이 언제 더위가 있었는지조차 까맣게 잊게 만든다. 따스한 양지쪽에 앉아서 졸던 어린 시절도 문득 떠오르는 오전 시간이다. 벌써 보일러 난방이 필요하니 말이다.

이렇게 나의 일정을 시작하려 한다. 혹자는 이런 글이 무슨 필요가 있느냐고 반문하는 사람도 있겠지만, 나의 인생 후반기 그야말로 새 생명이나 다름없는 축복으로 몸소 어머님의 영전에 바치고 싶은 마음뿐이다.

제1부
아주 작은 소리들

1.

베란다에서 기르는 오골계 한 쌍

나는 오골계가 부화한 지 30일이 지났는데도 암수 구별도 못 했다. 밖에서 추위에 견딜지 궁금하던 차에 처남 집에 들를 일이 생겼다. 마침 처남이 소파에 기대는 보루가 얇아져서 해체 작업을 하길래 틈을 타서 솜을 달라 했다. 힐끗 쳐다보며 "어디에 쓸 건데?" 하고 묻는 아내의 눈빛이 예사롭지 않다. 그리곤 곧바로 그 사실을 처남에게 일러 바친다.

"내가 손녀가 집에 오기 전에 다른 사람에게 주고 말 거야!"

사실인즉 이미 시골에서 오골계를 기르는 친구 친척집에 주기로 약속해 놓은 상태를 나도 알고 있었다. 그럼에도 불구하고 나는 "우리 손녀에게 보여주고 나서 알아서 하자."라고 언질을 준 상태인데도 그 얘기만 나오면 신경을 곤두세우는 게 이해하기가 조금은 어려웠다(벌써 여름을 대비해서 냄새 운운하며 너스레를 떤다).

아마 우리 집에서는 두 아들이 어렸을 때 키우던 병아리가 죽고, 까만 강아지마저 시름시름 하다가 죽었으니 엄마 마음에 아직 잊었을 리 만무하다. 내가 지금 하고 있는 모든 행동이 지난날을 떠오르게 하고 있으니 참 이해하기 힘든 게 틀림없다. 물론 닭이란 놈이 냄새도 나고, 많이 울고(웃는 모습은 아닌 게 분명하다.) 하지만, 가만히 들여다보는 까만 눈망울이 이러한 모습을 잊게 한다. 밖을 볼 수 없는 조그마한 공간에서 발자국 소리가 들리면 엄마 찾는 것인지, 사람들이 보고 싶은 것인지, 아니면 배가 고파서, 목이 말라서인지 야단이다. 며칠 후 가차 없이 베란다에서 마당으로 쫓겨난 신세이고 보니 더욱 그런 생각이 든다.

2.
즐거운 학교 생활

날씨가 꽤 춥다. 나야 자전거를 타고 향하다 보니 추위를 잠시 잊을 수도 있다. 아침 일찍 교통안전 지도 정리 중에 만난 어린이가 길을 걷다 말고 고사리 같은 두 손을 모으고 공손히 배꼽인사를 한다. 이 모습이 과연 교육으로 가능하단 말인가? 아니다. 분명히 그것은 이미 타고난 습관임이 분명하다. 그러기 때문에 어린이의 모습이 아니고는 천국에 들어갈 수 없다 하지 않았던가? 앞으로 그들이 살아가는 동안 누군가를 보고 배우는 게 얼마나 중요할까? 어떤 이유로도 그들을 병들게(?) 아니면 아프게 인도해서는 결코 안 된다. 다만 사회와 결탁해서 불의와 싸우는 내성이 점점 약해지지는 않을까 걱정이다.

3.

대망의 체육관 공사

어제는 갑자기 작업이 이루어졌다. 남은 시간 있으면 도와 달라는 부탁도 있고 해서 그 즉시 일을 끝냈는데- 조금은 기온이 올라가는 듯 햇볕이 따사롭다. - 내 몸의 컨디션은 그럭저럭이다. 몸을 잘 돌보면 더 좋아질 것도 같다. 교통안전 지도가 끝나갈 무렵 학교 체육관 공사가 곧 시작될 거라는 귀띔을 해주셨다. 날씨도 추운데 고생이 많다는 말씀도 해주시면서. 공사는 벌써 1년 전부터 나온 얘기로 알고 있다. 아무쪼록 멋진 체육관이 세워져 전천후 아이들이 뛰어놀 수 있으면 좋겠다. 다만 시합이다 뭐다 하면서 보편적 복지가 아닌 선수만을 위한다면 그야말로 또 한 번 양극화가 아니고 무엇이겠는가? 고민해 보아야 할 문제다.

4.
안전교육이 과연 안전한가?

어렸을 때 함께 놀던 자치기 놀이가 동남아 각 나라에서 하던 놀이라는 것을 알게 되었다. 그럼에도 불구하고 각기 놀이방식은 조금씩 다른가 보다. 어렸을 적 기억으로는 놀이 중 가장 위험한 것이 날카롭고 짧은 막대기였다. 이 막대기가 공중으로 멀리 날아 아무에게나 공격을 일삼아 다치는 경우가 있었다. 시골 촌구석, 소독약 하나 없는 곳에서 눈에 맞아 실명의 위기도 있었던 기억은 아직도 새롭다. 요즘에는 자치기 놀이는 하지 않지만 직접 신체적으로 위험한 놀이가 아주 많다. 철저한 안전교육이나 룰을 잘못 이해하는 데 따라 안전사고가 빈번하다. 어린아이들이 천방지축으로 뛰어놀다 보니 더욱 위험하기 짝이 없다. 그러므로 주위를 잘 살펴 위험인자를 없애고, 관찰을 게을리하지 말아야겠다. 특히 학교라는 공동체는 저학년부터 고학년까지 무려 6살 이상의 차이가 있는데, 고민해 봐야 할 문제이기도 하다. 그럼에도 불구하고 제한된 장소, 즉 운동장이라는 곳에서 같이 뒹굴고 노는 게 현실이다. 더욱이 자주 거론되고 있는 미세먼지도 아주 무시할

수만은 없는 노릇이다. 그렇다고 하루걸러 비가 온다면 그나마 해결의
실마리를 찾을 수 있다고 할 수 있을는지!

5.
고맙다. 사랑한다. 더 높이 소리를 질러다오

따사로운 가을빛이 나뭇잎을 붉게 물들이고, 운동장에서는 아이들의 함성 소리에 귀가 쫑긋해진다. 어찌 아름다운지 햇빛이 오색나뭇잎에 더해져서 아이들 볼처럼 아름답다. 오늘이 세 번째 가을 운동회다. 조금은 먼지가 날려도 아랑곳하지 않고 선생님, 아이들 모두가 한바탕 함성을 쏟아낸다. 마지막 계주경기를 할 때면 부모들도 하나씩 모여든다. 아련한 추억이 되살아나는 운동장의 모습일 게다. 어느 시골 운동장의 모습도 이와 비슷했었다. 감히 언제 그런 소리를 낼 수 있단 말인가? '고맙다! 사랑한다! 아이들아! 더 높이 소리를 질러다오.' 그리고 '씩씩하게만 자라다오.' 요즘 공부에 주눅이 들어 이곳 학교에 오기 싫어 발길이 무거운 학생이 있을까 괜한 걱정도 해본다.

오로지 모두가 쉬운 길을 택하다 보니 공부를 엄마 아빠 입에 달고 사는 게 아닌지! 나의 옛 시절이 생각이 난다. 지금 학교에서 아이들하고 마주하고 있는 사연도 결국에는 어머님의 영향이 크다. 너는 나중에 커서 선생님 노릇을 하라는 말을 하도 많이 들어서 그 시절 돈 한 푼

없이 서울로 유학 온 나로서는 선생님이 되는 것이 당연한 길임에도 불구하고 어머니의 그런 부탁마저도 송두리째 거슬렀으니 이제야 불효자식이라고 한탄한들 무슨 소용이 있으랴!

6.

비 오는 날, 힘든 아내

예사롭지 않은 날씨임에 틀림이 없다. 아침부터 빗방울이 땅바닥을 적시더니 오후가 되어서는 아주 사나운 날씨로 돌변한다. 물론 날씨가 변화무쌍하지만 지금으로는 예측하기 힘들다. 어제 하루를 쉬고 나서 그런지 신경을 바짝 쓰면서 아이들 교통안전 지도는 그런대로 잘 끝났다. 오늘도 늦은 시간에 자동차로 출근하시는 선생님이 계셔아이들에게 잠시 멈추도록 했다. 아니 출근 시간을 조금 앞당겨 정문쪽은 엄두도 못 내고 경사진 부분도로만 쓸었다. 낙엽을 쓸다 보니 몸은 더위를 느꼈다. 약간 갈증을 달래며 정확하게 그 시각 정문으로 향했다.

비 오는 날은 역시 아이들도 힘들고, 운전하는 사람들도 고역이겠다. 오후 2시가 지나가는데 비는 계속 온다. 저학년은 하교했지만, 아직 6교시 학생들은 남아있다. 항상 해오던 일이지만 우산이 없는 학생들에게는 우산을 나누어 주었다. 어쨌든 모두가 우산도 같이 쓰고 부모님들마저 마중을 나오셔서 하교에는 아무런 문제가 아직은 없다. 비를 맞고 가는 학생은 없으니까.

　바로 엊그제 토요일과 일요일에는 귀하신(?) 아내가 직장에 출근하지 않아 뭐 재미있는 것 좀 같이 만들어보려고 했으나 아내가 평소에 너무도 힘든 일을 하는지라(공장구조가 대형 냉장시스템이라서 평균온도 섭씨 6도라는 환경에서 일을 하곤 한다. 날씨가 오늘 아침 이곳 온도와 흡사하다는 말이다.) 자연적으로 집에 오면 리듬이 깨져 한참을 힘들어하곤 한다. 그럼에도 불구하고 힘든 내색을 나와 비교하면 전혀 하지 않는 편이다. 요사이는 팔이 얼마나 아픈지 소파에 기대어 자연스럽게 팔을 내민다. 지난날 나는 평생 아내와 살면서 아프다는 말을 제일 많이 한 것 같다. 연이틀을 집에서 쉬고 나니 자연적으로 컨디션이 좋아야 할 월요일, 아내와 나는 긴장이 앞서지만 견디고 있을 뿐이다. 그래서인지 모두가 보따리 들고 제각각 식구들끼리 힘든 여행을 떠나는지도 모르겠다. 길 막히고 짜증이 나는 데도 가는 그 길이 바로 에너지 충전소인지 모르니까.

7.
10월의 어느 멋진 날에

      지금 밖에는 눈 부신 태양 아래 젖은 낙엽들이 지나가는 차를 따라 어디론가 여행길을 나선다. 고통의 이별을 뒤로하고 제각각의 멋을 부리면서(나는 언제부턴가 가을 색에 푹 빠지곤 한다.) 머플러 휘날리며 무언가에 쫓기듯 정신없이 뛰어가는 모습들이다. 아직 베란다 창가에 기댄 채 바라보는 친구들의 눈망울이 촉촉하다. 이별은 항상 아픈 게 틀림이 없나 보다.

    떠나간 자리에 새싹들이 각자의 교실에서 선생님의 품으로 들어가 따뜻한 대화를 주고받는다. 가끔씩 감기란 불청객이 아이들을 아프게 만들어 걱정이 태산인 선생님과 엄마의 모습도 눈에 아른거린다.

8.

나만 불편한가?

아마 상실의 아픔이 아직 남아있고, 그로 인한 용서나 사과가 내 마음 한구석에서 느끼고 있는 것은 아닌지? 지금은 흔적도 없이 사라진 과거, 아무도 그곳에 없는 텅 빈 마음 한구석에 서서 여기 아름답고 어여쁜 여기 뛰노는 아이들이 나중에 어른이 되어 아무런 상처가 없기를 간절히 기도한다.

✦ 신의 창조물! 그들에게 누가 돌을 던질 수 있나?

학교라는 테두리에서 감히 그들을 옥죄는 것이 있다면 그것은 죄를 만들고 있는 것과 같다. 한 영혼 한 영혼을 붙잡고 훨훨 날아다닐 수 있는 하늘을 열어줘야 하지 않겠는가? '많이 축복하자.' 그리고 '사랑으로 보듬자.' 벌써 2018년 10월의 마지막 날이다. 나는 지금 무엇을 생각하고 무엇을 하려고 여기에 있는가? 조금도 망설임 없이 깊이 묵상을 해야겠다.

오늘은 다른 이야기로 시작해 보고자 한다. 왜 아브라함은 당시 75세의 나이에 가나안 땅으로 떠날 결심을 했을까? 과연 그의 마음속에는 어떤 생각이나 감정이 그를 억누르고는 있었을까? 그 대답은 인간의 생각이란 어떤 의미가 없을 수도 있다는 말이 아닌가? 안주하고 그 자리에 머무를 때, 인간의 지각으로는 그런 행동에서 어떤 문제를 발견할 수가 없다. 여호와께서 이미 그 사실을 알고 그곳을 떠나라고 하지 않았을까? 맞는 말이다. 하나님은 '버려야 할 것', '추구해야 할 것'과 '떠나야 할 곳', '가야 할 곳'을 우리에게 지시하셨기 때문이다.

오늘날 세상에는 온통 안주하려는 무리가 세상을 잘못 해석하고 문제를 일으키고 있다. 작금의 사태(S 여고 부정행위, 친·인척에게 세습하고 있는 대형 교회, S 교통공단의 파렴치한 인사와 친·인척 고용문제, p 회사 굴뚝 농성 등)만 보더라도 얼마나 안주하려고 노력하고 있는가? 분명 들리는 내면의 소리를 외면하고 죄를 짓고도 사죄는 고사하고 머뭇거리는 사이 그 속에서 고통 받는 함성이 터져 나오고 있는 것일 뿐이다.

9.
네가 이곳에 안주하려거든

나의 짧은 기간 동안 여기에 있지만, 여호와로부터 많은 것을 깨닫게 또는 음성을 듣게 해 주신다.

'네가 이곳에서 안주하려거든 곧바로 이곳을 떠나라. 다만 이곳은 어느 누구에게도 깨달음이 없이는 머무를 수가 없는 곳이란다. 안주하려 들지 마라.'

이곳에 새 생명들이 아우성치는 소리에 귀를 기울이지 않으면 여기를 벗어나라고 하지 않는가? 즉 믿음으로 순례의 길을 떠나는 모습을 기다리신다. 그럼에도 불구하고 이른 아침 마치 나의 손자·손녀딸들이 반갑게 인사하는 모습을 발견하지 못하였다면 어찌 될까? 아찔한 생각이다. 그래서 더 정신이 번쩍 드는 아침이다.

오랜만에 비가 내리는 오전, 곳곳마다 모든 거추장스러운 옷들을 모두 벗어버리고 다시 태어나려고 한다. 수북이 바닥에 내려놓은 옷가지들 밟고 지나가는 나그네의 발길을 잠시 멈추게도 하고, 하나둘씩 예쁜 색깔의 옷들을 가냘픈 손에 모아보는 소꿉친구들을 보며 가을비를 맞으며 서있다.

　그렇게 가을은 지나가고 겨울이 오는가 보다. 나도 어린 추억이 정말
있었을까? 아무런 생각이 나질 않는다.

10.
그 시절 '청개구리 이야기'의 학습 효과?

어렸을 적 엄마 무릎에 누워 청개구리의 얘기를 듣다가 잠이 든 적이 얼마나 많았던가? 그때부터 나는 솔직히 엄마에게 '불효'라는 말을 몸소 터득했던 것 같다. 청개구리처럼 평소에 엄마 말을 잘 듣지 않으려는 그 무엇이 마음 깊은 곳에 숨어있었고, 밖으로 나오지 못하게 '착한 아이 콤플렉스'로 가면을 쓰고 살았던 시절! 우리 육촌 친구하고 둘이서 평소 하던 말, '우린 너무 일찍 철이 들었나 봐!' 그러니까 내가 하고 싶은 것도 할 수 없었고, 그럼에도 불구하고 어머니의 말씀을 따라갈 수도 없었다. 청개구리 얘기를 들으면서 나는 무슨 생각을 했었을까? 나도 기필코 어머님을 물가에 묻어드리지 않았을까, 비만 오면 오매불망 두려운 마음으로 살지 않았을까 하는 생각이다.

이와 같은 논리를 심리학에서 '순환 논리'라고 하지 않던가? 물론 전혀 근거도 없는 얘기일 뿐– 물론 어미의 젖을 먹지 못하고 동네에서 심청이마냥 동냥젖을 먹고 자랐으니 마음속에 무엇이 깊숙이 ― 성장해서도 다른 길로 가야 하는 그런 처지(운명?)에서 누구의 말인들 그대로 따르겠다는 순한 마음이 생길 수 있었을까? 스스로 이렇게 외쳤을 거야. '이젠 괜찮아. 내가 하고픈 것들을 서슴없이 하면 돼! 실패 같은 것 두려워할 필요가 없는 거야. 누구를 위한 삶이 아닌 그야말로 내 뜻대로 주님의 뜻대로 살면 되는 거야.' 오늘 바로 이 진리를 다시 한번 마음에 새기는 날로 삼아야 되지 않겠는가? 그런 이유로 나는 늦은 나이에 상담을 받았고 공부하면서 깨닫고, 그야말로 나를 찾는 여행이 시작되었다. 치유의 손길이 나를 안아주고, 성장에서 성숙으로 가는 길을 안내하고 살아야 되었으니까 말이다.

국화 향 그윽한 매혹에 그만 잠이 들었다. 그렇게 가을은 가고 겨울이 오나 보다. 그 향기를 영원히 내 가슴속 깊은 그곳에 묻어두고 싶다. 아름다운 꽃들이 제각각 뽐내는 건 분명 자기의 소임이나 아픔을 말하고 있는지도 모르겠다. 하나님의 보살핌 속에 자라서 그 향을 내뿜는 모습이 결코 자랑하는 것이 아니라는 것쯤은 알고 있을 게다. 다

만 그 님에게 감사를 고백하고 있는 것은 아닌지!

✦ 꿈 1: '지진 정밀 조사?'

어젯밤 꿈속에서 바로 집 근처 다리에서 '지진 안전 정밀조사'를 한다고 야단들이다. 허기야 지진이 날 경우 가장 먼저 파괴가 되는 건 다리가 분명하니까 그럴 것도 같다. 과연 나에게 다리란 무슨 의미가 있을까? 아내와 서로 살을 맞대고 맞먹어(식사)본 지도 기억이 잘 나질 않는다. 무슨 회사가 번갯불에 콩 튀기려는 심산이길래 도대체 집에도 못 가게 하는 걸까? 안식일은 여지없이 모르는 척해버리던 나의 직장생활의 모습이 문득 떠오른다. 결혼 41주년의 밤은 그렇게 허무하게 지날지도 모르겠다. 어찌 산 세월들인데, 서로가 살면서 사랑보다는 미움만 만들고 살았으니 누가 과연 우리 부부를 용서해 줄까 고민해 보는 오후 시간이다.

✦ 어젯밤 꿈 이야기

우리 집에 살고 있는 사람인지는 잘 모르겠다. 아무튼 우리 집 담장에 부록을 한 단씩 쌓아 올리고 또 1층인지 2층인지는 잘 모르겠으나 계단을 다시 만드느라고 작업하는 인부들 여럿이 바쁘게 일을 하는 모습이다. 내가 밖으로 나가서 보고 있는데도 공사를 진행 중이다. 참 기가 막힌 일이 벌어지고 있다. 주위를 둘러보니까 바로 아랫집 담장도 부록공사(한 줄 더 높이 쌓는다.)가 진행 중이었다. 나는 공사 책임자를 불러 왜 허락도 없이 남의 집에 이런 공사를 하느냐 당장 담장 벽돌을 걷어내고 코너에 계단공사도 원래대로 모두 뜯어내라고 말했다. 그런데 참 생각나는 게 있다. 바로 어제 일이다. 전날 저녁때 아내와 식사를 하는데, 내내 야근을 하다가 모처럼 휴가를 내고도 쉬지도 못하고 겨울 준비(2차 김장)를 하는 아내에게 너무도 미안한 맘이 들었다. 그러다가 몸살이라도 나면 큰일인데…. 아내에게 닭 먹이로 무 이파리를 주면 좋다고 했더니 벌써 그렇게 했단다. 그 말을 듣고 고맙기도 하고 오골계 집이 좁아서 좀 그렇다고 하니까 그 말을 듣고 있다가 아내가 봄에 냄새가 나면 어떻게 하냐고 한다. 아내의 말을 듣고 나는 그냥 "그때 되면 버리면 되지!"라고 말을 끝냈다.

(남편이 그렇게 하지 않을 것 같은 눈치였나 보다.)

꿈이란 정녕 내 마음 깊숙한 곳에 자리 잡고 있다가, 다시 말해서 억압으로 의식하지 않으려는 몸부림이 언젠가 다시 연관되는 일이나 사건이 일어날 때 곧바로 나타나는 것은 아닌지 생각해 보는 아침이다. 비소식에 잠시 생각을 멈추고 있다가 차분한 분위기로 바뀌는 시간. 나를 뒤돌아보는 귀중한 하루, 이 시간! 누구도 사랑하지 않을 사람은 하나도 없다고 말하고 싶다. 이 시간이 바로 그런 시간임이 틀림이 없나 보다. 어젯밤 꿈이 참 심란한 것 같아서 조금은 마음 한구석에 지금까지 남아있다.

내가 하는 일이 시원찮아서일까? 아내가 싫다는 잠자리를 작은방으로 옮겨 이부자리를 깔아놓은 게 원인일 게다. 날씨도 추워지고 넓은 방에서 사는 게 나로서도 그렇게 편한 건 아니기 때문에 그런 행동을 했다고 생각되지만, 나의 단순한 논리라는 게 백일하에 드러났다. 에너지를 조금 아껴보자는 데 대한 착각을 하게 만들었으니까! 그럼 꿈 얘기로 깊숙이 들어가 보자. 내가 하는 일에 누군가는 만족할 수 없어서인지 몰라도 '당직까지 풀(Full)로 하라'는 꿈이었다. 그러니까 집에서 아침에 7시 반이면 정확히 출근해야 하고, 오전 한 시간 휴게시간이 있지만, 어지간한 바쁜 일정이 아니면 사무실을 지키고자 한다. 그리고 오후 일정에 맞춰 3시까지 근무를 마치고 정확히 4시 반이면 이어서 당직 업무가 시작되어 야간근무(10시까지)까지 이어진다. 그야말로 학교에서 24시간 생활을 한다는 게 얼토당토않은 얘기인 것을 금방이라도 알 수 있는 일을 꿈속에서는 왜 그렇게 고민했을까? 결국 아내가 새벽 알람 소리도 못 듣고 카풀 동료에게 다급하게 전화를 받고서야 이게 웬일이냐며 허둥대는 모습을 보게 되었으니 말이다. 남편이 정말 남의 편이란 말인지! 나는 아내를 위해서 어떤 존재란 말인가? 그런 생각이 드는 아침이다.

✦ **11월 마지막 날이다**

내가 그동안 이곳에서 안주하는 행동은 없었는지 뒤돌아보는 시간이다. 정의가 무엇인지 묻기 전에 아주 작은 정의마저도 실천하는 것이 바로 정의다. 참으로 인간이란 동물에서 조금 진화한 것임에는 틀림이 없다. 조금 낫다는 의식에서 뒤돌아보면 나는 정말로 동물을 사랑하는 마음이 있었나? 자문하고 싶다. 조그마한 공간에서 날갯짓 한 번 못하게 묶어놓고 밥만 먹이면서 과연 그들에게서 무엇을 주었다고 생각하고 있었나? 오로지 생명을 태어나게 한 죄로 인하여 끝끝내 붙잡아 두려는 것은 아닌지. 과연 어디서 누구한테 배운 습관인가? 나의 어릴 적 성장의 아픔과 어둠이 바로 그들에게도 같은 것을 요구하지는 않았는지 뒤돌아본다. 벌써부터 아내는 낌새를 알아차리고 내 탓으로 돌린 게 잘못이 아닌 것 같은 생각이 든다. 그럼에도 불구하고 키워야 한다는 책임감을 다시 되뇌어본다.

요즘 아침 시간이 되면 출근하는 시간을 맞춰 "꼬끼오."라고 노래한다. 무슨 이유일까? 내 생각으로는 누구라도 어떤 구속이나 원하지 않는 환경을 만들어서 힘들게 만들지 않도록 노력해야 하기에 슬픈 노래로 들려온다. 혹시 나는 꿈속에서라도 공중을 훨훨 날아보려는 몸짓을 보지 못했는가? 자연과 호흡하는 그런 세상을 꿈꾸는 두 마리의 하얀 모습이 안타깝기까지 하다. 그럼에도 불구하고 조금만 기다려 보자 새 세상으로 갈 수 있을 테니까. 그리고 그날을 다 같이 기다려 보면서 지난날을 회상하는 시간이 주어질지도 모르니까. [닭은 뇌에서 빛을 감지(호르몬 분비)하는 능력이 있어서 새벽에 노래하는 것으로 알고 있다.]

✦ 온통 날씨는 눈 소식과 초미세먼지 소식뿐이다

눈이 내려서 좋아하는 어린양들을 보면서 한편으론 나의 어릴 적 생각이 뭉게구름처럼 떠오른다. 내가 어릴 적 살았던 시골은 정말 눈이 많이 내리년 며칠씩 온 세상을 하얗게 덮었다. 그 고요하고 깨끗한 모습에 정말 행복을 느꼈던 것 같다.

과연 오늘의 어린이들이 어쩌다가 눈이 내리면 정말 좋기만 하겠는가? 추위는 아랑곳하지 않고 겨울방학만을 기다리다 논으로 들녘으로 나가서 얼음을 지쳐대던 그때 그 시절, 물에 빠져서 길 둑에 불 놓고 양말을 말리다 보면 그만 바지까지 타거나 불똥이 튀어서 태운 적이 어디 한두 번이었던가? 온몸에 불 냄새와 그을음으로 집에 들어가지도 못하고, 옷은 한 벌뿐인데 혼나는 게 겁이 나서 밖에서 오들오들 떨며 시간을 보낸 기억도 새롭다. 다행인 것은 눈이 내리면 날씨가 별로 춥지 않았다.

운동장에 나가서 뛰노는 동심의 세계는 지금도 별로 바뀌지 않은 것 같다. 그들이 마음껏 뛰어놀고 많은 것을 경험해야 혹시라도 마음 한 구석 힘든 일도 잊을 수 있을까 생각해 본다. 지금 이곳 도시의 가정이 여유가 있어서, 아니 한 자녀 또는 둘을 양육하는 그런 위치에서 남부럽지 않은 시절을 보내고 있을지라도 남녀노소 할 것 없이 마음 한구석 채워지지 않는 현대인의 모습에서 우리네 아이들도 결코 예외가 아님은 분명하다. 오히려 부모의 잣대로 다그치고 바쁜 스케줄에 얽매어 꼼짝달싹도 못 하게 하지는 않는가? 그 순박하고 아름다운 영혼들에게 눈이라도 자주 내려서 마음을 달래주었으면 하는 바람이 드는 이유는 무엇 때문일까? 모두에게 묻고 싶다.

✦ **오늘은 어느 때보다도…**

순전히 내 마음에서 나오는 느낌이 아닌 것 같다. 아침 인사를 나누면서도 '오늘 날씨가 참 좋아요.'라고 말한 기억으로 봐서는 춥지 않기를 간절히 바라는 마음이 있다는 뜻일 게다. 다만 어린 소년 소녀들이 아장아장 걸어서 학교에 오는 모습이 정말 사랑스러운 아침 시간이기에 나에게 그런 마음이 생겼다는 믿음이 맞는 답일지도 모른다. 물론 나의 어린 시절 등교하던 기억은 없다. 부모님 품을 떠나 학교로 향하는 그들의 마음속에는 무엇이 들어있을까? 친구와 선생님이 좋아서 얼른 학교에 오고 싶어 밤잠을 설친 아이도 있고, 잠에서 깨는 일이 너무 싫어서 계속 자고 싶은데 엄마의 불호령에 어쩔 수 없이 끌려서 차에 몸을 싣고 이쪽으로 오고 있는 아이도 있지 않을까 하는 생각이다. 그럼에도 불구하고 오늘도 학교로 향하는 아이들이 안전하게 등교하고 학교생활을 하면서 나름의 꿈, 부모가 원하는 부질없고 허망한 그 길로 가는 게 아니라, 정말로 무엇에 홀리듯 마치 신들리듯 열심히 쫓아가는 그 어떤 길을 가려고 하는 그들에게 길을 안내하는 선지자가 필요한 시간이다. 공동체의 안전은 어느 한 사람이 책임질 수도 결코 없는 일이기에 모두가 깨어있어야 한다. 슬프게도 고3 수험생들의 학교 밖 참사는 이 시대를 살아가는 우리 모두에게 아주 큰 교훈으로 받아들여야 한다. 무릇 한 생명이 그렇게 무참히 짓밟히는 일은 인간이기에 당할 수밖에 없다고 치부해 버릴 수는 없다. 그럼에도 불구하고 인간의 생명은 존중받아야 할 마땅한 가치 이전에 내 것이 아닌 하나님, 즉 창조주의 것이시기에 더욱 그렇다. 이를 증명이라도 하듯 영국의 윌버포스라는 사람을 떠올릴 수가 있겠다. 그는 자신의 삶의 가치나 목적을 분명히 인식하고, 악습이라 할 수 있는 노예무역 폐지 운동을 실현시켰다.

어디 작금의 우리나라의 정치 형태로는 감히 상상할 수 없기 때문이다. 다시 말해서 그 영향으로 링컨 대통령의 노예 해방운동의 단초를 제공했다는 데에 대한 영국 국민의 자부심이 아닐까 생각하는 아침이다.

우리도 지금 일어서야 한다. 안일 무사주의는 큰 재앙의 씨앗이 될 수 있기 때문이다. 생명존중의 일대 자각이 필요한 시점이다. 돈의 노예가 되기보다 인간답게 살 수는 없단 말인가? 때로는 전조증상이 여러 번 발생하고 감지되는데도 불구하고 마치 미세한 지진이 일어날 것을 알면서도 이를 무시해 버리고 일관하는 무리들이 있다면 마땅히 그들과 싸워 이겨야 한다. 우리 마음속에 깊숙이 감추어진, 꿈틀대는 그 무엇을 찾아내서 함께 의논하고 해결해 나아가야 한다. 이것은 결코 아집이 아니기 때문이다. 이 같은 일들은 나뿐만이 아니고 공동체 그리고 그곳에 직·간접으로 몸담고 있는 모두가 반드시 변화를 이끌어내야 할 과제이기 때문이다.

✦ 한강 물이 얼었다? 날씨가 매우 추운가 보다

한강 물이 얼고 수도계량기가 얼어서 수돗물 공급이 여의치 않다는 뉴스도 나오니 말이다. 연말 마지막 날에 고사리 같은 손으로 학교로 향하는 어린 양들에게 미안한 생각이 들기도 한다. 다행인 것은 내일이 2019년 새해 첫날이라 공휴일이다. 무척 추위에 강한 것처럼 느껴지는 어린이들이지만, 감기를 몸에 달고 사는 게 사실은 약자이기에 추위를 모르는 것일 뿐 누구보다도 면역에 약하거나 바이러스 감염이 쉽기 때문에 하루 쉬는 게 아이들에게도 큰 축복이다. 새해는 어떻게 살아야 잘 살았다고 말할 수 있을까? '노블레스 오블리주'를 알고는 있지만 실천하지 못한 게 비단 어제오늘의 이야기가 아니기에 내년엔 각오를 단단히 해야 하는 이유이다. 방법은 여러 가지가 있겠다. 50여만 원이나 하는 보험료가 과연 누구를 위한 지출이며, 보험료로 배불리 먹고사는 그들은 과연 어떤 생각을 하고 있을까? 누구를 탓하는 데 익숙해져 사리사욕에 눈이 멀어 진정 힘들고 어려운 이웃에게 손길조차 내밀지 못하고 한 푼이라도 주지 않으려는 게 과연 존재의 가치가 있단 말인가? 보라! 지금 비정규직의 몸부림을 그들은 아예 귀를 막고서 어디서 꿈같은 계획만 핑크빛으로 치장하여 유혹하는 현실이 너무도 안타깝다. [나의 보험료도 재정비(리모델링?)의 시간이 필요하다.]

✦ 새해가 밝아오고 있다

누구의 말처럼 '나는 누구인가?' 아니면 '나는 왜 이곳에 있는가?', '나는 어떻게 살아야 훗날 잘살았다고 생각할까?' 이런 질문으로 2019년을 시작해 보고 싶다. 늦게나마 나를 발견할 수만 있다면 얼마나 행복해질까? 그러기에 죽는 날까지 나에게 질문을 던져야겠다. 이곳은 학교 공동체다. 그렇기 때문에 누구도 예외일 수가 없다. 특히 이곳에 와있는 수많은 학생은 많은 질문을 갖고 이곳에 온다. 물론 보호자들은 더 많은 궁금증을 품고 아이들을 학교에 보낸다. 그럼에도 불구하고 그곳에서 어떤 영양분을 세공받았는가? 엄마를 대신 또는 아빠를 대신

해서 교실마다 선생님이 계신다. 아이들에게 선생님께서 가장 많이 해준 말이 무엇이냐고 물어봤다. 대답은 여러 가지다.

그러나 질문에 대한 대답이 아니라 '조용히 해요', '뒷문으로 다녀요.' 와 같이 또는 '음식은 골고루 먹어야 해요(유치원이나 어린이집 포함)', '어른에게 인사를 잘해야 해요.' 기타 등등. 그리고 '학원 가야지', '빨리 준비해', '공부를 열심히 해야지.' 이 말은 초등학교에서는 그다지 많이 듣는 말은 아닐 게다. 주로 지시 일변도나 아니면 충고 비슷한 말이나 '~하지 마라(금지)'라는 말의 뜻이 많이 나타난다.

11.
질문은 궁금증을 해결하기 위한
처음이자 마지막 수단이다

그러므로 질문을 하게 되므로 말미암아 그 문제나 해답을 찾을 수도 있으며, 행복을 배가시킬 수도 있다. 유대인의 교육시스템에서 아주 두드러진 현상이다. 특히 학교공동체에서는 많은 생각과 해답을 발견하게 된다. 다시 말해서 교사는 지식의 전달하는 게 주목적이 아니고 안내자 비슷한 역할을 담당하기 때문이다. 어떤 룰을 스스로 만들고 실천하는 삶의 현장이다.

다시 말해서 '참교육'이란 바로 미완의 해답을 스스로 찾아가도록 여건을 함께 만들어 주고 많은 경험을 직·간접으로 이루어지도록 인도한다. 주입식 교육이 아닌 팀별 자치교육 또는 자기주도학습이어야 하기 때문이다. 2019년은 누구보다도 스스로에게 질문을 많이 하는 시간을 갖도록 노력하는 한 해가 되기를 다 같이 소망해 본다. 우리나라의 미래의 꿈나무들이 일기를 그런 식(질문과 답)으로 쓰게 권장하고 싶다(점차 노벨상에 도전하는 교육이 시급하다).

✦ 펜을 잡은 기억이 가물가물하다

매일 새롭게 태어난다는 것이 여간 어려운 일이 아닐 수 없다. 오늘 하고픈 이야기는 『노동의 종말(저자: 제레미 리프킨)』에서 가지고 왔다. 그런 말이 나온 배경은 벌써 제1, 2, 3차 산업혁명에서 보듯이 직업의 변화가 너무나 많고 빠르게 바뀌고 있기 때문이다. 엊그제 끝난 『SKY 캐슬』이 바로 산 증거가 아니겠는가? 대학이 개인 인생의 최종 목표(?)라고 믿는 아주 옛날이야기가 지금 이 시간에 온 국민을 뜨겁게 달군 배경은 서글픈 에피소드에 지나지 않는다. 이 나라를 앞으로 끌고 나갈 수 있는 자원은 어디에 있을까? 제4차 산업을 이야기할 때 바탕을 이루고 있는 철학이 어디에 있는지 고민하고, 집단적인 지속 가능한 미래의 먹거리를 만드는 게 시급하기 때문이다. 모든 공동체(학교, 가정, 사회, 기업, 정부) 모두가 힘을 모으고 변화를 꿈꾸지 않으면 누구와도 경쟁의 대상이 될 수 없다. 특히 열강들의 틈새 속에서는 더욱 그렇다.

✦ 벌써 개학이…

취학한 아이들 하나하나가 너무도 귀하고 소중한 존재들이기에 모든 모습에서 때로는 안쓰럽고 사랑스럽고 고마운 생각들이 앞선다. 행복하게 뛰어놀 동산이기에 더욱 안전이 요구되는 곳, 그곳이 바로 학교이기 때문이다. 외국의 예를 보더라도 빌딩처럼 층수가 높고 계단이 있는 곳은 없다고 들었다. 아이들이 천진난만한 모습을 누가 이렇게 무참히 밟아놓았을까? 그 대답은 너무도 확실하다. 우리의 주거공간도 그렇고 공동체가 생활하는 모든 곳이 자유가 통제된 숨 막히는 교도소의 형태와 무엇이 다르단 말인가? 어찌 되었든지 기성세대의 잘못으로 치부하기에는 너무도 큰 문제임을 다 같이 통절히 느끼고 반성하길 바랄 뿐이다. 그럼에도 불구하고 나의 개인적인 모습도 모든 게 서툴고 한참만에 자판 두드리는 모습도 어딘지 어색하다. 자꾸 퇴보하는 게 아닌지 나를 되돌아보게 하는 시간들이다. 이유야 어찌 됐든 아내와의 대화도 어딘지 어색하고 잘 풀리지 않는 이유는 뭘까? 그 이유로는 얼마나 많은 게 가슴속에 도사리고 있을까 생각한다. 아픈 손을 이끌고 새벽 출근하는 모습이 아련하기까지 하다. 그 돌파구라도 찾을 요량(?)으로 가사(家事)를 거들기도 어언 시간이 흘렀다. 그럼에도 불구하고 마음을 읽고 행동하는 것이 상대방에게는 보이지 않는 지금 이 시간의 문제라고 느껴진다.

✦ 따뜻한 봄 날씨가 어딘지 모르게 차갑게 느껴지는 이유는?

다만 코로나19의 탓만도 아닐 터. 거기에다 조그마한 분단된 나라에서 편 가르기도 아니고 웬 선거는 자주 치러야 하는지도 모르겠다. 햇볕이 수화기를 비추고 나의 눈에 쏟아진다. 시끄러운 소리 때문에 도저히 귀마개를 하지 않고서는 코로나 막사(정문 옆 길가에 설치되어 있음)에 앉아있을 수가 없다. 마침 바로 옆 육교 공사를 한답시고 시끄러움이 중첩되니 하는 수 없이 원래 자리에서 출입자들에게 발열 체크를 해드리고 있는 실정이란다. 벌써 4월이다. 「4월이 가면」 노랫말처럼 "사랑한다면 가지를 마라" 아련히 귓속에 흐르는 멜로디에 잠시 사색에 잠겨본다. 어느 가수의 슬픈 이별 노래라 생각되는 이유랄까, 사랑이라면….

누군가를 떠나보내고 다시 5월이 오면 울어야 할 사랑이라 하지 않았는가? 아무튼 그런 계절인가보다. 얼마나 많은 존귀한 생명들이 곳곳에서 아무 이유도 모른 채 작별의 순간을 맞아야 하는가.

꽃잎들마저 땅바닥에 뒹구는 슬픈 이별들아! 가슴이 먹먹히 저려오는 4월 초순의 아침나절, 나뒹구는 저 벚꽃 잎들이 절규하는 영혼의 소리인지도 모른다.

✦ 4월이 가면 5월이 온다

5월이 오면 울어야 할 사람들이 전 세계에서 넘쳐난다. 코로나19가 누구 가릴 것 없이 귀중한 생명을 빼앗은 이유다. 사랑하던 사람을 먼저 떠나보내고 남은 이별들은 요즘 흘러나오는 대중가요 속에서도 넘쳐난다. 인간은 홀로 태어나 이 세상에서 '소금과 빛'의 역할을 하라는, 다시 말해서 '죽도록 사랑하라'는 말로 끝을 맺는다. 그런 이유로 슬픔이 더해지는 게다. 오늘이 바로 어버이날이지만 그립던 얼굴들도 마주하지 못하고 비대면으로 안부인사를 한다. 더욱 슬픈 이유이기도 하다.

초록이 우거지는 5월, 푸른 꿈을 한없이 펼쳐야 할 젊은 그대들에게 전하노라. 이 세상은 인간의 전유물이 아니다. 하나님의 뜻대로 살다 가야 하는 이유이다. 혹자는 욕심대로 하늘 끝까지 높은 집을 지으려고 한다. 과연 인간으로서 무슨 이유로 하늘을 가리려 하는가? 신자유주의라는 터울 속에서 헤어나지 못하고 한없는 욕망을 채우려는 게 아니고 무엇인가? 그 꼭대기에서 살면서 코로나19라도 막을 수 없다면 부질없다.

그런 이유로 서울과 수도권을 포함하여 저 멀리 시골 구석까지 아파트라는 괴물체가 날이 새기가 무섭게 자리를 차지하고 있다. 그런 이유를 미리 알았는지 일찍이 해외 건설공사를 계획하여 중동 건설 붐이 일어났었다. 지금은 모든 것을 국내로 돌려 수요공급의 잣대가 아닌 짓고 보자는 식의 건설사들의 힘겨운 싸움도 이해는 간다. 그러나 먼 훗날 이러한 결과물이 어떤 모습으로 바뀔지 예견이 안 된다. 그때는 무슨 명목으로 아파트를 모두 헐고 그 땅에 무엇을 짓거나 심는단 말인가? (짐작은 가는 게 있어도 미리 비관적인 결과들은 먼 훗날의 숙제로 남기자.)

12.
1차 재난지원금 이후

　　코로나가 맹위를 떨치더니 설상가상으로 태풍이 연거푸 3개나 몰아붙여 생명과 재산을 송두리째 할퀴고 지나갔는데, 너무도 아픈 마음의 상처들이 남아서 필을 들었다. 가뜩이나 신자유주의의 물결 속에서 살아남기 위한 몸부림이 여기저기서 들린다. 정부의 재난지원금은 1차에 이어 2차도 거의 확실시 되어가는 것 같다. 그러나 한쪽으로 구멍이 너무 크게 뚫리어서 각자 스스로의 힘으로 막기에는 역부족인 것 같다. 그럼에도 불구하고 우리는 다시 일어나야 한다. 그리고 자연과 더불어 생을 꾸려 나아가야 한다.

1) 먼저 우리가 왜 이런 재앙 앞에서 굴복해야만 하는지 스스로에게 먼저 물어보길 바란다.
2) 환경은 점점 위태롭고 자연과 상생하는 것이 어렵게 되어 사람뿐만 아니라 동물들도 못 살겠다고 아우성치는 모습을 알아차려야 한다.
3) 내가 지금 소비하는 모든 것들이 과연 생태계를 보호할 수 있을까

자문해 보아야 한다.

4) 우리 주위에 누가 가장 피해자인가도 성찰해 보기 바란다.

5) 강해야 살아남는다는 진실 아닌 진실을 이해해 주기 바란다.

6) 나만 편하고자 한 행동을 나열해 본다.

7) 내 이웃에게 어떤 불편함을 주었는지 곰곰이 생각해 보고 적어본다.

오늘따라 태풍이 온다고 바짝 긴장들하고 심지어 출근 시간도 늦춰야 한다는 뉴스도 들린다. 비가 억수같이 퍼붓는데도 앞이 안 보이는 지하차도를 들어갔다가 아까운 생명을 빼앗긴 뉴스도 접하고 나니 할 말을 잊는다. 가로수가 뽑히고 건물 외벽이 날아가 차량 위를 덮치는 소식에 우리네 생명이 또 한 번 풍전등화(風前燈火)임을 느끼게 한다. 우산을 앞세워 겨우 직장에 도착해 사방을 둘러보니 내 앞에 펼쳐진 모습들, 큰 나무들 사이에 서있는 대추나무가 힘없이 쓰러져 있다. 윤기를 머금은 이파리만 살려달라는 눈빛이다.

✦ 당신의 문제가 아니라 꿈이 문제다

꿈을 단순한 과거의 무의식의 표현이라는 프로이트의 이론을 차치하더라도 우리가 세상을 살면서 온갖 상념들에서 벗어나질 못한다. 내가 생각하고 판단하려는 것에 아무 근거도 없이 그것들을 맹신하려 한 것이 요즘의 코로나 사태를 만든 것은 아닌지 모르겠다는 생각이 든다.

다만 여기서 얘기를 하려는 것은 가슴 두근거리는 꿈의 실천 사례를 얘기하려고 한다. 그는 캐나다의 테리 폭스라는 젊은이다. 그는 1977년 뼈에 암이 생기는 골육종에 걸려 다리 하나를 절단했다. 그는 자신처럼 암에 시달리는 사람을 돕는 기금이 필요하다고 생각하고는 캐나다를 횡단하는 '희망의 마라톤'을 구상했다. 그러나 냉담한 반응을 보인 캐나다 암협회에 그는 이런 내용이 담긴 편지 한 장을 보냈다. "나는 무작정 꿈을 꾸는 사람이 아닙니다. 나는 달리기가 암을 치료한다고 믿는 어리석은 사람도 아닙니다. 그러나 내가 믿는 것은 기적(용기)입니다. 그리고 나는 할 것입니다." 그는 143일 동안 매일 43㎞씩 뛰었다. 그의 소식은 캐나다 전체를 들뜨게 했고, 모든 캐나다인 1인당 1달러 모금도 실현되었다. 물론 테리는 목적지에 도달하지 못했다. 암이 재발해 뛰는 도중에 쓰러져 사망하고 말았다. 지금도 매년 세계적으로 테리 폭스마라톤이 열리고 있다. 테리가 생전에 그토록 바랐던 꿈을 향해 테리 대신 그의 꿈이 달리고 있다(『꿈꾸는 다락방 2』, 이지성 지음, 국일 미디어, 45~46쪽 인용).

13.

여우와 신포도

이 이야기를 꺼내면서 나도 한 번 생생하게 꿈꾸기로 마음먹었다. 왜 나는 자동차가 '환경오염의 주범'이라는 강한 믿음에서 꼼짝하지 못할까?

물론 자동차로 인한 다양한 문제를 아니라고 말하려는 것은 아니다. 만약에 그 넓은 도로에 자동차가 다니지 않는다면 아마 도로가 동물들의 천국이 될 것이고, 온갖 꽃들이 만발하고, 새들도 둥지를 틀고 인간과 함께 살아가겠지[서울에서 안양까지 모든 도로를 지하화한다는 정책도 있었으나 용두사미(龍頭蛇尾) 꼴이니 말이다].

「여우와 신포도」의 얘기처럼 소형차 한 대가 아파트에 주차 공간이 없어 인도에 걸쳐 주차하는 실정이다 보니, 그런 상상을 하게 된 것은 아닌지…. 가구당 주차대수가 폭증해서 공간이 없다 보니 소방차 진입이 안 되는 실정이고, 주차 문제 때문에 재건축, 리모델링, 재개발을 해야 하는 자기모순에 빠지고 있다 보니 여우의 변명이 맞는 것처럼 느껴질 때도 있다.

그럼에도 불구하고 우리들은 꿈마저 가난하게 살도록 자신을 내버려 두면 안 된다. 모든 문제가 결코 해결할 수 없다는 부정적인 믿음에서 는 꿈도 현실적으로 아무 소용이 없다. 이미 세계가 다투어 무공해 차 를 만들고 있고, 자동차 자율주행 시스템은 현실 앞으로 다가오고 있 다. 물류 시스템은 드론이 해결해 줄 모양이다. 다만 주차 공간 문제 해 결은 아주 간단하고 물리적인 문제이지만, 현재는 코로나19에 가로막 혀 있으니 이 기회에 인간은 한없는 성찰을 해야 한다. 잠시 기다려주 는 용기(?)와 지혜도 필요하겠다[수원시가 자전거 출퇴근 시스템을 대 폭 확장한다는 반가운 뉴스도 접했다(2020.09.15.)].

✦ 고추 값이 걱정이다

오늘은 9월 첫째 화요일, 가을 햇살이 제법이다. 곡식들에게는 항상 미안한 마음이다. 비가 많이 내리고 거센 비바람이 계속되다 보니 햇살 이 다르게 느껴진다. 요즘의 날씨가 농작물에는 치명적인 해가 되고 있 으니 말이다. 얼마 전에 뉴스에 고추밭을 모두 갈아업고 있다고 한다. 김장용 고추를 살 수나 있는지 걱정들이다. 물론 그때그때 김치를 주문 해서 사 먹으면 된다고 생각을 바꾸는 사람도 있지만, 서민의 가계사정 으로는 조금은 아닌 것 같다(요즘 우리 집 김치냉장고가 이상한 소리를 내면서 팬이 꺼질 때마다 교체 시기를 알려주는 것 같기도 하다). 그러나 이것저것 전기료나 김치 담그는 인건비(아내의 그림자 노동 대가?)나 모 든 게 돈이다 보니 젊은 현대인의 생각이 맞는지도 모른다.

그럼에도 불구하고 전국 각지가 이번 태풍으로 시름에 젖어있고 복구의 손길만 기다리고 있지만, 설상가상으로 코로나19가 전국을 꽁꽁 묶어놓고 있으니 되는 일이 하나도 없다. 앞으로 2주 남짓 지나면 추석명절이다. 벌초도 찾아가서 성묘 겸 돌아보는 게 당연한 일이었는데, 대리 벌초 심지어 차례도 대행해도 괜찮다는 분위기다. 고향에 발걸음이 이맘때면 설레고 풍성한 가을과 황금벌판이 보이는 게 옛날 추억들이었는데, 정말 이런 일이 생길 것을 누구 하나 상상이나 해본 일이었던가? 오늘은 이런저런 생각으로 밖을 내다본다. 그러나 쥐구멍에도 해가 들 때도 있다. 그때를 기다리자.

14.

'학교가 마렵다'는 기사를 대하며

　　모처럼 맞는 9월의 첫 주말이다. 아침 햇살이 싱그럽고 상쾌한 기분도 든다. 오늘은 우리 학교에 갓 들어온 1학년과 2학년 친구들이 등교하는 날이다. 얼마나 들떠 있을까?. 엄마 아빠까지 바쁘면서도 한편으론 기다리던 날이었을 게다. 그나마 다행인 것은 격주가 지나야 만날 수 있는데, 모처럼 금요일도 일부 학생이 학교에 오니까 너무 좋다. 신문에서도 읽어본 내용이지만, 우리들의 어린 시절과는 사뭇 다른 풍경이다. 나 어릴 적엔 학교가 가기 싫은 때도 있었지만, 지금의 아이들은 가고 싶어도 갈 수 없는 형편이 되었다.

　"학교가 마렵다"는 어느 5학년생의 절규(?)를 보면 너무도 조급한 마음을 헤아릴 수가 있었다. 자연스럽게 우리 아이들의 생활 모습도 다르다. 공원에라도 나가서 부모와 산책이나 운동을 하는 아이들도 보이는 반면, 어느 곳에선 방구석에 혼자 쪼그리고 앉아 고개를 숙이고 무언가를 열심히 보고 있는 아이들, 그리고 부모 몰래 게임이나 PC방(초등학생이 출입할 수 있는지는 모르겠다.)에 눌러앉아 시간을 보내고 어울려서 탈선의 길을 가고 있는 것은 아이들은 없는지, 학교와 학원마저도 비대면 수업 등이다 보니 친구들의 모습도 아련하고 어린 가슴에 상처로 남을지 걱정이 앞선다. 며칠 전 코흘리개 시절을 막 지난 아이들의 얼굴에는 입마개(마스크)로 얼굴도 몰라보게 하고 가방과 신발주머니를 들고 배웅을 받으며 들어온다. 우리의 미래 세대들 앞에 저절로 고개가 숙여지는 등굣길이다.

정말 '학교가 마렵다'.

추석 연휴가 지난 지도 어언 일주일이 다가온다. 그동안 우리의 명절에는 다른 것은 고사하고라도 그저 풍년이 오기만을 소박하게 기다리며 보름달을 바라보았다. 그러나 올해 추석은 풍년은 아니 코로나19 때문인지 고향 쪽으로 바라만 보라는 메시지다. 정말 안타깝다. 우리의 풍속은 명절에 조상의 묘에 가서 벌초도 하고 성묘하는 것이다 보니 조금은 이해하기 힘들어도 온 국민의 마음속에는 '참아야지.'라는 마음이 보인다. 설령 막히는 도로에 접어들었어도 안부 정도만 묻고 바삐 돌아서는 자식의 마음을 부모는 다 안다. 가을 햇볕이 너무도 사랑스럽다. 도로에서 발생하는 소음만 제외하면 그리 나쁜 환경은 아닌 듯싶다.

아직은 학교 수업이 정상이 아니지만 '학교가 마려운' 마음을 조금이라도 해결하려는 움직임이 보인다. 그러나 일각에서는 원인보다는 결과를 생각하는 경향이 짙다. 새로 학교생활을 시작한 초등학교 1, 2학년생이 가장 학교에 오고 싶어 하는지는 나는 잘 모르겠다. 저학년은 우선 공부보다는 친구들하고 어울리는 게 더욱 중요하다. 그러나 그것은 가느다란 희망일까? 어른들의 희생이 요구되는 시기인 듯 보인다(학교가 좁아서 나눠서 오전반, 오후반 수업을 하던 시절을 벌써 잊었는가?).

✦ 가을은 정말 좋은 계절이야

아침저녁으로 쌀쌀한 기운이 자전거를 탄 내 몸속으로 스며든다. 아니야! 가을은 정말 좋은 계절이야. 어느 것 하나 나쁜 게 없는 계절이다. 단 한 가지 감기가 걱정되는 오전 날씨다. 조금 전 출근할 때 느낀 감정이다. 횡단보도를 건너서 아파트 입구를 지나는 순간, 출근 자가용차 한 대가 길을 가로막는다. 할 수 없이 자전거를 세우고 기다리는데, 여기서 문제가 생긴다. 차 유리문을 열면서 하는 말, 가려는데 도로에 직진 차가 자기 차를 방해해서 횡단보도를 밟고 정차했다는 '원인론'을 설명한다. 그러면서 "희한한 사람 다 보겠다."라고 하면서 차 유리문을 닫으며 사라졌다. 그때 나도 바로 응수했다. "제가 참 희한한 사람입니다."라고. 누가 희한한 사람인지 오늘 하루 종일 알아봐야겠다. 원인론이나 결과론은 프로이트의 정신분석론에서 비롯된 학문에 지나지 않는다(?). 다만 그 여성운전자는 자기의 행위를 모두 남의 탓으로 돌리는 사고를 하는 사람이라고 단정하고 싶다. 이런 상황은 아파트 입구에서는 자주 일어나는 모습이다. 잘잘못은 차치하고라도 「도로교통법」상에는 횡단보도를 침범해서도 안 되고, 보행자에게 위협을 가해서도 안 된다고 명문화돼 있다는 것을 알까? (관련 법에는 자전거나 오토바이를 타고 횡단하는 사람은 보행자로 보지 않는다. 「도로교통법」 시행규칙 제65조 등 참조)

가을이 성큼 다가오나 보다. 베란다 창문으로 보이는 단풍이 아름다운 자태를 뽐내고 있다. 바로 옆에 은행나무들마저 시샘의 눈초리를 보낸다. 나는 여태까지 단풍은 가을을 알리고 추운 겨울을 대비하면서 죽지 않으려는 몸부림으로만 알고 있었다. 노란색, 빨간색, 아니 오색 단풍이 그렇게 한 해를 마감하는 모습이 마치 늙어가는 우리들의 모습이라고 생각했었다. 잘못 알고 있었다. 나무들의 생애는 우리들의 인생과 사뭇 다르다. 계절의 변화를 누구보다 더 잘 알고 있다. 무엇보다 날씨와 기온을 정확히 알고 있기 때문에 성장을 잠시 뒤로 미루고 스스로 수분과 영양분을 조절하면서 살아가고 있단다. 실로 계절의 변화는 우리에게 많은 것을 깨우쳐 주는가 보다.

15.
이사(移徙)한다는 소식에 설레는 마음

올해는 나에게는 정말 다사다난한 한 해가 될 것 같다. 어언 30년 넘게 살아온 집이 재개발(민간형 공공개발)하게 되어 올해 6월에 이사를 하게 되었다. 얼마 후 봉사하고 있는 학교 이곳에서도 이삿짐을 옮기면서 이 글을 쓰고 있다. 부스 형태로 만든 자족형(2인용도 안 되는 넓이) 초소이면서도 가격은 만만찮다. 옵션 포함 평당 천만 원이 훌쩍 넘는가 보다(30평형 아파트 가격이면 3억 원이란 말이다). 이사하는 일이란 그리 쉽지 않은 일이다. 모든 것을 새로 꾸며야 하기 때문에 잡동사니 모두를 갖다 놓으면 이미 집은 좁아져서 살기 어렵다. 다시 사는 기분으로 꾸며야 한다. 잘 타협이 되어야 할 텐데….

시간은 그렇게 흘러 어느덧 세밑이 바짝 다가온다. 동네 사방을 둘러봐도 굳게 닫혀 안이 잘 보이지 않는다. 간간이 갈 곳 없어 지나는 행인의 얼굴을 살피는 모습이 누굴 닮았을까. 얼마를 굶었는지 힘도 없어 보인다. 인적 드문 곳에서 어디로 갈 곳을 몰라 헤매는 모습이 여섯 달 전 나의 모습은 아니던가. 추위에 떨고 이른 새벽부터 무리 지어 애처롭게 울부짖는 소리를 벌써 잊은 것 같다. 그렇다면 옛날보다 더 살기가 궁핍해져서일까. 누구는 행복해서 짝을 찾아 노래하는 것이라고 말하는 사람도 있겠지만, 세상사 아는 게 아무것도 없는데, 어찌 길고양이들의 마음을 알 수 있단 말인가?

16.
아무도 없는 정문 앞 졸업식

벌써 1년이란 시간이 어느새 졸업과 방학을 앞두고 있다. 코로나19가 세상을 완전히 바꾸더니 이제는 어린 새싹들에게도 가혹하다. 등교를 하지 못하고 집에서 선생님 얼굴을 봐야 한단다. 누구도 상상도 못 한 일들이 벌어지고 있다. 신자유주의 틀 속에서 치열한 경쟁과 생존을 위한 투쟁만을 심어주던 부모들마저 허탈해 그렇게 말없이 지내나 보다. 굳게 닫힌 학교 앞에서 삼삼오오 꽃을 안고 조촐한 기념사진이 전부라니! 과연 학생들의 마음을 누가 헤아릴 수 있을까? 화상으로 나오는 선생님들의 음성과 떠나보내는 후배들의 노랫소리가 나만 구슬프게 들리는 것일까?

이쯤에서 과연 코로나19의 정체를 살펴봐야겠다. 1년이 넘도록 무수한 생명을 앗아가고, 무차별적으로 자칭 선진국이란 곳까지 살상을 계속 당하고만 있으니 과연 이 사단이 사필귀정일까, 인과응보일까? 세상 사람들은 누구의 잘못으로 치부해 버리려는 마음도 생기는지 처음에는 중국 우한이 본거지라고 우겨대더니(일명 '우한 코로나') 미국은 바로 이때다 싶어 이를 핑계 삼아 중국을 공략하려 하고 있다. 아무튼 인간들이 살고 있는 곳에서 일어나는 바이러스라는 것을 부정하는 것은 옳지 않다. 더구나 누구 한 사람이 전파한 것처럼, 혹은 나는 아니라는 생각, 우리도 처음에는 마스크조차도 거부하지 않았던가. 그러다가 마스크가 비말을 방지한다고 매체에서 계속 떠든 후에 이제야 세계적으로(지금도 어느 나라 국민인지 마스크를 안 쓰고 산다.) 실천하려고 하고 있으니 말이다. 1년이 지났는데도 '사회적 거리 두기', '5인 이상 사적인 모임 금지'라는 말이 바로 이런 뜻일 게다. 코로나19가 바로 '인수 공통 감염병'이란 지침도 곧 나올 것 같다.

✦ 설상가상(雪上加霜), '아내는 차를 운전하며 출근한단다'

월요일 새벽 다섯 시가 다가온다. 뉴스에서 일요일 밤늦게부터 전국에 폭설이 내리고 오전까지 내리니 대중교통을 이용하라는 방송이 계속된다. 벌써 어제부터 이곳에 아파트 마당과 자동차에 눈이 쌓였다. 카풀을 하고 직장에 다니는 아내가 뜻하지 않게 직접 차를 몰고 회사에 가야 하는 형편이다. 그것도 7학년이 되고 나서라니. 차라리 나의 잘못이라고 해야겠다. 가까운 거리라면 내가 왕복 기사 노릇도 할 수도 있는데….

누군가 그런 말이 생각난다. 두 해 정도 겨울을 나야 진정 운전수라고 할 수 있다고…. (비바람, 눈길, 빙판길, 폭풍우 등 여러 가지를 경험해봐야 된다는 뜻일 게다.) 모처럼 같이 나가서 차의 눈도 치우고 배웅을 하고 도착 소식만을 기다리고 있을 뿐이다.

✦ 방학이 나에게 주는 선물 1

이른 아침부터 그날 할 일을 계획해 본다. 아내는 벌써 출근한 지도 한참 시간이 지났다. (이참에 읽었던 글을 생각나는 대로 써본다.)

"일이란 회사나 기관에 몸담고 있는 공동체에서 일함을 가리키는 것이 아니라, 집안일, 아이 양육, 지역사회에 공헌, 취미활동 등 모든 것이 일이며, 회사 업무는 극히 일부에 지나지 않아 회사 일에만 몰두하는 것은 인생의 조화가 결여된 삶을 사는 거라네!" -「일이 전부라는 거짓말」 중에서.

이 글은 나의 젊은 시절, 그야말로 나(남자)의 잘못된 인식을 드러내고 있다. 그동안 일에만 몰두하며 살아온 것이 지혜롭지 못한 행동이라 많은 후회로 가슴에 새겨진다. 과연 어디서 배운 교육의 결과인지 아니면 '잘살아 보세'라는 허울 속에 노동자에게 아무런 생각을 가두어 놓은 채- 살도록 한 - 독재의 결과물인지도 잘 모르겠다. 아직 그런 사고가 남아있는지 잘 살펴야 하는 것은 나와 오늘을 사는 젊은이들(유전자가 흐르기 때문?)의 중요한 과제이기도 하다.

✦ 요즘 나는 바쁘게 잘 살고 있을까?

코로나로 여기저기서 못 살겠다는 소리가 빗발쳐 들려오고 있다. 청년들 일자리, 소상공인들의 매출감소 또는 폐업, 아이들 양육의 어려움이 여기저기서 메아리치고, 하늘로 치솟는 부동산(물론 부동산 가격만 오른 것은 절대 아니다.) 때문에 집 없는 자의 불안과 공포, 나라가 거지를 구할 수 없다지만(모두가 어려움을 극복하는 경험은 여러 차례 해보았지만) 갑자기 불어 닥친 코로나19와 경제위기는 인간의 자유는 고사하고 생활의 터전을 앗아가고 있다.

✦ 일어나 책상에 앉으니 왼쪽 팔이 쑤시고 아파온다

아니 코로나19 증상 중에 근육통이 있다는 것을 보았는데 검색해 보니 겁이 덜컥 난다. 그럼에도 불구하고 대면 접촉은 방학 중에 더욱 조심하는 처지이다 보니 그건 아닌 것 같다. 집콕 생활에 다독(多讀)을 일삼고 중요한 내용은 필사 대신 타이핑을 하는 습관에서 오는 팔의 통증인 것인지도 모르겠다. 욕심을 버려야겠다. 여러 번 읽어야 할 도서는 구입해서 보는 게 낫지 않을는지?

✦ 두 마음 관련 에세이

튤립을 키우며 나는 새로운 사실을 발견했다. 코로나가 나에게 안겨준 지혜이기도 하다. 벌써 한 달쯤 지났을까 수도권과 서울에서 코로나가 폭발하던 시기에 나의 눈에 안겨 온 봄꽃! 새싹들이 무한한 생명을 뽐내고 있었다. 가던 길을 멈추고 외로이 길가에 가지런히 놓인 모습들을 보았다. 존경하는 눈초리로 시선을 고정시키면서 이름도 모르는 채로 하나하나 들여다보았다. 아직 새싹이라고 하기엔 너무도 작고 여린 모습이라는 생각밖에 들지 않았다. 그렇지 않아도 누군가가 꽃이 예쁘다고 캐어내 버리려던 구근(球根)을 가을에 보관하고 있다가 화분에 옮겨 심었는데, 새싹 하나가 올라와서 생명을 바라보면서 자랑스러워했던 터였기에. 선뜻 가게로 들어가 튤립을 손에 넣고 집으로 직진했다. 이 얼마나 그리던 꽃들인가. 시내에 나가 수소문해 봐도 시원찮은 대답이라서 포기하고 있던 터라 기분이 좋았다. 우리 집에는 빨갛고 예쁜 달리아와 망고 색깔의 튤립 꽃이 이제 자랑할 날만 기다리고 있다. 내 가슴이 설렌다.

내가 튤립을 키우면서 깨달은 것 하나, 나는 그 꽃에게 해준 게 하나도 없다. 화분에 옮겨 심고 난 후 2주 만에 한 번씩 물을 준 것밖에는 …. 자연에서 자란 튤립이라면 어땠을까? 사람의 손이 아니라 자연의 손으로 예쁜 꽃을 피우는 게 아닐는지? 나는 깨달았다. 내 마음속의 '두 마음'이 바로 이런 것이구나! 내가 모든 것을 할 수 있다는 생각이 과연 무슨 근거가 있을까 생각하는 아침이다(따뜻한 빛과 흙 속에 기름진 영양분과 철 따라 내리는 적당한 빗물과 뿌리를 감싸는 위대한 자연의 섭리를 왜 생각하지 못했을까).

인간의 잘못된 사사로움이 요즘 드라마 『결혼 작사, 이혼 작곡(일명 '결사곡')』에서도 유행처럼 번져가는 현실이 안타깝기까지 하다. 성인지 감수성이라든지 성 평등, 이성과의 조화로움을 잠시 망각한 채 '두 마음'을 품는 오류는 역사 대대로 그럴듯한 이야기처럼 묘사되고 있었던 것이기 때문이기도 하다. 그럼에도 불구하고 마치 결혼 자체를 무슨 법으로 꽁꽁 옭아매는 장치로만 받아들이는 부정적인 사고와 출산을 목적으로 하는 전근대적인 사고방식도 두 마음의 근원이라 할 수 있지 않을까? 낯선 이성이 만나 서로 부족한 부분을 감싸고 인생의 보람을 추구하며 보듬어 주는 것이 바로 결혼이자 부부의 인연일진데, 망각하려는 마음이 두 마음의 시초로 나타나기도 한다.

그 자체를 하찮게 여기고 자기가 생각하고 행동하는 것이 어떤 핑계나 권력(?)으로 변한다면 이성 간에 서로에게 상처만 남기는 결과가 아닐는지 곰곰이 생각하게 만든다. 한 단계 비약해서 보자면 솔로몬왕의 재판에서 나오듯이 두 창녀가 아이를 낳은 사건을 심판하는 그 자리에서 어떤 결과를 초래했단 말인가? 이에 대한 해석에 독일의 철학자이자 사회학자인 막스 호르크하이머(Max Horkheimer)의 도구적 이성비판이 도움을 준다. 그는 "이성은 완결되는 순간 비합리적인 것이 된다."라는 유명한 명제를 남겼다.

젊은 시절 나의 아내가 한 말이 지금도 생각이 떠오른다. "당신은 돈이 있으면, 그리고 돈이 많으면 안 돼. 그것이 바로 다른 일을 만들기 때문"이라는 말이다. 두 마음을 미리 알아차렸기 때문이 아닐까? 사는 동안 지금까지도 용돈을 주는 아내의 고마운 마음을 알 것 같다.

나를 성장시켜 키워준 당신이 정말 고맙소!

✦ 방학이 내게 준 선물 2

왼쪽 팔이 아프다는 느낌이 책을 넘기면서 알았다. 그동안 물리치료(침 치료 병행)를 받았는데도 아프다. 괜히 아플 리 없겠지만 이제 내 나이에 자판을 만지다 보니 내가 판단한 게 잘못인가 보다. 하루도 거르지 않고 자판을 친구삼아 지내는 작가 같은 직업은 벌써 병원에 가서 줄을 서야 맞겠다는 생각도 떠오른다.

　모처럼 집안에 결혼 소식이 두 개나 있는 걸 보니 3월은 확실히 좋은 계절인가 보다. 코로나19로 인하여 그동안 미루다 미루다가 하는 결혼은 설마 아니겠지 하는 생각도 든다. 만난 지 한참 된 육촌 형님이 전화를 주셨다. 사는 얘기부터 자식들 얘기를 오래도록 하다 보니 왼쪽 팔이 아파온다. 핸드폰을 들고 전화를 하다 보니 팔이 싫은가 보다. 다시 오른팔로 바꿔 잡고 이야기를 계속하다 보니 저쪽에서 먼저 나중에 만나서 얘기하자고 한다. 그렇게 전화를 끊고 나서 통화시간을 보니까, 글쎄 56분하고도 38초를 했다니 나로서는 보기 드문 일이다. 늙어서 말이 많아진다는 얘기를 도무지 이해하려고도 생각조차 해본 적이 없는데, 아뿔싸 이게 나의 일이 되었나 보다. 여자분(?)들이 수화기를 들으면 몇 시간씩 하던 말 또 하고 또 한다는 말이 정말로 알 것 같다(여성을 폄하하려는 의도는 결코 없다는 것을 밝힌다). 내가 이 지경이 되어서 형님에게 하던 얘기를 계속했다는 죄책감이 들기도 한다(먼저 전화를 건 쪽은 형님쪽이었으니까 다행이다).

　다만 이제라도 깨우쳤으니 축복이다. 정(情)이란 게 이렇게 무섭다고 하는 게 맞는 말일까? 운전 중에 전화를 못 하게 해도 단속에 걸리는 운전자의 심정도 십분 이해가 간다. 그리고 횡단보도를 건널 때, 화장실에 있을 때, 공중 전화박스에서 뒷사람이 기다리든 말든 계속 전화한 경험들 모두 그런 이유 때문이 아닐까….

　요즘처럼 만나지 못하는 아쉬움, 집합금지 명령을 이렇게라도 달래야 하는 심정이나 상대방의 배려 차원에서 전화를 끊지 못하는 심정, 모두 우리가 경청이란 차원에서 이해해야 될 것 같다. 상대방의 말을 들어주는 것, 다시 말해서 듣는다는 것은 엄청난 관계회복의 터전이 되기 때문이다. 서로가 마음속에 간직한 이야기를 아무런 제약 없이 들어주는 것은 듣고 있는 자신에게도 치유의 시작이기 때문이다. 바쁘지도 않으면서 바쁜 척, 어제가 바로 정월 대보름이란다. 마트에서 늦게나마 볶은 땅콩 한 봉지를 샀다. 오늘 밤엔 보름달에게 전화를 걸어 봐야겠다. 내가 보고 싶지 않았는지!

✦ 방학이 나에게 준 선물 3

오늘이 방학 마지막 날이자 102년 만에 맞는 3·1절이다. 그날의 함성이 들리는 듯하다. 벌써 긴 세월이 흘렀건만 내 마음속엔 응어리가 풀리지 않는 걸까? 그 이유는 독립의 끈이 아직 남아있기 때문이다. 그러나 그 이유만이 전부는 아닐 것 같다. 아직도 미해결의 많은 문제가 남아있기에 온 국민의 일치단결이 요구되는 날, 봄비가 세차게 몰아치는 아침, 우리는 무엇을 깨달아야 다시 이런 비극이 일어나지 않을까 고민해 본다.

현시점에서 바라본 우리나라의 현실은 1919년 3월 1일 천신만고 끝에 들불처럼 타오르던 그 함성과 메아리와 크게 다르지 않다. 만약 이 들불이 꺼지는 순간, 우리는 이제 그들 나라의 경제속국이 될 수도 있으며, 열강의 틈에서 우리가 살아남을 수 있는 방법이 그렇게 많지 않다. 전쟁의 위험도 상존하는 상태이고 보면 우리가 지향하는 우선순위 목표가 확연히 드러난다. 첫째는 평화요, 그 기틀을 마련하는데 온 국민이 힘을 모아야 한다. 코로나19가 아직도 끝나지 않았기에 공감대는 무엇보다 더욱 중요하다. 둘째는 조그마한 나랏일(?)로 국론이 분열되거나 상생을 그르치는 행동을 자제해야 한다. 그런 이유를 호시탐탐 노리는 세력에 도움을 준다면 잘못 판단할 수 있는 세력이 아직도 곳곳에 있기 때문이다.

  일부 여론에서는 우리만 잘 살면 되지 무엇 때문에 그들(북한)에게 퍼주고 지원하려 드느냐는 생각을 가진 사람들이 있지 않을까도 생각해 본다. 개개인의 판단이라고 치부할 수는 있지만, 우리의 국내 사정이 그다지 평화로운 여건이 아님에도 불구하고 좁은 소견으로 판단 착오적인 오류를 남기는 것 같아 안타깝다. 일본이나 이웃 나라들 역시 발 벗고 우리나라의 통일을 반기는 여건이 아니다. 다만 우리가 잊고 있는 것은 우리의 현실을 폄하하여 옛날 사고대로 판단하는 세력들에게 새로운 메시지를 주어야 하는 이유가 있다. 통일은 급하지도 중요하지도 않다는 메시지를 계속 주장하는 그들이 진정 원하는 잘못된 것들을 찾아내서 발본색원해야 한다. 국내적으로는 부동산 투기다. 그리고 주식투자로 일탈을 꿈꾸고 서민의 보금자리와 가느다란 희망마저 빼앗고, 밖으로는 자국민만을 위한 목적으로 지구 멸망을 향해 계속적으로(온실가스나 환경과 생태계를 교란시키려는) 나아가는 무리에게 결코 협조해서는 안 된다.

"주거니 받거니"라는 말이 신자본주의 세계에서는 현실적인 과제가 아닐 수 있다. 받으려고만 하면 먼저 주는 자가 없기 때문이다. 옛 우리 속담에 "돌도 십 년을 바라보면 구멍이 뚫린다", "가는 말이 고와야 오는 말도 곱다."가 있다. 어둠의 나라, 그들에게 먼저 주는 현명함이 있어야 하는 이유이다. 우리도 그 어려운 시절을 경험했었기에…. 비바람이 몰아치는 3·1절 아침이다.

✦ 드디어 개학의 날! 학부모의 마음은?

조금은 설레기도 하는 아침이다. 먼저 1, 2학년 전교생이 등교를 한다. 그 외 학년들은 주 2회씩 학교에서 친구를 만날 수 있다. 그나마 다행이다. 조금씩 코로나19가 줄어드는 느낌이지만, 무증상 확진자가 여전히 발생하고 있다. 새내기를 둔 학부모들의 마음 한구석에는 무엇이 자리 잡고 있을까. 그동안 겨우 학교 이외에 학원에 의지하고 겨우겨우 학교 갈 준비를 하다 보니 모두가 지쳐있을 것 같다. 아침나절에 겨우 개방한 문 쪽에는 벌써 사람들이 모여든다. 내 아이 등교 모습에 설레는 부모의 마음속엔 어떤 어린 시절이 떠오를까?

그사이에 학교 체육관 공사도 말끔하게 마무리되어 간다. 아름답고 씩씩하고 귀하고 어진 새 생명들(우리 아이들)이 등교할 날만을 기다리고 있다. 개학한 지도 거의 한 달이 다가온다. 아무런 문제 없이 아이들을 바라보니 기분이 너무 좋다. 인사하는 모습에서 숙연한 마음이 든다. 두 손을 모으고 가던 길을 멈추고 다소곳이 눈망울을 치켜 바라보면서 '안녕하세요.' 인사를 주고받는다. 나는 몰려오는 학생들에게 무조건 '환영합니다, 반갑습니다, 어서 오세요, 반가워요, 멋있어요, 최고예요.' 갖가지 인사를 주고받으면서 학교 문을 뒤에 두고 친구들 속으로 걸어가는 모습을 바라본다. 무거운 가방을 등에 메고 걸어가는 모습들에서 나는 경외감을 느끼기까지 한다.

나의 어린 그 시절의 생각이 그다지 나진 않지만, 보자기를 어깨에 둘러메고 친구들과 논둑길을 걸어가던 추억이 떠오른다. 비 오는 날에는 우산이나 우비(비옷)는 고사하고 고무신이 개울에 떠내려갈까 봐 신을 벗어 손에 들고, 미끄러운 흙길을 바라보며 물에 빠질까 봐 무서워하며 걸어가곤 했다.

바로 엊그제 아침나절 있었던 이야기를 더듬어 보려 한다. 잠시 등교하는 학생들을 보내고 정문 안내실로 다가오는 어머니가 보인다. 아이가 물병 가져가는 것을 잊어버리고 학교에 가서 엄마가 전해주려고 오셨단다. "어서 오세요. 아하! 그러셨군요. 그럼 제가 갖다 전해줄게요." 인사를 마치고 계단을 오르며 곧장 교실 문을 두드린다. 수업 중이라서 조심스럽게 노크를 하고 전해주고 출입문을 닫는 순간, 선생님의 음성이 들려온다. '너는(이름 생략) 항상 물병을 왜 안 챙기느냐'는 말처럼 들린다. 내 입장에서도 부모 마음처럼 조심스러운 생각이었는데 그 말을 듣는 순간, '내 행동에 무슨 문제가 있는 건 아닐까? 차라리 쉬는 시간에 선생님 몰래 전해줄걸.' 하는 생각이 들었다. 그러나 어머니의 성화(?)도 있고 해서 지금 바로 전해준다고 말했으니 늦출 수도 없다. 난감한 마음을 안고 되돌아왔다(코로나19가 없어져 부모가 교실을 마음대로 드나드는 경우를 생각해 보니, 결국 아이들이 '피해자'라는 생각이 든다). 계속해서 이런 일이 또 일어나는 이유는 뭘까? 다만 공립학교의 한계는 아니라고 믿고 싶다. 1학년 신입생이 아장아장 무거운 가방과 실내화 신발주머니를 들고 부모의 배웅을 받으며 학교 문을 두드린지도 벌써 두 달이 되어간다. 과연 이 아이들의 마음속에는 어떤 생각을 하고 있을까? 나도 어린 시절이 있었으나 명확한 답은 찾을 수가 없다. 다만 이런 생각은 해볼 수 있겠다. 한 부류는 학교가 몹시도 가고 싶어 잠을 못 이루는(?) 어린이와 오늘이 학교 가는 날이라는 어머니의 성화를 듣고 나서야 겨우 채비를 하는 아이들, 어떤 아이들은 그런 말을 듣고도 생각이 변하지 않는(노는 것이 학교생활보다 훨씬 좋다고 느끼는) 극사실파(?), 즉 학교에 가기 싫어서 엄마 손을 놓지 않고 심지어 떼를 쓰며 눈물까지 보이는 아이들! 암튼 여러 종류의 성격들로 이루어진 1학년 어린이들의 모습들이다. 코로나가 만들어낸 부작용들이라면 차라리 좋겠다는 마음이다.

그럼에도 불구하고 아이의 그런 모습은 정확히 표현해서 극히 정상이라고 생각된다. 마치 한마디의 명령에 따라 일사불란한 군대식(?) 교육을 원하는 문화에서는 '당장 이런 아이들은 안 돼, 버릇 되면 고치기가 어려워!'라고 말하고 싶고, 어떤 경우에는 담임선생님도 아닌 다른 반교사나 교직원들조차도 이런 조언(?)을 서슴지 않고 강요하기까지 한다는 말을 들었으니 말이다. 설령 두 달 만에 모든 아이가 그렇게 변하는 것을 원하는 것은 아닐는지 아니면 오기 싫은 아이를 억지로 교실에 들어가게 하는 것이 좋은지도 나를 어리둥절하게 만든다.

17.
4월의 아픈 기억들

　　세월이 참 빨리도 지나간다. 잊으려 해도 잊지 못할 그날의 오열이 그리도 빨리 비바람에 꽃잎처럼 떨어져 가버렸나? 4월의 추억은 오로지 나에게는 평생 잊지 못할 가슴 아픈 날이었으니까. 다시 그날이 오는 듯 노란 꽃잎들이 내 앞에서 나를 바라본다. 모두 미소 띤 얼굴들! 아무 말이 없다. 자작시로 슬픔을 위로해 본다.

✦ 어린이들의 눈물

　어린이날을 보내면서 또 한 가지 의문이 생긴다. 누구는 "어린이는 어른의 아버지다."라고 말을 한다. 그럼에도 불구하고 이 말의 뜻을 전적으로 수용하는 어른들이 과연 몇 퍼센트나 될까 의문이 든다. 하여튼 어린이는 꾸밈이 없고 진실하다. 아기가 배고프면 울고, 안아 달라고 울고, 엄마가 그리워도 울고, 모든 것들을 울음으로 해결하려는 것을 어느 엄마나 아빠가 안 된다고 거절하는 일이 있었겠는가? 차츰 커가면서 어머니의 양육방식에서 오는 가치관과 사회 교육의 잣대의 혼란으로 아이들과 빚어지는 일들이 사회의 문제로 일들이 벌어지곤 한다. 소위 일류병이 아닌 일류족(?)들의 일탈이 너무나 곳곳으로 파고들어 문화나 국가의 통치체계에 익숙해진 그들과 합세하여 아이들마저도 그 틀에 가두어 놓으려 하는 것이 문제다.

코로나19가 온통 사회를 뒤흔들어 놓고 여러 곳곳에서 혼란이 가중되고 있다. 지금이야말로 우리들이 하나씩 정비해 나가야 할 일들이 곳곳에서 벌어진다. 온 국민이 마스크를 쓰고 심지어 어린이들조차도 입을 틀어막고 생활하고 있는 모습들이 안타깝다 못해 슬프기까지 하다. 이쯤에서 누가 그들에게 이렇게 힘든 모습을 만들었는지 생각해 보는 게 어떨까? 먼저 선진국이라는 나라들이 앞다투어 각기 책임이 없는 듯 말하고 서로 삿대질을 하며 떠넘긴다. 무수한 생명들이 사라지고, 백신 부족으로 세계가 온통 시끌시끌하다. 코로나19 확진자와 사망자가 날로 늘어나고 있는데도 아우성은 그치지 않고 자기의 영역에서 살려고 아우성들이다. 지금이 바로 전시상황이 아닌지 모르겠다. 사회 각 분야에서조차도 나라의 정책을 비웃기라도 하는 것처럼 자성의 목소리는 들리지 않는다. 심지어 일부 정치세력과 종교인조차도 종교탄압을 빌미로 광화문으로 발길이 향하고, 나라를 부정하는 언동들이 일어나고 있다. 과거 우리나라에서 있었던 해방 후에 혼란으로 빚어진 좌우 대립과 무엇이 다르단 말인가? 봄비가 5월을 더 푸르게 하는 오전 나절이다.

✦ 학교가 죽었나?

내 고향 시골에는 족히 1km쯤 되는 곳에 국민학교(현재의 초등학교)가 있었다. 동네를 가로질러 논둑길을 거쳐 신작로에 다다라야 겨우 마음이 놓인다. 검정 고무신을 신고 어깨에 멘 책 보따리를 추스르면서 걸어가곤 했다. 그러나 그것만으로 무사히 학교에 갈 수 있는 게 아니다. 언덕 둑길을 조심조심 건너가야 주막을 마주한다. 마당에 경운기와 소달구지가 보이는 그곳, 마루엔 벌써 아침 일을 끝내고 쉬는 듯 사람들이 모여 있다. 집 마당 옆으로 조용히 100m쯤 올라가다 보면 초가집인 듯 집들도 보인다. 그곳은 산자락을 잘라서 길을 내었으니 봄이면 양쪽 산등성이에 진달래꽃도 보이고, 그 길로 조금 내려가면 감나무와 커다란 살구나무도 우뚝 서있다. 그 동네 이름이 아직도 기억이 새롭다. 남성리(南星里)라는 곳인데, 학교 문 가까이 문방구(점빵)도 있고 좁다란 그 길로 학교 문을 들어서면 온통 커다란 나무들 숲에 둘러싸인 넓은 운동장이 펼쳐진다. 학교는 1층인지 2층인지 가물가물한데, 2층이라는 생각은 내가 꿈속에서 보았던 모습인 것 같다. 조그마한 학교이면서 내가 다니던 6학년은 두 개 반이 전부다.

그렇게 6년을 눈이 오나 비가 오나 다니던 곳인데, 운동장 곳곳엔 잡초와 나무들이 무성하다는 생각에 짠한 마음이 감싼다. 꿈속에서 그리던 그곳으로 가보고 싶다. 혹시 '학교가 죽었나, 없어졌나?' 하는 염려 속에….

✦ 백신주사 등장

현실은 어떠한가? 코로나19가 극성을 부리며 너나 할 것 없이 생명을 위협하고 있다. 선진국이라는 나라들 역시 쓰러져 죽고 아비규환이 되어가고 있을 때 귀신처럼 나타난 백신주사가 웬 말이냐? 그 길만이 생명을 지탱하는 수단인 것처럼 주장들을 하고 있다. 그들은 '죽어도 죽지 않고, 살아도 살아있는 게 아니다'라는 역설을 내세우는 게 아닌지 모르겠다. 후진국은 그나마 구세주처럼 조용하다가 그들의 득세(변종 바이러스)로 또다시 죽음이 다가오고 있는 현실이 왠지 슬프기까지 하다. 아울러 백신 부족국가가 후진국이란 표현도 나온 이유일 듯하다.

코로나19의 특징은 집단이 모이는 곳이면 다수 발생하다 보니, 자연스럽게 학교라는 공동체도 결코 예외일 수가 없다. 그러므로 자연스럽게 무너져 내리는 모습들이다. 학력 격차가 벌어지는 가운데 사회성마저 갈피를 못 잡고 다른 곳으로 방황하는 모습도 보인다. 그나마 '비대면 수업'이라는 게 있어서 비록 등교는 못 할지언정 '줌(zoom)'이란 매체로 간접 교육이 이루어지고 있다. 여기서 잠깐 우리나라의 현 실정을 정확히 파악하는 안목이 필요한 시점이겠다. 학교 운동장엔 잡초들만 땅속에서 소리 없이 올라와 진을 치고, 조용해진 틈을 비집고 올라와서 나도 한 번 이 넓은 곳에서 너희들의 친구가 되리라는 큰 포부를 안고 온 듯하다. 길고양이들도 감히 넘보기 힘든 틈을 비집고 '때는 이때다'라는 선배들의 가르침을 받았는지 여기저기서 뛰노는 모습들이 비단 시골 구석진 학교만의 광경은 아닌 것 같다. 뿌연 먼지 풀풀 날리는 운동장, 7월의 햇살, 검게 그을린 얼굴로 뛰어노는 모습은 부질없는 상상일까! 코로나19와 동시에 미세먼지와 황사라도 밀려오는 날이면 외출을 삼가라는 방송이 들려오고, 다행히 오늘처럼 비라도 내리면 모든 게 사라지지나 않는지 나만이 부질없는 넋두리도 해본다.

✦ 나무들도 시들시들 죽어간다(?)

길게 늘어선 가로수를 자세히 바라보라. 봄에는 새싹들이 움트고, 여름에 초록 물결이 출렁이고, 가을엔 노란 단풍이 나와 생을 같이하면서 나의 심신을 어루만진다. 시 한 편이 떠오르고, 어릴 적 어머니의 품 속을 그리는 눈물의 사연들도 솟아난다. 모두가 그렇게 어울려 살다 갈 인생인데 말이다. 그러나 요사이 부쩍 기승을 부리는 듯, 각종 소음과 매연 심지어 미세먼지와 오존층이 파괴되어 기온이 날로 변화무쌍하다. 한때 어느 시인의 마음엔 나무들이 춤을 춘다고 했을 정도로 자연과 인간이 숨을 쉴 수 있었다. 아무도 자신을 뉘우치고 멋있게 동행의 길로 떠나려는 모습은 간데없고, 나만 편한 세상, 나만 배부르고 잘(?) 살려고 발버둥 치는 것도 따지고 보면 살기 위한 몸부림으로 봐야 하지 않는가 하는 망각이 들 때도 있다.

과학이 발전하면 할수록 너와 나의 삶은 힘들어지고 온갖 질병으로 결국에는 이 땅에서 사라져 갈 테니까 말이다. 자동차의 경우만 생각해 봐도 그 답은 너무나 확실하다. 온 나라 곳곳에 미세먼지와 초미세먼지 각종 소음으로 잠시도 창문을 열 수도 없다. 30층 너머 고향 집이 그리운 로열층이라 좋아했는데 무슨 자동차의 장례식이라도 열리는지

옴짝달싹 못 하고 반대편 쪽 차들만 소리를 지르며 눈물을 흘리나 보다. 그 소리가 떠나는 임의 울음소리라면 차라리 같이 울어줄 수 있을 텐데….

평소에 길을 가다가 느끼는 상념이 있다. 그 큰 도로에 자동차가 없다면 왜 온갖 나무들과 가로수가 서서히 병들어 죽을 이유도 없다. 그곳에 꽃들을 심어놓으면 어떨까? 아니다 일부러 심어놓을 일도 없겠다. 땅속에서 잠자던 온갖 식물들이 새들과 동물들을 모두 합창으로 불러댈 텐데 궁금해서 참지 못할 것이다. 그곳은 마치 천국 터널에 온 착각을 할 수도 있다. 그럼에도 불구하고 잠시 휴식도 마다하고 자동차를 끌고 먼 데로 떠나야 할 이유가 없지 않겠는가? 나는 감히 하늘을 우러러볼 수도 없는 마음이다. 나무들이 하나씩 말라서 죽어가는 모습들! 지구를 너무나 거침없이 파괴한 생각들 때문에 나의 생명의 가치도 없는 것처럼 느낄 때가 있다.

✦ 물이란 무엇인가? (물 전쟁은 끝이 없다.)

요사이 며칠 비 소식이 잦아드니 벌써들 걱정하는 소리가 들린다. 비는 인간의 힘으로 좌지우지할 수도 없다. 계절에 따라 내리는 비는 '단비'라고 할 정도로 소중한 자원이다. 특히 시골 농촌뿐만 아니다. 비가 내려야 온갖 것들이 생육하고 번성하니까 말이다. 그럼에도 불구하고 인간이 이기주의에 물든 모습들이 얼마나 많은가. 대도시에서 비가 오면 정말 큰일이 날것처럼 호들갑이나. 그러나 사실로 이어진다. 누가 그런 말이 생각난다. 앞으로 지하층은 건설하지 않는다는 궤변을 늘어놓는다. 물론 홍수나 기후 변화에 대처할 의욕을 상실하였기보다 안전 불감증으로 해마다 이어져 재앙이 닥치는 원인이 되고 있다.

덧붙여 과연 물(水)이란 무엇인가? 인간에게 어느 정도 필요한 것인가?

TV에 연일 보도되는 물 부족 사태는 급기야 인간의 생명을 위협한다. 그리고 수질의 좋고 나쁨으로 인해서 더욱 심각한 재앙이 인간에게 발생하는 것도 현실이다. 우리나라도 예외는 아니기 때문에 물 정책이야말로 그 옛날부터 '치산치수(治山治水)'를 국가의 명제로 떠오르는 이유다.

더구나 이런 일로 인해서 재벌이나 몇몇 업체들까지 끼어들어 '생수 전쟁'이 벌어지고 있어 가관이다. 가뜩이나 국내에서는 열악한 환경에서 장시간 노동을 하는 비정규직 택배 노동자들이 이 업무를 담당하고 있다. 이들의 연속적인 죽음이 이와 무관치 않음을 알 수 있다. 자본주의에 길들여진 모두가 살기 위한 몸부림으로 이를 역이용당하는 것들이 안타깝다. 결국 소비가 멈추지 않는 한 세계적으로 자본주의를 넘어서 신자유주의 속에서 살아남기 위한 전쟁이 끝나지 않는다. 이들과 관련이 있는 택배 노동자, 하청노동자, 특히 건설 노동자까지 사회 곳곳에서 일어나는 비극이 돈과 일에 모든 것을 거는 '죽음에 이르는 중독' 현상이라는 어느 교수의 말대로 한국 사회가 오랫동안 앓고 있는 '질병적 구조'를 하루 빨리 회복해 나가야 하는 위기에 처해 있다는 말이 나의 가슴을 짓누른다. 오늘의 또 하나의 명제로 새기고 싶다.

18.
아주 작은 소리들!

아침나절! 나는 봉사하려는 마음을 벌써 굳게 먹고 학교 문에 들어선다.

각자 서로가 보이는 모습 그대로 허리를 굽혀 인사를 나눈다. 또 다른 봉사 팀들도 여기저기서 모여든다. 봉사라기보다는 차라리 '돌봄'이라는 성격이 강하게 비춰진다. 노란색 조끼에 깃발을 든 어머니들의 모습도 눈앞을 지나간다. 잠시 후 나보다 일찍 등교(?)하신 머리가 흘끗한 어머니들께서 빗자루를 쥐어든다. 주말에 주인(?)이 집을 비운 사이 살금살금 바람을 타고 한 가닥씩 떨어진 전나무 잎들이 제법 수북이 쌓였다고 나에게 전한다. 빗자루로 쓸면서 서로 주고받는 작은 소리가 들리는 듯, 나는 어르신들과 농담 섞인 말로 '자기들 머리카락이 빠진 것도 모르면서 내려다보는 저 나무들이 야속하다.'라는 이야기를 나누며 함께 웃었다.

비가 내린 후라 바닥에 눌러붙어 쓸기도 힘겨워하는 자그마한 소리가 여기저기서 들린다. 도로를 질주하는 자동차들의 소음에 들리다 말다 하면서 어느새 그들이 지나간 자리들은 깨끗한 모습이다. 사각사각 빗질 소리, 구름다리 계단 오르는 소리 모두가 합창이라도 하는 듯 제법 박자가 잘 맞는다. 어디선가 까치도 인사를 하며 지나간다. 월요일 아침 비가 그쳤다. 고요하기까지 하다. 이따금씩 준비물을 들고 오시는 어머니, 휠체어에 아이를 태우고 밀고 오는 발걸음 소리도 작은 듯 크게 들리는 오전 나절이다. 멀리 눈에 들어오는 구름다리를 오르는 아낙들조차도 힘찬 발걸음 소리가 들리는 듯, 어디론가 말없이 걸어가고 있다. 고개를 다 넘을 때까지 그저 바라보고만 있다.

✦ 마스크 단상(斷想)

우리말 어원을 살피자면 마스크(Mask)는 얼굴을 감추거나 달리 꾸미기 위해 나무, 종이, 흙 따위로 만들어 얼굴에 쓰는 물건 또는 병균이나 먼지 따위를 막기 위하여 입과 코를 가리는 물건, 얼굴 생김새 등으로 표현한다.

어린이집, 유치원 아이까지 얼굴을 가리고 등원하는 모습은 정말 어른들의 잘못(?)인지도 모를 일이다. 지구 환경이 극도로 나빠져 바이러스가 창궐하는 게 비단 어제오늘의 일은 아니지만, 재앙임에는 틀림이 없다. 그리고 과학의 발전을 뒤쫓아 일어나는 부작용들이 비단 바이러스뿐만 아니라 미세먼지나 환경파괴, 화석연료의 무절제한 개발과 사용으로 지구온난화를 부추기는 원인을 제공한다. 그럼에도 불구하고 다행인 것은 마스크를 쓰는 것 자체는 불편하더라도 이 같은 환경에서 살아남기 위하여 쓰는 게 오히려 유용할 때도 있다. 과거에도 병원 종사자들은 마스크를 쓰고 생활을 해오고 있었으니까.

또한 누구라도 마스크 착용이 외모에 그다지 영향을 주지 않는다고 개인적으로 생각한다. 연예인이나 유명인들이나 정치인들마저도 구설수 등에 올라 매스컴에 나타날 때, 으레 마스크를 쓰고 나왔으니 한때는 그게 유행이던 시절도 있었나 보다. 더욱이 다행인 것은 어린이나 노약자들의 호흡기 질환이나 감기 증세가 현저히 감소했다는 이야기는 나만 믿고 있는 진실일까.

19.

돌봄이 주는 나의 아픈 기억들

　　아이가 엄마 손을 잡고서 힘없이 걸어 들어온다. 어머니 모습조차 딸의 모습처럼, 누구는 아픈 애를 뭐 하러 학교로 끌고 오냐는 비아냥거리는지도 모르겠다. 그러나 아이 앞에 서있는 나의 마음은 어떠했을까? 그저 아파하는 모습이 안타까워 나의 어린 시절들하고 겹쳐 다가온다. 나는 어릴 적, 아플 적 학교에 가고 싶다고 했었을까? 어머니의 아침나절은 정말 바쁜 시골생활이다. 그 더운 날 나를 데리고 학교까지 걸으셨으니 오죽하셨을까? 어머니야 어디 힘이 남아나서가 아니다. 나를 데리고 맨발에 검정 고무신이 자꾸만 벗겨져 떠나려고 하는 것을 지켜만 보고 있을 때가 있었다. 그땐 어머니 몸마저 성치 않으셔서 누구의 도움을 받아야 할 실정으로 찢어지는 가슴을 뒤로하고 나와 등굣길에 나선 것이다. 더구나 요즘 코로나로 인하여 너나 나나 할 것 없이 마음이 편치 않다. 나의 권속들, 직장에서나 가정에서도 어떻게 해야 할지 모를 지경이다. 혹시 나쁜 전화라도 올까 봐 노심초사하는 모습이다. 만약 확진자가 가족 중에 누구라도 있으면 어찌할까? 그야말로 모든 생활이 정지되고 누구와의 접촉도 못 하고 혼자 병실에서 누구를 원망하며 살아야 하는지 자신에게 물으면서 해답을 찾으려 할 것이다. 지금이 바로 어릴 적 어머니의 아픔이 오롯이 떠오르는 연결의 시간들이다.

『아파도 미안하지 않습니다』의 책 내용처럼 누가 그런 사회에서 살고 싶지 않은 사람이 있을까. 그저 가족에게, 또는 생활공간에서 모든 게 내 불찰이라고 생각하며 생을 마감하셨던 그분들에게 꼭 드리고 싶은 말이 있다.

'아닙니다.'

'아프니까 청춘이다.'라는 말보다는

'늙으니까 아프다.' 결코

'당신의 잘못이 아닙니다.'

다만 옆에서 '돌보는 모든 사람에게 감사하다'는 생각이시면 됩니다.

코로나가 오기 전에도 많은 사람이, 특히 전쟁 중에도 질병에 어려움을 겪었던 시절도 있었다. 나의 어린 시절 콜레라와 장티푸스(달리 호열자라고도 불렀다.)가 시골 온 동네를 휩쓸고 갔던 기억도 난다. 지금처럼 불가역적인 공동체의 생활은 아니기에 그 집을 거치지 않고 돌아서 학교에 다녔다. 그런 이유로 결석하는 학생들이 많았는지는 기억이 가물가물하기만 하다.

20.
물옥잠과 어머니의 고향

6월 어느 날 오전, 학교 현관 앞에 모내기할 모판이 보인다. 그다음 날인지 모퉁이에 모내기를 끝내고 상자에 가지런히 놓여있다. 그런데 이상하게 햇볕이 들지 않는 담장 밑 언저리에 자리를 잡고 있다. "…모는 햇볕이 정말 중요한데."라고 혼잣말을 내뱉었다. '모'는 바로 우리들의 생명줄을 지켜주는 양식이다. 옛 노래 중에 「보릿고개」라는 노래는 그 시절 쌀이 없어서 배곯고 허기진 몸으로 물 한 바가지로 배를 채우시던 우리 엄마의 모습을 생각나게 하고, 나의 어릴 적 생각이 물씬 묻어 나오곤 한다.

어머니는 4남 1녀의 찢어지게 가난한 아버지(셋째 아들)와 맞선 한 번 제대로 보지도 못하고 결혼하셨다. 멀리 멀리 아는 사람 통해 5일장에서 서로 소식을 전하고, 그것도 할아버지의 친분으로 어머니와 결혼이 이루어지게 된다. 갖은 고생을 마다하고 살아온 날들이었기에 우리 집안의 궁핍은 온 동네가 다 아는 사실이었고, 그 시절에는 각오한 일들이었기에 안타까움이 더욱 절절하다.

모내기하다 남은 모종이 현관 앞 뜨거운 햇볕에 시름시름 앓고 있는 모습이 자꾸 눈에 밟히어 조금만 얻어다가 집 베란다에 심으면 좋겠다는 이상한 생각이 떠오른다. 그날 조심스럽게 비닐봉투에 모종을 집으로 가져가 플라스틱 그릇에 흙을 넣고 물도 듬뿍 주고 모내기를 끝냈다.

오후에 살짝 놀래주려는 심사로 아내에게 보여주니까 아니나 다를까 (전에 살던 집에서 오골계 알 부화할 때처럼 시큰둥하면 안 된다는 일갈─ 喝이다.) "아니, 모내기는 논에 심는 것이지 무슨 베란다에서 키우겠다는 소리인지. 냄새, 모기, 벌레 등 아무튼 절대 안 된다"고 하기에 "여보! 우리 집엔 소독약도 있고 내가 잘 키울 테니까 나중에 시골에 가지 않아도 황금벌판을 볼 수 있게 할 거야."라고 대충 얼버무려 넘어갔다 (아내의 지탄이 마땅한지도 모르겠다. 다만 '고향이 그리워서 그래?'라는 위로의 한마디가 더 좋았을 텐데…).

지금 거의 한 달이 되어가는 데 키는 두 배는 자란 것 같다. 그럼에도 불구하고 물속에서 편안한 모습들이다. 마치 고향에 온 줄 아는지 바람에 제법 춤도 추고, 열흘 전 화원에서 사다 심은 물옥잠과도 제법 친구처럼 사이좋게 지내고 있다. 처음엔 연꽃을 사서 심으려 했지만 마침 화원에도 없고, 대체할 식물을 찾던 중 물옥잠을 골랐다. 이들의 만남은 무슨 운명이란 말인가?

나의 살아온 지난날과 결코 무관치가 않아 보인다.

배가 고프다. 그때의 어린 시절도 마찬가지였다. 베란다의 친구들도 밤새 굶었는지 먹을 물조차 바짝 말라있다. 나는 나 스스로 배고픔을 달래보지만, 너는 나만 바라다보면서 기다리는 심정을 또다시 느껴진다. 우리네 부모들처럼 샘물을 바가지로 한 바가지 떠서 후후 불고 숨도 안 쉬고 마시고 싶다. 고향을 생각하며 더운 여름 허기를 달래기라도 해야 될 것 같다.

나는 중학교 졸업 후 유학길에 올랐다. 그래도 다른 아이들보다는 조건이 좋았는지 부모의 학구열이 높아서인지 가난은 좀처럼 나아질 수 없는 환경이다 보니 그 당시는 누가 뭐래도 교사(선상님:충청도 방언) 아니면 면서기, 그리고 경찰(순사)이 제일 좋은 직업이라고 여겼다. 비빌 언덕이라고는 사촌 형님댁이 서울이라는 것 말고 없었다. 어머니는 염치불고하고 나를 무조건 그곳으로 보낸 것이다. 어려운 서울살이는 그렇게 시작되었다. 그때까지도 어머니의 간곡한 부탁을 저버렸는지 까맣게 잊고 3년이란 시간을 보냈다. 졸업 후에 교대나 사범대를 가야 하는데, 그리고 안전하게 요즘처럼 교장 임기를 마지막으로 부모에게 효도하는 것이 마땅할진대, 웬 뚱딴지같은 나의 포부는 변함없이 외교관이었다. 그러니까 서울 사립 명문대 영문과에 시험을 치었고 보기 좋게 떨어져 나뒹굴었다. 재수를 하려니 명분이 없었다. 형님댁에서 3년이나 돌봄을 받았으면 그만이지 뭘 다시 하겠다는 것이 도저히 나로서도 불가능한 일이었다.

나는 곧바로 결심했다. 시골로 내려가서 얼마 남지 않은 군 입대까지의 기간 동안 부모님을 돌봐드리는 것이 도리일 것 같았다. 그때부터 나의 고난은 시작되었다. 시골에서 나고 자란 어린 시절이었지만, 농사

일은 그 어느 것도 할 수도 없었고 시키지도 않았다. 10여 리나 떨어져 있는 중학교에 다니는 것도 힘도 부치는 바짝 마른 몸이었으니까. 그래서 그런지 지금도 등교하는 초등학교 어린이들의 가방을 쳐다보면 자꾸 그 시절이 떠오른다. 내가 가장 많이 한 말은 "엄마, 나 허리 아파 죽겠어", "가방이 무거워."였다. 그러면 으레 돌아오는 말은 "너는 허리가 길어서 아픈 거야."라고 하셨다. 어찌나 세뇌가 잘 되었는지 나의 머릿속에는 그 말씀이 각인되어 내가 얘기하고 혼잣말로 '허리가 길어서'라고 지금도 다독인다. 어느 날 봉사하는 시간에 지인이 나에게 전하는 말, "허리를 쫙 펴고 걸으세요". 무슨 뜻인지 나는 이미 알고 있다. 누워서 반듯하게 자리를 잡고 나면 허리가 펴진다는 것도 안다. 그런 이유로 누운 자세가 언제부터인지 불편해서 자려고 마음먹은 후에나 침대에 가까이 가곤 한다. 더구나 이런 말을 들은 적이 있다. "소는 항상 앉아서 잔다." 그 이유로는 누우면 일어나지 못하기에 어쩔 수 없단다. 내가 소를 닮았나 보다. 누워서 자는 게 여간 불편하지 않다(소띠 팔월 생).

✦ 본격적인 농사꾼(?)

아버지 뒤를 따라 아침부터 논으로 향하는 뒷모습을 어머니는 아무 말 없이 바라만 보고 계신다. 아버지도 아무 말씀이 없다. "침묵이 금이다."라는 말이 이럴 때의 행동인가보다. 그 논이 아버지가 처음부터 농사를 지으신 땅이다. 해마다 물을 막아 농사에 사용할 물을 가둬놓는다. 하필 우리 논이 바로 물막이 '보(洑)' 공사를 하는 곳이다. 해마다

가을 추수가 끝나면 울력으로 사람들이 그곳으로 나와 흙으로 보를 막는다. 그 이듬해 모내기가 시작할 때쯤 각자 자기의 논에 물을 충분히 가두어 놓고 보를 해체한다. 그곳은 해마다 흙을 뒤집어 놓으니 비료를 많이 주면 벼가 쓰러진다. 다른 곳과 다르게 쉽게 농사를 지을 수 있다. 벼가 자라면서 벼의 색깔이 다른 곳과 너무나 차이가 나는 그 모습을 많이 보아왔다. 그 보(통학로)는 먼 데서 다니는 학생들, 그리고 농사일로 그 길을 이용하는 지름길이기도 한다. 주로 논에서 내가 하는 일은 김매기다. 벼가 허리만큼 자랄 때까지 한 세 번은 김을 매줘야 풀이 잡힌다고 말씀하신다.

그 시절엔 초록색 들(논)에는 여기저기서 김을 매는 모습들이 보인다. 그때는 농부들의 옷 색깔은 모두 하얀색이라 논에서 잠시 허리를 펼 때마다 눈에 잘 띄곤 한다. 다행히 '두레'라는 제도가 있어서 농사를 지을 수 있었는지도 모르겠다. 혼자 그 많은 논의 풀을 누가 맨다는 말인가. 요즘은 일꾼을 사서 여럿이 함께 논·밭농사를 짓거나 기계영농화로 김매기도 기계에 의존할 수밖에 없다. 농촌에는 고령자들뿐이고 인구는 점점 줄어드니 누가 옛날 방식으로 농사를 질 수조차 있겠는가. 논둑의 풀을 그 시절에 일일이 낫으로 베어내어 가축들의 먹이로 삼았다. 지금은 농약과 제초제를 산과 들 어느 곳에서나 사용하는 모습들이다. 지구 환경은 날로 피폐해질 수밖에 없는 노릇이다….

그래서 요즘은 기계가 자동으로 김을 맨다. 특히 선진농법으로 농약을 사용하지 않고 오리를 논에서 사육하는 '유기농 오리농법'을 실시하고 있는 선진 농촌도 가본 일이 있다. 우리 집 베란다에서 같이 살고 있는 벼와 사이좋게 자라고 있는 물옥잠도 오리가 좋아하는 풀들일 것이다(?). 또한 각종 벌레들도 그들의 먹잇감들이 되니 오리들의 천국이나 다름없다(물방개, 거미, 우렁이, 미꾸라지, 메기, 민물장어, 거머리, 그리고 날개 달린 잠자리까지도).

✦ 가버린 시간들

　나는 아버지의 얼굴을 바라보면서 가슴이 아파온다. 더구나 엎드려 풀과 두어 시간을 싸우고 나서도 힘든 기색을 보이지 않으신다. 잠시 논둑으로 나와 가을바람 속에 먼 산을 바라보고 쉬고 계시는 퉁퉁 부으신 얼굴을 도저히 잊을 수가 없었다. 힘들게 농사를 지으시던 모습들이 주마등처럼 스칠 때, 아버지의 큰아들 생각을 잠시도 놓지 못하고 계신지도 모른다. 무슨 심사가 뒤틀려서 일찍 시골 형편을 알고 고향을 떠났는지, 그 아들을 원망하고 계신지도 나는 물어볼 수도 알 수도 없다. 그럼에도 불구하고 나는 무슨 이유로 대학에 낙방하여 이곳에 와 있는가. 어머니의 한(恨)을 알고 느낀다고 하면서, 저에게 건 어머니의 희망마저 짓밟은 나는 도대체 누구란 말인가. 당장 국방의무가 아니면 아무것도 할 수 없는 핑계라도 있단 말인가. 또다시 부모 곁을 떠난다는 생각이 겹쳐 차마 아버지의 얼굴을 쳐다볼 수가 없다. 넌지시 부모님이 돌아가신 후 이제야 조금은 알 것 같다. 어릴 때부터 듣고 자랐던 말, "말(馬)은 나면 제주도로 보내고 사람(人)은 나면 서울로 보낸다."는 말의 의미를 몸소 실천하셨던 장한 나의 어머니와 아버지이시다. 그럼에도 불구하고 그때의 부모님의 생각(희생)은 자식을 그렇게 키우는 것만이 능사라는 것이 머릿속에 각인되어 있었다. 다른 방법은 생각조차 못한 것들이 요즘 부모들의 자녀교육 방법과도 결코 무관치가 않다. '부모의 과제' 중에서 '자녀의 과제'로 잘못 이해한 결과이다. 과거 농경사회에서 부모에게 효도하는 자녀는 부모 곁을 지켜준 자식밖에 없었으니까 이를 증명해 준다.

✎ 주석(註釋)

- 모: 모는 자라서 여름부터 사람 키만큼 자라서 꽃피고 열리는 열매가 바로 '벼'라는 알곡이다. 추수하여 방앗간(정미소)에서 도정을 한 후 드디어 '쌀'로 탄생된다. 그것이 바로 우리의 주식이 된다(현미는 도정 절차를 줄인 결과물이다).
- 보洑: 보는 일종의 물막이를 말하며 수리시설의 일종이다. 수리시설이 안 된 논들에 추수가 끝난 후 빗물을 가두어 그 이듬해 농사를 지을 때 쓰려는 일종의 둑이다('물막이 공사'라고 하면 쉽게 이해할 수 있겠다).
- 두레: 두레는 농경사회에서 아주 옛날부터 이웃과 더불어 사는 삶의 방식이다. 일손이 시기적으로 단기간에 필요하기 때문에 각자의 방식보다 서로 협동하여 농사를 짓는 방식이다(이때 부르는 노래가 「농가월령가」가 아닐는지?).

제2부

그녀의 등굣길

1.
나는 누구인가?

전통적인 유교 풍속의 대가족인 농경사회에서 자라나 유년 시절 「천자문千字文」을 처음 접하였다. 할아버지께서 약 종상을 하시면서 전국 각지의 욕창(褥瘡, 주로 발생하는 부위가 등과 허리에 집중되는 상태를 일컬어 '등창'이라고도 불렀다.) 환자들을 거의 무상으로 돌보면서 그 시절 순수 민간요법으로만 전국 각지에서 몰려드는 환자들을 치료해 주셨다. 환자들을 집에 머무르게 하고 장기적인 임상 치료를 하시며 환자를 일일이 보살피는 동시에, 상태를 관찰하며 치료를 게을리하지 않으셨다. 지금도 그 시절을 생각해 보면 일찍부터 '사회적 기업'의 모태가 되었으며, 현재의 '한의원의 시초'라고 감히 말할 수 있다.

이웃 나라 후진국들도 그런 분들의 덕택으로(방글라데시의 대표적인 사회적 기업가 '무하마드 야누스'처럼) 가난과 질병과 문맹을 탈출시키는 얘기를 접하면서 강한 충동을 불러일으켰다. 할아버지는 바쁘신 와중에서도 한문을 배우고 익히도록 하여 학교에 못 간 나이 많은 형들과 친구들을 직접 가르쳐주셨다. 일찍부터 서당(書堂)을 운영하시면서 한문을 익히게 하여 전인교육(全人敎育)을 접목하셨다.

　나는 중학교를 마치고 서울로 유학의 길로 접어들었다. 고등학교 3년간 학업성적이 그다지 좋지도 않았고, 평소 어머니의 부탁대로 교사(敎師)의 길을 가지 않고 엉뚱한 생각을 하면서 외교관이 될 꿈을 꾸고 있었다. 허나 보기 좋게 대학시험에 낙방하고 곧바로, 아니 1년간 재수를 하고 시험도 다시 보지 못하고 병영(兵營)의 길로 접어들었다. 마음 한 구석에는 언제나 배움의 한(恨)을 느끼며 직장생활도 하고 늦은 나이에 결혼을 하게 되었고, 그동안 열심히 살아오면서 직장생활과 개인사업도 해보고, IMF를 맞으면서 막노동도 하면서 가난과 싸우던 시절도 생각이 떠오른다. 마음속으로 굳게 다짐한 것을 자식들에게는 대물림을 해서는 안 된다는 신념으로 두 아들 모두 공학(工學)을 배우게 하여 직장생활을 하고 있지만, 글쎄다 그 길이 아니라면 바꿀 수밖에 없다는 생각도 하게 된다. 감히 부모님 말씀을 거역하고 성장했다는 얘기는 차마 아이들한테는 말을 하지 않고 묻어두고 가고 싶다.

　어렵게 결심한 나의 신념이라 누구에게 물어봐도 늦은 나이에 무슨 공부를 하려고 하는지 이상한 눈으로 바라본다. 심지어 현업의 공무원이나 기관에 계시는 분들조차도 '사회복지(社會福祉)'라는 공부를 하지 말라는 말이 되돌아오곤 했다. 나는 원래 하지 말라는 것을 찾아 실천하는 유전자의 덕분(?)인지 더욱 강렬한 생각으로 그 길을 가게 되었다.

그야말로 주경야독을 하면서 제법 공부에 맛을 들이게 되었고, 얼마나 다행인지 지금도 생각해 보면 마지막 직장(60이 넘은 나이로)의 우두머리께서도 흔쾌히 허락해 주셨다. 직장을 다니면서 야학(夜學)을 하는 게 오히려 자랑스럽다고 격려를 해주셨으니 얼마나 고마운 일이었던가.

공부를 하면서 현실 세계를 가까이서 관찰하게 되었다. 신자유주의 단점이라고나 할까? 이윤 추구와 개인적인 욕망의 그늘에서 헤어나지 못하고 있는 세계 모든 나라조차도 자국의 이익만을 지상 최대의 목표로 경쟁하는 현실이 안타깝다. 조그마한 우리나라에서는 아니기를 빌었다. 그럼에도 불구하고 단일민족 또는 여러 가지 말(동방예의지국 운

운)들을 하면서도 서서히 물들고 있는 현실을 돌아보게 된다. 나 역시 피지배민족의 피에서도 나타나는 것처럼 나를 다시 돌아보게 된다. "살기 위해서 먹는다."라는 말처럼.

현재도 위기의식으로 다가오는 징조들이 곳곳에서 나타나고 있다. 정규직과 비정규직의 양극화, 가난의 대물림, 실업계 고등학교의 사회적 위기감, 날로 늘어나는 각종 매연, 수질악화, 환경의 파괴, 안전 불감증, 기후위기, 한탕주의 각종 질병과 바이러스의 창궐로 인간의 생명을 위협받고 있으며, 초고령화 사회와 맞벌이 인구의 증가로 가정의 대화 단절과 과소비 풍조 등 부작용이 발생한다. 교육은 암기 위주에서 변하지 못하고, 인성교육의 틀에는 접근조차 못 하고 있다. 오직 입시 위주의 정책으로 인구는 수도권으로 집중되고, 낙후지역은 소멸의 위기를 맞고 있다. 또한 고령화와 저출산은 더욱 심각해져 여러 가지 부작용을 낳고 있다. 결과적으로 외국인 노동자들의 빈자리 메우기는 벌써 오래전의 일이다. 시골에서도 '외국인이 없이 농사(農事)를 할 수 없다.'라고 아우성이다. 소위 3D 업종에는 우리 젊은이들이 가기를 꺼리는 게, 어제오늘의 일이 아니다.

현재 150만에 가까운 외국인들이 이 땅에서 아픔을 같이하며 함께 살고 있다. 왜 「국제시장」이라는 영화를 열광하는지도 알 것 같다. 이 같은 일 모두는 '종교적 사명'이 아니더라도 우리가 나서서 치유의 대열에 서야 할 이유이다. 또한 그들이 고국을 떠나 이곳에 정착하는 데 희망을

심어주는 게 중요하다. 우리는 그들이 원하는 것들을 돌봄과 섬김의 정
신으로 최대한 역량을 발휘할 수 있도록 여건을 만들어 주는 것과 나눔
과 배려를 깨닫게 하는 것이 우리가 감당하여야 할 과제라고 생각한다.
즉 '생산적인 공동체'가 각국에 붐이 일어나기를 기대해 본다.

  오늘이 바로 그런 날이었으면 한다.

2.

소녀가장(?)으로 당당하게 나타나다

저 깊은 산골짜기에서 태어나 자연과 친구들을 벗 삼아 아무 걱정 없이 살던 그 소녀의 모습 그대로였을 것이다. 어느 날 그 소녀에게 기억하기조차 끔찍한 일이 일어난다. 그녀의 집은 물론 동네 사람들의 피와 땀 모든 것을 하루아침에 화마가 휩쓸고 빼앗아 가버렸기 때문이다. 그곳은 고장에서 제일 품질 좋은 엽연초 공동건조장이었기에 우두커니 넋이 나가 모두가 바라만 볼 수밖에 없다. 가을바람은 바로 옆 초가지붕에도 그냥 지나치지 않았다. 붉은 불꽃을 뒤로하면서 삽시간에 하얀 재로 만들어 버리더니 영화의 마지막 장면처럼 그렇게 허망한 모습으로 사라져버렸다.

갈 곳도, 당장 누울 자리마저 없는 우리 가족들을 어둠의 길거리로 내몬다. 이튿날 타다 남은 세간이라도 찾아보았지만 아무것도 손을 댈 수가 없다. 불행 중 다행으로 불을 더 이상 퍼지지 않고 다친 사람도 없다고 한다. 이 또한 하늘이 도운 게 아닐까 하면서도, 불현듯 '불난

집이 더 잘된다.'라는 생각이 스치고 지나간다. 우리 가족들은 갈 곳도 정하지 못하고 북쪽으로 정처 없는 발길을 옮긴다. 무너진 가슴을 추스르기 위해서라도 빨리 그곳을 떠나야만 한다. 전쟁으로 고향을 떠나는 피난민하고 방향만 다를 뿐 무엇이 다른가. 온 가족 3대가 하루아침에 고향을 등지고 떠나다니 조상님들 뵐 면목조차 없고, 그리운 고향 산천과 얼굴들이 자꾸 떠올라 할머니의 발등에 눈물이 고인다. 먼발치에서 식솔들마저 이별을 뒤로하며 동네가 온통 통곡을 한다.

소녀의 가슴에도 자꾸 뒤를 돌아보면서 할머니의 손을 놓지 못한다. 과연 어디로 가야 하는지 누구에게도 물어볼 수도 없다. 소녀의 앞날은 그렇게 힘들게 시작된다. 아니 중학교나 있는 곳일까? 땅 설고 물 설은

'드디어 우리는
하룻한 신촌 어느 다방 구석자리에서
첫 만남의 기회를 갖는다'

강원도 산골짜기 화전민촌으로 이사를 간다는 수군거리는 소리가 들린다. 학교 다닐 일이 걱정된다. 할머니가 "우리 내 새끼에게 괜한 걱정을 시키나 보다. 할미가 대신해 줄 수도 없고…. 아무튼 공부나 열심히 하면 된다."라며 나를 꼭 안아주신다. 보고 싶은 할머니는 지금 어디에 계실는지? 전학 온 첫날, 선생님이 잘 지내자며 친구들에게 인사를 시킨다. 무슨 죄인이 된 것처럼 고개를 숙여 인사를 한다. 소녀가 해야 할 얘기가 무엇인지조차 모르는 초롱초롱한 눈빛들이다.

✦ 무거운 짐을 지고 떠난 소녀

"친구 따라 강남 간다."라는 말처럼 무작정 집을 떠난다. 차라리 '가출(家出)'이라는 말이 맞다는 생각이다. 그때가 중학교를 막 졸업하고 나서 1년쯤 지날 무렵 그러니까 60년대쯤, 여자의 몸이지만 고향을 떠나야 한다는 생각을 잠시도 잊은 적이 없다. 비록 상급학교에는 못 갈망정 사랑하는 남동생들의 앞길을 책임져야 한다는 생각뿐이다. 지금부터 나서지 않으면 안 된다는 생각으로 친구가 있는 곳으로 보따리 하나 들고 발길을 재촉한다. 고등학교에 간다는 생각은 단념한 지 벌써 오래고, 우선 나에게는 숙식만 해결해 주고 배우고 싶은 기술만 배우면 무슨 일인들 못 할까. 그러나 한편으로는 그렇게 쉽다는 생각은 해 보지도 않았다. 언제쯤 내가 바라는 동생들 뒷바라지를 하면서 나도 살 수 있을지? 더군다나 기술이 하루아침에 '가당(可當)'치도 않고 참을성과 '인성(人性)'을 갖춘다는 게 어찌 어린 나이에 가능할까 염려가 앞선다. 한편 주인이 나가라고 할 때까지는 무조건 죽어지내기로 마음먹는다. 마치 고아원에 끌려 들어간 아이처럼 말이다. 그러나 고통은 점점 쌓여만 간다. 밤에는 눈물로 지새우기를 밥 먹듯 하며 그리운 할머니가 보고 싶어진다. 꿈속에서라도 만날 수만 있다면 붙잡고 울기라도 해야 살 것 같은 마음이다.

✦ 기술로 인생의 승부를 걸다

기술이 무엇인지 조금은 알아갈 무렵, 어엿한 사회인으로 첫발을 내딛기 위해 이미 서울에 진출한 친구들을 수소문해 본다. 나이는 비슷하지만 모든 친구가 친절히 안내해 준 덕택으로 서울생활이 시작된다. 그런 고마움으로 정착할 수 있다는 것을 결코 잊을 수 없다. 그러나 부딪치는 또 하나의 문제는 주인과 종업원의 관계가 중요하다는 것을 깨닫게 된다. 의지와 상관없이 여러 일터를 옮기면서 몸으로 부대끼며 기술과 인간관계까지도 하나도 놓칠 수 없기에 배움보다 더 중요한 게 인성이라는 것도 또다시 깨닫는다.

그 후 다행히 남동생 진학은 순조롭게 되어 소녀가장의 걱정 하나는 내려놓게 되었다. 그러나 모든 뒷바라지며 생활비, 학비 등 부모를 대신할 수밖에 없다. 벅찬 생활이지만 이를 악물고 검소한 생활로 동생을 잘 이끌어 나가야 한다. 먼저 동생이 잘못되기라도 한다면 씻을 수 없는 상처가 되기 때문이다. 또한 서울생활은 시골 소도시와는 사뭇 다르다. 별천지다. 자본(돈)이 금방 올 것만 같다는 착각 말이다. 하루에

세 끼면 충분하고, 잠을 잘 수 있는 곳이 주어진다면 그것으로 행복하다는 생각을 잊는 순간 다른 길로 빠질 수 있는 곳이 바로 서울이라 하지 않던가? 어린 나이에도 그런 허황된 꿈을 꾸는 서울 사람들(일확천금을 꿈꾸고 무작정 상경한 무리?)을 주위에서 많이 보게 된다. 특히 우리 가게에 오는 손님들이 결코 아름답기만 한 게 아니라서 겁이 덜컥 나기도 한다.

세 들어 사는 단칸방의 겨울은 너무도 춥고 견디기가 어렵다. 그러나 나에게는 이런 고통이 오히려 단련시키고 때로는 성장시켜 주리라는 기대 때문에 먼 훗날 그래도 잘 살았다고 소리쳐 볼 수 있으면 좋겠다. 훗날 그 소녀가 가게 주인이 되었을 때, 결코 과거를 잊지 않고 과거를 기억하고 종업원을 손님보다 먼저 살펴야 한다.

동장군은 기세를 굽힐세라 온 대지를 꽁꽁 얼려놓는다. 늦게 퇴근하고 와서 피운 연탄가스에 그만 동생을 잃을 뻔도 했다. 마당에 뒹굴어 나온 동생에게 김칫국부터 먹게 하고 시원한 공기를 마시게 하고 나서 잠시 후에 나도 쓰러지고 말았다. 이 보이지 않는 가스에 그렇게 많은 사람이 생명을 빼앗기면서도 이 추운 겨울에는 그것에 의지해야 하는 것이 너무도 당혹스럽다. 화마에 진저리치던 시골생활을 몇 해 전 겪고 나서 또다시 도시에서의 생활로 이어지는 것이 아닌가 하는 끔찍한 생각이 머리를 짓누르며 가슴속에 슬픔이 자리를 차지한다.

오늘따라 출근길이 바쁘다. 동생을 학교에 보내자마자 가게로 가서 손님 맞을 준비를 해야 한다. 주인보다 항상 먼저 가게 문을 열어야 하기 때문이다. 특히 가게를 찾아오는 손님의 일거수일투족을 살펴 기분이 좋아지게 만들어야 한다. 오로지 기술로 승부를 걸어야 하는 이유가 이 때문이다.

주인의 바람도 손님에게 최고의 서비스를 만들어줘야 다시 찾기 때문이다. 연탄난로나 석유난로 위에 고대기를 달구고 손님을 기다리는 것, 주위에 혹시 화재 위험은 없는지 항상 살피고 청결을 유지하고 한 동작 한 동작도 결코 소홀히 할 수가 없다. 다루는 기구(열 고대기, 빗 종류, 펌 세트, 세안도구, 마사지 실) 등을 항상 정리 정돈하고 여러 사람이 사용하기 때문에 위생에도 각별한 신경을 써야 한다. 고대기가 너무 뜨거우면 머릿결이나 피부에 손상을 주게 되고, 너무 차가우면 스타일이 오래 갈 수 없기에 손님의 만족도가 떨어질 수 있다. 요즘에는 집에서도 자유자재로 헤어스타일(웨이브 등)을 만들어가지만 그때는 그런 기구들도 없다. 바쁜 출근 여성들이 많고, 평상시에도 찾아오는 손님의 각각의 요구에 모두 맞춰 나가야 되기에 긴장을 늦추면 안 된다. 기술이란 바로 프로에 가까울 때만이 그 진가를 발휘할 수 있으니까.

✦ 수렁에 빠진 나를

인연이란 게 있다고 믿고 싶다. 그 소녀와의 만남은 우연이라는 말이 가당치 않다. 제 사촌 동생이 어느 날 그 가게에 취직을 한다. 그런 인연이 우연이랄 수 있나? 사람은 만남과 헤어짐, 그러나 만남은 항상 소중히 다루어야 한다고 믿고 싶다. (나는 아내를 만나기 전에도 이미 선을 본 여성이 있다.) 차일피일 미루다가 집안 어른의 중매인데도 불구하고 꾸물거리다가 꾸중을 듣게 된다. '너 이제 서른 살이 넘으면 결혼하기 힘들어.' 하신다. 바로 작은아버지가 하신 말씀이다. 우유부단한 내 탓도 있겠지만 딱 한 번 만나고 결정하라니 뭔가 잘못되었다는 생각이 든다. 얼마 지났을까 지금의 그 소녀와 사촌 동생이 중매의 다리를 놓는다. 드디어 우리는 허름한 신촌 어느 다방 구석 자리에서 첫 만남의 기회를 갖는다. 다소곳이 앉아있는 모습, 너무도 소박하고 꾸밈이 없어 보인다. 정말 청초하다는 말이 맞는 표현일까? 아직 소녀티가 물씬 나는 그런 얼굴에 미모라는 말은 오히려 사치라는 말처럼 들린다. 내 생각과는 전혀 다른 모습이기에 정신이 번쩍 들면서 내가 생각했던 여성의 모습이 이다지도 차이가 크다는 것을 그때 충격으로 받아들인다. 나의 이상형은 차라리 만들어지지도 않았다. 그런 이유인지는 모르겠으나 계속 만나기로 결심한다. 그러나 여전히 나도 미지근한 태도를 보인다(충청도 기질이랄까?). 오히려 가게 주인인 여사장님이 나를 꽉 붙들고 하나씩 찾아 캐물으시며 더 적극적이시다. 건강, 인간성, 직장 그리고 가정이나 생활력 등 외모는 거들떠보지도 않으시는 모양이다. 그러니 나로서는 사실을 조금도 숨길 필요도 없고 보는 그대로임을 내세울 방법밖에 없었다. 역시 인생 선배의 많은 경험과 다부진 모습에서 하루하루 기가 꺾이고 눌려서 후퇴하고 싶은 생각이다. 그러나 인연은 주인공이 만드는 것. (기회가 왔을 때) 가정형편이나 환경을 따질 여유가 있을까? 생각할 필요조차 없다고 마음을 다잡는다. 누가 봐도 빈털터리 노총각을 인정하니까, 그 소녀와의 만남은 욕심이자 교만이었다.

✦ 양성평등의 시대에 살고 있다?

어렵게 만나 결혼하고 그렇게 험난한 생활은 계속된다. 자식새끼 모두 결혼시키다 보니 20년이란 길다고 하면 긴 세월이 훌쩍 지나간다. 지금까지 아내는 단 하루도 쉬지 않고 그때그때 직장과 가게에서 손을 놓지 않고 일을 찾아 나선다. 때로는 서울 변두리 생소한 곳까지 전철에 몸을 싣고 여러 가지 힘든 일을 하곤 한다. 아내에게 부끄럽고 오히려 미안하기까지 하다. 그야말로 안 해본 일이 없다. 나 역시 한때 대기업, 개인사업, 또다시 중소회사, 그리고 막노동 등 가방끈이 짧다는 생각으로 그 길을 찾아 나섰던 추억들이 주마등처럼 지나간다. 지금은 고학력 백수가 된 남편보다 오히려 힘든 일을 자청해서 덤비는 아내의 강한 모습을 아들놈이 닮았으면 하는 마음이 들 때도 있다. 그러나 건강은 그렇게 계속될 수 있을까 건강이 걱정된다. 남들은 듣기 좋은 말로 이젠 모두 결혼도 시키고 단둘이 알콩달콩 살면 되지 걱정거리가 뭐가 있겠냐는 말들이다. 그 말을 듣고 있는 아내의 속마음이 어떤지 들여다볼 수는 없지만, 현실 불가능한 것이라는 것을 잘 알고 있는 눈치다. 세상이 변하는 것처럼 우리 부부의 마음도 체념과 내려놓음으로 세상을 탓할 시간, 남편을 몰아세울 힘조차 없어 보여 시시때때로 더욱 서글픈 생각들이 내려앉는다.

다행인지 여자라는 이유 때문에, 힘든 일은 고사하고 안방에만 모셔두는 딸 가진 엄마도 찾아볼 수 없다고 하지만, 나의 경우 아들만 둘을 두고 아이들 키우는 일조차 빼앗겼으니 어쩌겠는가? 아이들을 키우면서 벌써 아내는 미래를 내다보고 그렇게 다짐하고 살았나 보다. 회사에서도 남자 동료 직원들조차 한 분씩 보듬어주고, 솔선하여 힘들고 어려운 일들을 감내하고 있다. 지금까지도 조금도 흐트러짐이 없이 그곳에서 일하고 있으니 한편으론 감사라는 표현보다 나의 부덕의 소치라는 생각이 앞선다. 아들이 대학 시절 아르바이트를 잠깐 그곳에서 일을 하다가 나에게 전하는 말, "우리 엄마는 정말 대단해."라고 거짓 없는 말을 내뱉는다. 정말 고마운 아들이다.

✦ 남편을 변하게 만드는 그 소녀(?)

이러한 당당한 삶의 본보기는 남편을 당당한 모습으로 변하게 만들고 다시 태어난다. 그들과 같이 상처가 많은 사람이 함께 모여 사는 세상이기에 진정 아름다운 참모습이 아닐까? 서로를 한없이 사랑하며, 보듬고, 지금 이 시간에도 굶주리며 헐벗은 사람들과 모든 것을 포기(취업, 결혼, 출산 등)하며 살고 있는 우리네 청년(아들·딸)들을 옆에 서서 묵묵히 살펴주고 있지 않은가? 혹자는 나이가 많은 사람을 끌어내고, 젊은이로 갈아치우자는 생각도 하고 있지는 않은지? 산업현장을 외국인의 무대로 바꾸고 스스로 발등을 찍고 있는 현실이 안타깝다. [교육현장에서도 젊은 교사로 갈아치우는 정부정책인지 눈물로 명퇴하는 교육자가 많아지고 있다. 물론 학부모들의 그릇된 사고방식도 일조(一助)를 한 것인지도 모르겠다.]

똑같이 공부하고 일하며 동등한 위치에서 생각하며 토론하고 서로 사랑하는 그런 학교와 직장, 그리고 일터에서 어깨를 나란히 해야 함에도 시대에 뒤떨어진 보도나 기사를 볼 때면 울화가 치밀어 온다. 배움의 현장에서 불미스러운 일들, 가정에서의 부부갈등, 자녀와의 일방적 강요, 폭력, 가출, 그리고 마약 등 그리고 현재에 이르러 가족의 동반자살 등 많은 일이 벌어지고 있다. 갑의 횡포로 근로자의 생명을 앗아가는 분위기가 이기적인 조직사회에서도 나타난다. 살아보려고 발버둥 치는 그들에게 누가 보듬고 일으켜 세워야 하겠는가? 자성(自省)하는 시간이다.

아픈 그들이 있었기에 지금 이만큼 사는 세상이지 않은가? 노후가 막막해서 어찌할 바를 모른 거리의 부모님들에게 따뜻한 마음으로 베풀고, 힘들게 살다 얻게 된 병마와 싸우는 그들에게도 우리의 할 일을 찾아보는 시간들이 되어야 한다. 또한 형제자매의 나라에서 태어난 젊은이들의 앞날에 반드시 치유의 기적이 일어나야 한다. 그것이 나의 소망이다.

✦ **어느 날 느닷없는 소식에**

찌는듯한 더위는 떠날 준비조차 없이 힘든 나날을 보내게 만든다. 아뿔싸! 아내는 지금도 겨울옷을 입고 추위와 싸우며 일을 해 나간다. 내가 너무 덥다고 얘기할 때가 아니다. 워낙 추위를 못 견디는 나이기에 '당신, 너무 힘들지?'라는 말도 인사치레로 들리지도 몰라 목에 걸린다. 지난겨울에 처남댁 동네에서 친하게 지내는 아주머니가 김장을 했다는 전화가 왔단다. 김치 냉장고는 이미 꽉 차있는데 가져다 보관할 곳도 없는 모양이다. 나는 그다지 간여치 않는다. 모자라면 창고에 있는 냉장고(여유분)를 내어다 쓰면 되니까. 아내 혼자 먼 길을 나선다. 힘들게 일하고도 곧장 달려가는 모습이 배웅할 때마다 항상 안타깝다.

벌써 여러 번 주택이나 아파트에서 화재가 발생하여 아까운 생명도 앗아갔다는 소식이 들려온다. 인간이 편하게 살려고 만든 제품들이 결국은 가해자가 된다는 사실에 '아연실색(啞然失色)'할 수밖에 없다. 누군가 그런 말을 했지? 과학이 발달하면 할수록 인간은 살기가 점점 힘들어진다고 한 말이 떠오른다.

내가 젊었을 때는 커피포트가 나온 지 얼마 되지 안 되었던 시기로 기억이 난다. 전기를 소켓에 꽂고 퇴근하다 보니, 과열로 빌딩이 온통 화마로 뒤덮은 뉴스도 있었다. 그 당시 전기제품과 관련된 화재사고가 많았다. 그러나 직장이나 가정 어느 곳에서나 포트를 사용하지 않고서는 살 수 없는 세상이 되어버렸다. 요즘 핸드폰 없이 살 수가 있을까 생각하면 바로 답이 나온다. (최근에 기상이변으로 냉·난방 제품이 불티나게 팔리고 있다.)

그런 뉴스가 나온 지 벌써부터 우리 집 베란다에 놓인 김치냉장고에서 이상한 소리가 난다. 매우 시끄럽고 불쾌하게 잠시 들렸다가 조용해진다. 겁이 나서 아내에게 사실을 말하니까 아무 말이 없다. 내심 새것으로 바꾸자는 말처럼 듣는 것 같다. 한참을 지났을까 인터넷에 사고 내용이 계속해서 올라와 있고, 제조사에서도 리콜 행사(?)를 이미 진행하고 있단다. 아이고! '우리 집에서도 큰일이 일어나겠구나!'라는 생각이 스친다. 플래시를 들고 여기저기를 보아도 모델명을 찾을 수 없다. 할 수 없이 제조사에 전화를 걸어보았다. 내가 말하는 내용을 거의 수긍하는 듯 무상 A/S를 접수하라는 답이었다. 천만다행이다. 새집으로 이사 갈 때까지만 참아다오. (결코 너를 미워한 적도 없으니까.) 우리 집 말고 그런 사실을 아직도 모르시고 계신 어르신들이 얼마나 많을까 하는 걱정이다. 거의가 혼자 아니면 우리처럼 부부만 사는 가정이 이곳 아파트 여러 곳에서도 보인다. 화마(火魔)는 나만 잘한다고 방지할 수도 없다. 공동주택의 경우(다세대. 빌라 포함)가 더 심각하다. 그럼에도 불구하고 지금까지 그렇게(무사히) 지나온 시간들이기에 그나마 다행스럽다.

갑자기 떠오르는 부질없는 생각이다. 냉장고의 기능이 24시간 모터를 작동해서 보관 물품들을 적정 온도를 맞춰준다고 해보자. 그 일을 사람이 감히 견뎌낼 수 있을까? 10년 아니 20년 그보다 더 오래되어도 모터의 생명을 연장할 수는 없을까? 그렇게 되면 제조사가 망하지 않을까 하는 어리석음으로 변해가는 나의 모습도 비치곤 한다. 또 한 가지 떠오르는 것은 완전무결한 제품을 결코 기대해서는 안 된다는 진리를 이 기회를 통해 받아드려야 한다.

"진실을 믿는 순간 그 가치가 이미 잘못된 것일 수도 있으니까."

물론 내가 처음 한 말이 아니다.

3.

드라마의 추억

　　모처럼 같이 저녁 식사를 마치고 아내는 리모컨을 만진다. 화면에 언뜻 지나가는 시골풍경이 보인다. 나는 아내에게 "잠깐만!"이라고 말을 하고, 아까 그 화면을 찾아달라고 말한다. 채널을 뒤로하니까 시골풍경이 나온다. 바로 80년대 인기 드라마였던 『전원일기(田園日記)』다.

　알고 보니 글쎄 20여 년 동안 온 시청자의 사랑을 독차지한 국민 드라마였다. 화면에 비치는 탤런트 역시 눈에 익은 명배우들, 벌써 이 세상에 안 계신 분들도 있나 보다. 잠시 후 옛 추억을 더듬으며 고향 생각이 하나씩 묻어 나온다. 마을 회장님이라는 분(최*암 분)이 온 집안의 대소사를 간섭하는지는 모르겠으나 시골이라는 지역이 아니라도 어른들의 경험을 결코 무시할 수는 없다. 손자 녀석을 중학교에 보내야 하는 시기가 다가오는가 보다. 물론 당사자인 부모 마음이야 유학을 보내서 떳떳하게 자식을 교육시키려 하는 게 현재까지도 부모들의 로망이다. 그러니까 나 역시 1960년대에 고향에서 중학교를 마치고 서울로 힘든 유학을 온 게 아니었던가.

김 회장은(최*암 분) 극 중에서 아주 못마땅한 표정을 지으면서(고유의 찡그린 표정?) '맹모삼천지교(孟母三遷之敎)'를 달리 해석해서 모두가 깜짝 놀라는 분위기였다. 맹자 어머니가 세 번씩이나 이사를 한 게 중요한 게 아니고 교육이 중요하다 하면서 며느리와 가족들 앞에서 꾸지람(?)을 늘어놓는다. 이곳이 어때서 여기가 더 좋은 줄 알라는 말로 마무리한다.

여기서 잠깐 내가 잘못 들은 걸까? 김 회장이야 누구와 타협으로 소통하려는 뜻은 애당초 없는 듯 보인다. 집안 어른의 위치에 있지만 연륜이 많은 어머니를 모시고 살면서 집안 식구들과 어떤 일에서도 소통하려는 자세가 조금은 부족한 게 아니었던가. 나의 경험으로 비추어 보더라도 그런 생각이 든다. 지금까지도 종종 자의 반 타의 반 해외 유학을 갔다 되돌아오는 경우도 종종 발생하니까, 더 중요한 교육환경도 새로운 주제로 떠오르는 아주 중요한 교육의 문제이기도 하다. 나 역시 아들 둘을 키우면서 그 문제를 소홀히 하다, 일을 그르쳤던 실수들이 새삼 주마등처럼 스쳐 지나간다.

이어지는 드라마의 내용은 다른 주제로 이어진다. 가을걷이가 모두 끝났을 무렵, 일 년 동안 고생한 것들이 마음에 걸려 누구라 할 것 없이 아이디어를 낸 것 같아 보인다. 시내에 다 같이 나가서 회식도 할 겸 그동안의 회포를 풀려는 심사로 남편들끼리 미리 약속을 했었나 보다.

극 중에서 아내들은 영문도 모르고 끌려가는 모습들이다. 그 시절 모처럼 부부동반 시내 출입이니 절차가 매우 복잡한 모양들이다. 옷매무새며 얼굴화장 그리고 립스틱까지 색깔을 지정해 주는 배려(?)는 아내로서는 쑥스러워하지만, 나를 다시 돌아보게 하는 장면이다. 아무튼 보기에는 좋은 모습들이다. 외출도 모처럼 하다 보면 준비하는 시간이 길어질 수밖에 없다. 자칫 대화가 화를 부르며 엉뚱한 곳으로 불똥이 번질 수도 있다. 아내들에게 미리미리 얘기를 안 해준 남편들에게 잘못을 분명히 지적해 주고 싶다.

그럼에도 불구하고 나 역시 아내 칠순에 처음으로 립스틱을 선물해 주었지만, 아직도 그 립스틱이라는 말을 들어본 적도 없고, 외출 준비 시간도 매일 출근하는 아내는 나보다 더 빨리 움직이며 오히려 나를 재촉하곤 한다. 그 시절 벌써 흑백 TV에서 컬러 TV로 바뀌게 되면서 많은 문화가 바뀌고 심지어 시골 구석구석까지 노래방이 생겼으니 얼마나 기대가 크겠는가? 우리들도 처음에는 1차 끝내고 반드시 2차 노래방에 가고 싶어 안달했던 마음도 솔직히 고백하게 된다. 모든 국민들(?)이 노래방에 푹 빠지면서 여기저기 새로 노래방들이 생겨나고 부작용을 부추기던 시절도 있었다. 김 회장이야 설마 그것까지 염려해서 외출을 못마땅했다고 생각하지는 않고 싶다.

지금은 코로나 정국이다. 그 여파의 연속이라면 다행이다. 마침 누구의 아이디어일까 방송사조차도 남녀 불문 전 국민을 가수(Singer)로 만들 계획인가보다. 기획드라마인 1, 2차 미스 트롯, 트롯 전국체전, 2

차 미스트롯, 그리고 보이스 킹 등 수많은 노래 프로그램이 자고 나면 하나씩 생겨난다. 그들이 판을 치며 시청률을 잠식하다 보니, 그 사이에 코로나가 터져 설상가상으로 집 안에 머무르는 시간에 모두가 어느 한 곳에 빠져들지 않을 수 없게 만들었다. 차라리 누구를 탓할 필요는 없어 보이는 조심스러운 마음이다.

예부터 우리 민족은 '한(恨)'을 노래로 풀던 그 시절이 있었다. 「한 많은 대동강」, 「물새야 왜 우느냐」, 「물새 우는 강 언덕」, 「꿈속에 고향」, 「이별의 부산 정거장」, 「대동강 편지」, 「잃어버린 30년」 등등 무수히 많은 노래 속에서 한을 풀며 살아왔다. 그러한 이유로 보자면 자연적으로 탄생한 프로그램이라고 보는 것도 일리가 있는 듯하다. (제작자의 의도는 무시했다.)

단 한 가지 아쉬운 게 있다면 왜 국악(國樂)을 다루는 경연 프로는 고색창연(古色蒼然)하단 말인가? 더욱이 안타까운 것은 교육현장에서도 국악 수업은 점점 줄어드는 추세라고 하니 나 혼자만의 생각이면 다행이겠다.

저녁나절에 나 혼자만의 넋두리였으면 어떨까.

4.

내 인생(人生) 내 지게에 지고

사람들은 곧잘 남의 흉을 잘 본다. 아니 남의 흉을 주제로 대화를 이끄는 사람들도 많은 것 같다. 나도 그중의 한 사람인지도 …. 주로 내 얘기 그리고 나의 인생의 줄거리를 주제로 삼지 않고 그런 이유로 누구를 생각하면서 동일시하는 모습 때문에 아파하고 때로는 미워하고 여러 사람과 대화조차도 어려운 지경에 이를 때가 많다. 비단 이런 문제는 남녀노소 어느 누구에게만 국한된 문제는 아니라고 생각한다.

그 이유인즉, 각자 자신의 과거 잣대(原人論)로 생각하며 말하기 때문인지도 모르겠다. 차라리 얘기를 주고받는 것이 오히려 서로가 피해 당사자가 될 수도 있단 말이다. 그 이야기의 깊숙한 내면에는 '나는 그렇게 생각하지 않는 것'을 상대방에게 들었을 때, 느끼는 감정이 모두 다르게 느껴지기 때문인지도 모른다.

일례를 들어보자면 요즘 흔히 '건강' 문제와 '식생활' 문제가 이야기의 주가 되는 일이 많다. 물론 거기에는 누구도 보장받을 수 없을 뿐만 아니라 건강을 지키기도 쉽지 않기 때문에, 누구의 말이나 정보를 쉽게 받아드릴 준비가 마련되어있지 않은가 보다. 흔히 듣는 말로 나이와 세대에 따라 질병의 숫자도 그에 따라 상응한다는 말이 회자(膾炙)되곤 한다. 한때는 '그게 말이야 발이야?' 하며 부정적인 생각도 해본 적도 있다.

통계적인 숫자를 빌리지 않더라도 나이를 앞세우는 게 흔하지 않은가? 병원에 찾아온 환자에게 '연세도 있으시니 그러려니 하시라.'든지 '병이 오래돼서 그러시다.'라는 위로 아닌 위로(慰勞)를 해주시는 의사 선생님의 말씀도 듣곤 한다. 이는 의사 자신의 경험담을 살짝 섞어서 넌지시 말하는 것인지도 모르지만, 사람 사는 생로병사(生老病死)가 비슷비슷하다는 말로 이해를 할 수밖에 없다.

이 지구상에, 특히 대한민국에서 살아가는 우리네는 모두가 대동소이한 건강관리나 음식 문화를 가지고 있었다. 아침에 일찍 일어나자마자 한술 뜨고 허겁지겁 들로 밭으로 또는 직장(공장이나 사무실)으로 발길을 돌렸었다. 긴긴 하루를 그렇게 보내다가 늦게나마 해가 떨어지면 과제를 잔뜩 안고 힘든 몸을 이끌고 돌아오는 모습들은 과거와 현재가 크게 다르지 않아 보인다. 날로 각자가 짊어진 삶의 무게만 다를 뿐, 농경사회나 산업사회의 생활 방식은 큰 차이가 없어 보인다. 지금은 오히려 각종 공해나 각종 재난(기후위기, 홍수나 태풍 그리고 가뭄, 각종 바이러스로 인한 재택근무 등)과 사고의 숫자, 그리고 스트레스가 늘어나는 산업사회와 자본주의에 길들여져 더 혹독한 대가를 치르고 있는지도 모른다.

그럼에도 불구하고 그 돌파구를 빠져나오고 싶은 욕망이 어찌 없다고 단언할 수 있겠는가? 어렸을 적, 시골생활이 힘들다는 사실을 숨기지도 않은 채, 자식들에게 그 전철을 밟지 않게 하려고 그 마음 언저리에도 자신의 과제(課題)임을 인식하지 못하고 자식들에게 물려주고 싶지 않다는 '위대한 거짓말'을 하시었던 것들을 이제야 조금씩 알아가는 시간이 되었다. 논·밭떼기를 팔아 서울로 유학을 보내는 것이 최선의 방법일 뿐이라고…. (어느 드라마에서도 집안 연장자 어르신께서 유학이 무슨 대수냐는 호통을 치시던 모습이 생생히 떠오른다.) 어제오늘의 이야기가 아니라 사실이 되고 말았으니 지금의 안타까운 현실은 우리들 모두를 낭떠러지로 빨려 들어가게 하고 만다(지방의 소멸과 인구절벽 등이 현실로 나타나고 있다).

내 인생(人生) 내 지게에 지고.

비록 빈 지게만 메고 있어도 크게 두려워하지 말란 뜻이 새삼스럽게 다가온다(내다보는 인생의 안목이 중요하다는 말로 해석해야 할지…). 과거에 얽매여 살다 보면 미래를 내다보는 용기가 없어 스스로 좌절하고 말기에, 오늘 이 글을 적어보는 이유도 여기에 있는 것 같다.

무엇보다 '원인론(原人論)'에 사로잡혀 요즘 유행하는 소위 '트라우마'에서 헤어나지 못하는 많은 인간관계(가족, 친구, 직장)를 지혜롭게 탈피, 극복하는 방법은 없는 걸까? 오로지 '원인론(原人論)'에 바탕을 두고 스스로 내 과제가 아닌 남의 과제까지 껴안고 허덕이고 있는 요즘의 현실은 시급한 삶의 가치나 목표를 무엇으로 가르치려는 것일까? 다시 말해서 '원인론(原人論)'에 빠져들지 말고, 심리학자가 주장하는 '목적론(目的論)'이 해결의 실마리를 준다는 이야기다. '인생과제(생활과제)'를 목표로 삼고 달성하라는 용기(勇氣)를 심어주라는 것이다. 그것이 바로 내 인생, 그리고 후대의 가족들에게도 찾아줄 수 있는 지혜(智慧)임에 틀림이 없다고 생각한다. (아들러의 심리학 『미움받을 용기』를 읽고 느낀 점을 참고했다.)

마지막으로 우리들의 '음식 이야기'를 해보려 한다. 누구나 알고 있었던 그 옛날 궁핍한 먹거리, 삼시 세끼를 때우는 노랫말처럼 없어 못 먹는 시절을 뒤로하고, 현재는 소비라는 개념을 넘어 낭비를 부추기는 시대를 거슬러 온갖 질병이 더 많은 현실을 무엇으로 설명해야 할지…. 평균수명은 늘어났지만 거기에 따르는 환자의 숫자가 기하급수적으로 늘다 보니 남녀노소를 막론하고 병원 신세를 지는 게 현실이 되었다. '주치의(主治醫)만 있으면 죽지는 않는다.'라는 위로(?)의 말이 들리는 시대를 우리가 살고 있다. 먹거리로 인한 각종 질병(비만, 고혈압, 당뇨, 고지혈증, 뇌출혈 등)이 우리를 옭아매는 시대이다 보니 소위 '글로벌 보릿고개', '선진국병(先進國病)'이 아니고 무엇이랴.

혹자는 "먹는 것(좋아하는 음식)을 바꾸다니 차라리 그냥 먹다가 죽을래."라고 하면서 대수롭지 않게 흘리고 만다. ㄱ 말을 해대는 당사자 자신을 깊숙이 들여다보면 '나는 바꿀 용기(勇氣)도 없고 과거를 붙들고 살래.'라는 몸부림이 아닌지 슬픈 마음이 앞선다. 빈 지게만 지고 가면 어떠랴, 먼 여행길을 재촉할 필요는 더욱 없을 테니까….

✎. 알프레드 아들러(Alfred Adler, 1870~1937)

오스트리아 출신의 정신의학자이자 심리학자로 미래 지향적이고 긍정적 사고를 지향하는 '개인 심리학'을 창시하였다. 현대 심리학에 큰 영향을 끼친 알프레드 아들러는 지그문트 프로이트(Sigmund Freud), 칼 구스타프 융(Carl Gustav Jung)과 어깨를 나란히 하며 '심리학의 3대 거장'으로 일컬어지고 있다. 또한 데일 카네기, 스티븐 코비 등 자기 개방의 멘토라고 불린다. 오늘날 거의 상식처럼 되어버린 프로이트의 '원인론'을 정면으로 부정하고, 사람은 현재의 '목적'을 위해 행동한다는 '목적론'을 내놓았다. 아들러에 의하면 우리는 얼마든지 '변할 수 있는 존재'이며, 그러기 위해서는 지금의 나를 그대로 받아들이고 인생에 놓인 과제를 직시할 '용기'가 필요하다고 한다. 즉 자유도 행복도 모두 '용기'의 문제이지 환경이나 능력의 문제는 아니라는 것이다. 그러기에 아들러 심리학을 '용기의 심리학'이라고 부른다.

✎. 지혜(智惠/知慧)

① 사물의 이치를 빨리 깨닫고 사물을 정확하게 처리하는 정신적 능력
② 하나님의 속성 가운데 하나. 히브리 사상에서는 지혜의 특성을 근면, 정직, 절제, 순결, 좋은 평판에 대한 관심과 같은 덕행이라고 본다.

5.
나의 생각은 항상 올바른가?

2023년도 중반에 접어들어 곧 하반기로 넘어가려고 한다. 과연 지금까지 나의 신념이나 생각 그리고 가치관은 어떠했는가? 이 질문이 너무도 간절한 나머지 이렇게 필을 들어본다. 그런 이유는 너무도 지난 세월들이 아무런 생각 없이 보냈다는 자책감이 앞서는 이유이다.

인간은 도대체 어찌 살아야 잘 산다는 의미를 가름할 수 있단 말인가? 그저 세류에 흔들리며 하루하루를 사는 것은 아니었는지 돌아보기가 민망하다는 생각이 든다. 나의 생명줄과도 같은 부모의 사랑을 어찌 생각하고 행동했을까? 주위에서 보면 거의가 부모를 떠나보낸 후에 후회하며 살고 있다는 생각이다. 잘못된 사고(합리화)를 지니고 삶을 이어나가고 있는 것은 아닌지 모르겠다.

그럼 한번 나에게 스스로 자문해 보자. 그 첫 번째 이유가 몸이 말하는 것을 마음이 알아차리지 못했고, 따라서 마음을 아프게도 한 사실을 부정할 수 있겠는가? 어디 몸 따로 마음 따로 살 수 있는 인간이 있을 수 있을까마는 삶이란 글자 그대로 산다는 의미를 갖는 게 진정 삶이라는 것이다. 바꾸어 말하면 생각이나 사고의 지시를 수행(修行)하지 못하는 것은 삶이 아니라는 해석이다. (푸시킨의 「삶이 그대를 속일지라도」라는 시에서 인간의 절망, 고통, 이별, 희망, 기쁨, 재회가 공존하는 것들과 순응하는 것이 삶의 본질이라 했다.)

당신은 아이를 돌보는 것과 노인(어르신)을 케어 하는 일 중에서 무엇이 더 힘들다고 생각하는가? 또한 어느 것이 가치가 있다고 생각하는가? 여기에서 한 가지 문제를 짚고 넘어가야 하는 이유가 있다. 평소 지론대로라면 서로의 영역이나 맡는 대상자마다 각기 다른 문제를 갖고 있을 수 있다. 그럼에도 불구하고 두 가지 모두 힘든 여정임에는 틀림이 없다. 누가 우리에게 주어지는 것 중에서 어느 것이 더 소중하다는 결론을 주겠는가? 다만 누가 그 일을 해내야 하는지 자문해 봐야 한다.

그렇다면 그들이 생각하는 감사와 고마움은 누가 더 적극적일까? 이런 질문은 조금은 우습기도 하지만 깊은 생각이 앞서야 알 수 있는 것들이다. 그들에게 마음에 쏘옥 드는 해답이 과연 있을까? 그렇다고 의견을 물어서 답을 찾을 수 있단 말인가? 어린아이의 양육과 돌봄이 필요한 요양센터에 계신 분들과 무엇이 다를 수 있을까? 그들은 이미 고작 자기 몸에 필요한 최소한의 것들조차 요구하지도 못하는 경우가 허다하다. 마치 어린아이가 배가 고프면 울면서 떼를 쓰는 모습처럼.

그럼에도 불구하고 그들(기관이나 센터) 방식대로 훈련하고 행동하게 하는 습관들은 결국 돌봄을 앞세우기보다는 허물이 되는 나쁜 결과를 맞게 되는 이유이다. 정해진 장소에 앉았다가 이미 정해진 프로그램에 따라 움직이는 어린이집 아이들의 모습과 비슷한 그들에게도 아무런 자유나 행동을 할 수 없다는 것이 그 첫 번째 문제다. 수용이라는 착각을 의식하지 못한 채 일과를 수행하는 데 어떤 불만이나 표현을 할 수 없는 여건이 결코 일어나서는 안 되는 역설적인 결과(일)이기 때문이다. 그 원리는 바로 우리 속담에서도 나타난다. '긴 병에 효자 없다.'라는 생각으로 담담하게 업무에 접근하는 부류와 한편에서는 '긴병에 효자가 있다'고 외치며 극복하려는 몸부림 모두 너무도 힘든 과정이라는 사실만을 믿고 싶은 이유이다.

요즘 며칠째 이런 문제를 갖고 고민해 본 적이 있다. '노노케어'라는 말처럼, 본인이 케어를 받아야 함에도 불구하고 부모나 어르신들에게 제공하는 맞춤형 일자리라는 것을 찾아 나서게 된다. 신청대기자 중에서 대상자(일정 자격요건을 갖춘)에게 의사를 물은 후에 선출절차를 받고 일터로 나가는 절차이다. 물론 현장에서 막중한 책임이 뒤따른다는 말이다. 그들은 활동이 부자연스러워 기관의 송영협조나 가족의 돌봄으로 이곳에 나와서 보호를 받는다. 요즘의 의학은 생명연장이라는 큰 과제를 수행하는 데 온 힘을 기울인다. 따라서 모든 수단을 동원해서라도 장기간의 보호와 치료를 감당하려는 모습이다. 그런 이유로 점점 케어 대상자도 늘어나고 있다. 주간 혹은 주·야간으로 돌보는 여러 기관이 여기저기 새로 생겨나는 이유이기도 하다(노인전문 요양 병원, 요양원, 주·

야간 보호센터, 주간보호센터, 그룹 홈까지 모두 동일한 목적이다).

직접 자기의 혈연이 돌볼 수 있는 경우를 제외하면 누구라도 손을 빌리지 않을 수 없다. 현장에 계신 종사자 모두 그들의 가족을 대신하여 진행되는 업무이자 본분이라는 사명감을 갖게 된다. 또한 어느 한 부분도 소홀히 해서는 안 되는 아주 중요한 일이기 때문이다.

나의 경우, 어렵게 얻은 일자리지만 몸이 말하는 것을 무시할 수가 없나 보다. 비록 열심히 할 수 있는 일이라는 생각이었으나 마음 한구석에서는 어디에 감히 욕심을 부린다는 자책 같은 것이 스멀스멀 올라온다. 가족에게 말한다면 무슨 반응을 보일지 미처 말도 꺼내지 못한 게 또한 사실이다. 결국에 가서는 억지를 부려 화를 자초해서는 안 되는 일이라는 생각도 떠오르기에 다음 날 센터에 전화로 사의(辭意)를 표하게 된다.

아무튼 다행스럽게도 몸과 마음이 일치가 되는 행동이나 가치관을 가져야 된다는 진실을 깨닫는 시간들이다. 어떤 경제적인 유혹이나 감언이설에 현혹되기보다는 때로는 부정적인 생각이 크게는 내 생명까지도 지킬 수 있다는 사실 말이다. 정글에 들어가면서 독사(맹독성이 강한)에게 물리지 않기 위해서 장화를 신고 산행을 하는 모습이 아닌

'무슨 뱀이 있단 말이야.'

'그깟 코로나-19 바이러스가 대수야.'

하면서 살아가려다 보면 작은 실수가 자칫 더 힘든 몸과 마음이 될 수도 있다는 큰 교훈을 얻게 된다는 말이다.

6.

길이 아니면 가지를 말고...

오늘 아침 우연히 이런 속담이 떠오른다. "길이 아니면 가지를 말고 말이 아니면…."라는 속담이다. 이 같은 말은 어쩌면 잘 지키지 않는 사람들을 두고 나온 것이기에 이 말이 떠오른 이유를 금방 알 것도 같다. 아침에 등교하는 학생들에게 바른길을 안내하다 보니 떠오른 이유일지도 모른다. 때로는 사람들이 가보지 않은 길이나 익숙하지 않은 길을 갈 때도 있다. 초보 등산객이 산 중턱에서 길을 잃고 헤매다가 급기야 날이 어두워 겁이 나서 구조요청을 한다는 얘기도 오래전에 들어 본 것으로 기억한다. 다만 몰라서 간 길이나 산행은 그렇다 치고, 잘 알고 있는 길도 찾지 못해서 때로는 운전하고 가던 자동차를 원망도 해본 경험이 나에게도 있었다. 그러나 얼마나 다행스러운 일인가. 나중에 목적지를 찾고 나서 자신의 책임으로 돌리고 마는 자세가 그다지 나쁘다고 생각하지 않는다.

우리 어렸을 때를 떠올려보자. 누구의 말인 듯 기어코 듣지 않으려는 나의 사춘기로 말미암아 현재의 나의 삶의 이정표가 되었는지도…. 어려서 엄마의 하지 말라는 말씀을 거역했던 일은 너무도 많다. 그리고 나의 인생목표나 방향을 가르쳐주셨을 때도 그 길조차도 따르지 않았다. 지금 생각해 보면 나의 마음속 한구석에 자리 잡고 있는 그 무엇인가가 나를 붙들었다는 사실을 발견한다. 혹자는 일찍 철이 들어 한 행동이라고 변명과 위안을 삼다가도 차라리 '후회(後悔)'라는 말보다는 '회한(悔恨)'이라는 표현이 적절한 것은 아닐까?

지금의 젊은 청춘들은 어떠할까? 나와 같은 시행착오가 왜 없을까? 갑자기 겨울을 재촉하며 날씨가 사나워지다가, 하늘 저편부터 하얀 눈발이 날리더니 아뿔싸 등교 시간에 맞춰 앞이 안 보일 정도로 많은 눈이 내린다. 바로 그날 새벽, 2022년 카타르 월드컵(16강전) 축구경기를 막 치르기가 무섭게 학교로 발길을 돌리는 그들에게 하늘의 축복이 아닌지 생각하며 그 자리를 지키고 있었다. 이 마당에 내 생각, 내 주장대로 사는 것이 가장 멋있다는 생각은 조금은 사치스럽다는 생각이다.

70여 평생을 살면서 과연 길이 아닌 그곳을 헤맨 적이 얼마나 많았으랴. 지금에 와서 나의 생각이나 신념, 그리고 주장했던 모든 것들이 주마등처럼, 아니 저 내리는 눈발처럼 지나간 후에야 비로소 깨닫게 되는 일이 너무도 많았다.

학교 정문 앞, 특별한 경우가 아니면 자가용 등교는 아마 아닌 것 같다는 생각이면서도 나의 과거의 모습이 자꾸 떠오른다. 그러니까 첫아이(아들)가 유치원(원아용 유치원 제공 버스 이용)에 그리고 초등학교까지는 집에서 걸어서 다녔기에 그나마 다행이었다. 중학교 배정을 받고부터 문제가 생겼다. 몸이 허약한 이유가 먼저이겠으나 중·고등학교 6년을 자가용으로 등교시켰다. 지금은 먼 과거의 일로 되었지만, 학교가 멀다는 이유로 일어난 일이기에 누구처럼 '과보호(過保護)'라는 생각을 해본 적이 없었다. 그럼에도 불구하고 나의 이 같은 판단은 접어두기로 했다.

지금 생각해 보면 나에게는 너무도 이해하기 어려운 말이다. 상대방의 말을 어찌 듣지 않는다는 말인가? 그럼에도 불구하고 나의 청소년 시절을 두고는 그야말로 딱 맞아떨어지는 속담이란 생각이다. 그 이유는 상대방, 특히 부모의 말씀을 잘 듣는 것은 무엇보다 중요하기 때문이다. 그러나 시작부터 어긋나 버리면 그 영향으로 인하여 매듭이 엉켜버린다. 즉 말을 듣지 않으려는 부정적인 생각이 앞서기 때문이다. 그런 이유로 평생 말씀하시던 그 길, 귀가 따갑게 들었으면서도 거역할 수밖에 없는 결과를 초래한다. 그 길이 옳은 길(말)이라는 사실을 알면서도….

그럼에도 불구하고 그 길과 그 말에는 현실적인 괴리감이 없지 않다는 사실이다. 다시 말해서 가장 가까운 가족(부모, 형제)이나 친구가 나에게는 많은 상처를 주는 대상이 될 수 있기 때문이다. 부모는 그런 과오를 전혀 모르기 때문이다. 심리학자의 말을 빌리자면 과거에 부모와의 관계에서 느꼈던 트라우마(프로이트의 원인론에 근거하여)에서 벗어

나오지 못한 문제라는 것이다. 그곳에서 과감히 벗어나려는 용기는 '지금, 여기'서라도 가져야 하는 이유를 발견해내는 것이 무엇보다 필요하다. 즉 미움을 두려워하거나 꿈을 저버리려는 유아적인 사고방식은 불행을 자초하게 된다. 마지막 떠오른 대사 하나가 나를 어렵게 만드는지 모른다. "친구의 말조차도 듣지 마라, 오랜 친구조차 버려라."

왜 이런 말이 나왔을까? 성경 구절에서 반복되는 말씀이다(민 1~13).

하나님의 약속보다 자신의 판단을 신뢰했다. 염탐꾼과 이스라엘의 치명적인 약점은 하나님의 언약보다 자신들의 판단을 더 높이 평가한 것이다. 순종은 이상과 판단을 뛰어넘는 자기부정이다. 믿음은 내가 아닌 하나님을 신뢰하는 것이기에….

7.
새만도 못한 인간들이지만 희망은 있다

남·북한 왕래 불가. 얼룩무늬 모기만도 못한, 그리고 국경조차 아랑곳하지 않는 저 철새만도 못한, 그럼에도 불구하고 누군가는 그 병원체를 남쪽에 계속 전파하고 있다고(?) 걱정이 태산이다. 기술은 모기를 퇴치할 수는 있을지 몰라도 정치적, 외교적 수완이 부족하다는 말은 이미 잊은 지 오래인 인간들인 것 같다.

장구벌레가 구정물에서 살다 애벌레로 변신, 네 차례의 허물을 벗고 우리 주변에서 빨간 모기로 변신한다. 병균은 이미 그들 몸속에 숨어있다. 인간에게 들어와 같이 살려는 몸부림이다. 마치 코로나19 바이러스처럼 전파가 빠르다. 그러나 불행 중 다행인 것은 이 모기가 피를 빨 때 '이노펠린'이라는 물질을 뿜어내어 식사를 맛있게 하고 사람에게 이로운 이 물질도 제공하여 피의 응고를 막고 혈전 발생을 억제한다. 고로 물린 자리가 가려운 증상이 나타난다. 마치 주사 맞은 자리처럼!

인간이 사는 이유가 무엇일까? 삼척동자도 다 아는 것일 게다. 친구랑 사이좋게 놀다가 나중에 갈 곳으로 떠나는 긴 여정이라는 말을….

그럼에도 불구하고 독불장군이 이 세상에는 너무 많은 것처럼 보이는 게 비단 나만의 생각일까?

우린 자연에서 배우자. 잡초가 우거진 그곳에서도 꿋꿋하게 자라는 나무들처럼 깊은 곳에 뿌리를 내리고 온갖 비바람을 기꺼이 맞아서 즐겁게 노래하며 사는 저 메타세쿼이아(metasequoia) 나무들처럼, 온갖 새들이 모여 둥지를 트는 모습처럼 같이 살아보자. 결코 쓰러지거나 넘어져 지난 과거를 원망하는 어리석음이 없길 바라는 마음이다. 민족상잔의 아픔이 어디 우리나라만의 문제인가? 주름잡던 선진국(?)들도 때로는 패전국으로 전락하여 먹을 것을 땅속에서 찾아냈다는 이야기는 비단 우리의 속내와 별반 다를 게 없다. 지금도 늦지 않았다. 온 국민의 열화 같은 부르짖음을 이젠 들어야 한다. 나 혼자만의 잣대는 이젠 부러트리고, 우뚝 선 저 기상을 용기勇氣 있게 뿌리내리자.

그 길만이 서로 싸우며 어리석은 행동으로 국민을 힘들게 하는 무리들이 발 디딜 기회를 뺏는 것이다. 인간의 어리석음은 이미 우리들이 모두 알고 있기에, 전쟁의 참상이나 침략(노예의 근성)에서 벗어나자.

8.

수액(輸液) 맞던 날

"내 몸은 내가 아니다. 다만 내 것이다."

내 몸에 대한 그 이상의 표현을 빌리자면 조물주의 것이기에 더욱 소중하다. 지금까지의 나의 생활 패턴을 살펴보면 정말 우여곡절이 많이 있었다. 굳이 이유를 들자면 타의 반, 자의 반 건강한 신체를 갖고 태어나지 못했기에 지금까지도 어려움이 있었다고도 할 수도 있다. 반대로 생각하면 건강을 수호해야 되지만 그러질 못했다는 자책감도 함께하고 싶다. 그런 몸으로 지금의 아내를 만난 게 정말 불행 중 다행이다. 젊어서부터 건강을 보살피지 않아서 건강을 내팽개쳤다는 말이 타당하다고도 생각한다.

자본주의 늪에서 헤어나지 못하고 있을 때 나는 수출의 역군이라는 자부심 하나만 믿고 살아왔다. 내가 몸담고 있는 회사가 바로 생산제품 모두를 수출하는 회사이기 때문이다. 그 당시 건강에 대해 누구 하나 말하는 사람조차 본 일이 없었다. 일과가 끝나기가 무섭게 서로 눈치 보며 퇴근 후 스케줄에 대해서 묵언의 행동을 함께 가져야 된다고 믿고 살았다. 그 배경에는 사는 게 넉넉하다기보다 별로 경제관념도 없었고, 일자리가 지금처럼 절박한 시기가 아니었다. 생산직 인력도 모자라서 아우성이다 보니 절대적으로 수출인력이 부족하였던 것이다. 가까운 이웃 공단에서는 제품의 거의가 수출에 힘을 쏟고 있었고, 그런 분위기에 휩쓸리다 보니 주·야간 교대(관리직은 야근을 밥 먹듯 하고)로 근무가 이어지고 자연스럽게 술을 마시고 담배도 즐겼다. 그러는 사이 내 몸은 대학병원 신세를 지게 되었고, 몇 년간 통원 치료를 받으러 다녔다. 그런 이유로 약으로 산 세월이 길고도 길어 지금까지 이어지는지 잘 모르겠다. 우선 위(소화기)와 관련된 염증이 제일 심한 편이었다. 누가 그런 말을 한 적이 있지 않은가. "병(病) 주고 약 주는 격"이란 말처럼 그렇게 산 세월이 너무나도 길었다.

인생 2막에 접어들기 얼마 전 드디어 건강의 소중함을 알고 깨닫기 시작했다. 그러나 "병의 완치는 없다"는 말처럼 계절 따라 철 따라 찾아오고 나를 괴롭혔다. 요즘 코로나19가 사람 몸에서 계속 변이를 일으키며 같이 살고 있지 않은가? 바이러스 종은 아닐지라도 나의 지병(위장과 관련된 질병)도 이와 흡사한 게 아닌지 모를 일이다. 우리 가족 모두 내 병을 알고 있는 터라 혹여 자식들이 닮지 않았으면 하는 간절함이 항상 떠나질 않는다. 병이란 나이와 무관하지 않다고 본다. 하나씩 아픈 곳이 생겨나서 병원을 찾는 횟수나 복용하는 약의 숫자도 점점 늘어가기 때문이다.

문득 겁이 나는 이유는 잔병치레가 없었던 아내마저 아픈 곳이 나올 때가 있어 나를 어지럽게 만든다. 벌써 고혈압에 고지혈증, 다쳤다고는 하는데 갑자기 허리도 그렇고, 직업병으로 인해 기관지가 안 좋아진 것 같아 걱정이고, 골다공증으로 골밀도가 나쁘다. 그리고 힘이 부치고, 눈도 안약을 상시 사용하고 여러 가지로 고통을 표현하곤 한다. 나의 경우 위와 관련된 것과 허리 아픈 것, 나이가 듦에 있어 소변을 자주 보게 되는 일, 수면 중에 자주 깨는 일도 다반사이고 최근에 인지한 목 디스크와 어깨 아픈 것도 서로 관련이 있어 보여 여간 걱정이 앞선다. 벌써 오래전부터 뇌경색 진단을 받았지만, 후유증이 없이 한 가지 약으로만 잘 관리되고 있는 건 참으로 다행이라고 생각한다. 들리는 말로는 '골골 80'이라고 하던데, 견디기만 조금 수월하다면 기꺼이 같이 즐겁게 살아가려는 마음이다. 그럼에도 불구하고 그 진단을 받을 무렵에는 여간 놀라지 않을 수 없었다. 교차로에는 4색 신호등이 있는데 어쩐 일인지 그중에서 두 개만 보여 이상하다는 느낌에 아내에게 이런 사실을 얘기했다. 그 전에 나의 생각은 '안과 진찰'을 받을까 하는 생각이었는데, 아내는 나의 얘기를 듣자마자 안과(眼科)가 아니고 가까운 대학병원으로 빨리 가라고 성화다. 아내 말대로 곧바로 얼마 걸리지 않는 거리에 운전하고 가서 혼자 치료를 받던 중 몇 가지 질문을 했더니 바로 검사가 급하다는 말을 나에게 전했다. "그럼 통원하면서 검사를 받으면 안 되겠네요?"라고 하니까 바로 말문을 막더니 직원들끼리 서두르는 모습들이다. 그 후 15년 동안 약과 치료를 병행하며 살고 있다.

갑자기 떠오른 생각이다. 젊었을 때 업무를 마치고 서울시청 지하도를 황급히 지나가고 있는데 길옆으로 운세를 봐주시는 어르신이 보인다. 총각인 몸으로 앞일이 궁금하던 차 호기심에 난생처음으로 어르신 앞에 쪼그리고 앉아 생년월일과 태어난 시(時)를 말씀드리고 기다리고 있었다. 말씀인즉 슬하에 아들을 둘을 둔다고? 그리고 여든둘인가 네 살까지 산다(묻지도 않은 수명까지도 말씀해 주신다.)고 말씀해 주신다. 그 후 배필을 만나 결혼도 하고 지금은 아들 둘과 며느리 둘 그리고 예쁜 손녀를 두고 있다. 아무튼 생명은 조물주의 것인 것을…(평소 나는 그런 말은 믿지 않으려는 마음이었지만).

수액을 맞으며 떠오른 생각이다. 다만 아쉬운 것은 그때 어르신께 건강을 왜 물어보지 않았을까 하는 마음이다. 이 모두가 조물주의 영역이라는 사실을 믿고 살아왔기에 그냥 기억에 남아있을 뿐이다.

며칠 후면 추석이 다가온다. 그들(가족)이 나를 만나러 온다. 과거와 현재가 오버랩 되면서 감회가 밀려온다. 더위는 가고 있지만, 내 몸의 질병들은 언제 더위와 함께 떠나갈 것인지 살짝 궁금한 저녁 시간들이다.

9.
같은 이름이라서?

      결코 웃어 넘길만한 일은 아닌 것 같아서 이렇게 적어본다. 본래 인간의 이름은 없었다고 알고 있다. 그러나 어찌하겠는가? 지구상에 인구가 70억 명을 훌쩍 넘었는데도 만약 이름이 없었다면 어떤 끔찍한 일이 일어날지 상상을 할 수 있겠는가?

  나의 경우 할아버지께서 이름을 지어주셨다. 나름대로 풀이를 해보자면 이름 첫 글자가 봄을 나타내는 봄 춘(春), 끝 자는 진정하라 또는 누른다는 누를 진(鎭), 너무도 귀한 이름이라서 지금까지 간직하며 살고 있다. 만물이 소생하는 봄, 바로 인생의 시작점인 것을 망각해서는 안 된다는 가르침을 주신 이름으로 믿고 싶다. 인간이 너무나 이기적인 것이 특징이라는 것을 이미 아시고 주위를 살펴 같이 동고동락(同苦同樂)하라는 의미로 이제 와서 느끼는 바가 너무나 크다.

  또한 우리나라는 성씨(姓氏)마다 내려오는 항렬(行列)이란 게 있다. 우리 세대는 진(鎭) 자(끝에 온다.) 항렬이다. 위로 아버지 세대는 가운데 자가 항렬이고, 할아버지 세대는 또 끝 자가 항렬이다. 과거에는 가부

장적(家父長的)인 시대와 남존여비(男尊女卑)의 유교사상에 기인한 것임에도 불구하고 남녀 모두 항렬에 의존해서 이름을 지었다. 나의 경우 중학교에 입학하다 보니 같은 반에 같은 이름이 있었다. 여학생이 같은 이름이었다(어린 마음에 요즘 말로 '쪽팔리는' 기분이었다).

일본의 지배 아래 있던 시기에는 창씨개명(創氏改名)이라 하여 특히 여자의 이름을 하나 없이 어떤 틀에 맞춰 아들 자(子) 자와 계집 희(姬) 사를 많이 사용하게 했다.[귀할 귀(貴) 아들 자(子), 명자, 복자, 순자, 양자, 옥자, 정자, 춘자, 그리고 계집 희(姬) 자인 귀희. 명희. 복희. 순희. 양희. 옥희. 정희. 춘희. 등 이루 말할 수 없이 같은 이름이 많다.] 사실 현대인들, 특히 젊은 세대는 이러한 사실을 아는지 모르는지 남자가 아닌 예쁜 딸들에게는 항렬에 구애받지 않는다. 너무도 예쁘고 부르기 쉽고 특징이 있는 이름이 아이들에게도 인기가 많은 탓일까. 그러나 지금도 계속되고 있는 것, 동명이인(同名異人)은 어쩔 도리가 없는 것일지도 모른다. (2020년 통계에 의하면 출생 신고된 아기의 12%는 같은 이름을 갖고 있다고 한다. 1위부터 10위까지 참고하기 바란다: 서아, 하윤. 지안, 서윤. 하은, 아린, 하린, 이윤, 지우, 수아 등)

이제 우리 부부, 아내의 이름 때문에 일어난 해프닝을 말하고자 한다. 오늘 일어난 사고(事故)는 결국 「개인정보보호법」의 테두리에서 벗어나 심각한 일이 벌어지게 만들었다. 날로 발전(?)하는 시대에 살다 보니 남녀노소 누구나 핸드폰이 없는 사람이 없다. 그런 이유로 이 법은 2011년 3월에 법률로 정하여 9월부터 시행에 들어갔으며, 개인정보 누설 또는 불법으로 제3자에게 제공하는 경우 법의 처벌을 받는다. 따라서 여기에서 많은 불법행위를 모두 나열할 필요는 느끼지 않는다만.

그럼에도 불구하고 일어나서는 안 되는 일들이 비일비재하게 발생하여 사회문제를 야기하고 있다. 이번에 일어난 근본적인 사고는 고객을 상대하는 A 통신사(핸드폰 매장사업자 또는 소속되어 있는 직원들)에서 동명이인을 정확히 확인(구별)하지 못하여 제3자에게 피해를 입힌 사고라고 생각한다. 동명이인이란 글자 그대로 이름만 같은 경우가 아닌 이번 경우처럼 생년월일까지 같을 수도 있으니, 특별히 이 법의 취지를 충분히 숙지하여 재발 방지에 주의를 요하는 업무라는 말을 다시 한번 강조하고 싶다.

오늘 하루는 우리 부부가 가장 곤욕을 치른 날이었다. 아내가 그 피해 당사자였다. 물론 아주 흔한 이름 끝 자가 계집 희(姬) 자인 경우였다. 이름이 같다는 이유만으로 동명이인의 방문 요청 고객의 핸드폰을 해지해야 함에도 불구하고 엉뚱하게 다른 사람(아내)의 핸드폰이 갑자기 불통(解止)이 된 것이다. 그 사이 아내는 아무 영문도 모른 채 고속도로를 타고 한 시간 넘게 걸리는 새벽 출근길을 떠났고, 아내와 연락이 되지 않아 남편인 나의 마음은 타들어 갔다. 도저히 일상생활이 되지 않는 시간이었다. 그날 퇴근하고 집 근처 영업점에 가서 듣게 된 말, 사정을 얘기하니까 폰에 들어있는 부품 고장이 원인이라는 대답이다. 이튿날 어쩔 수 없이 반차(半次)를 내고 다시 두 번째 찾아간 곳에서는 부품이 품절이라면서 다른 곳을 다시 찾아보라고 한다. 혹시나 하면서 대여섯 군데 점포를 찾아 헤맸으나 해결의 실마리는 보이지 않았다. 다시 알려준 지점으로 발길을 돌려야만 했다. 겨우 사고의 발단인 A 통신사 지점에 가서야 이런 사단(事端)이 사실로 드러났다. 오히려 억울한 우리에게는 신분증까지 세밀하게 확인하는 데만 두세 시간이 걸린 후에야 말이다. 우리 부부는 영문도 모른 채, 아무 말도 하지 못한 채 녹초가 되어 버스를 타고 집에 와서야 깊은숨을 내쉰다. 그날 A 통신사에서는 부품 교체와 관계없이 잘못 해지된 피해 사실을 모두 인정하고 개통(改通) 아닌 개통을 해주었다('두 번 겪을 일이 절대 아니다.'라는 굳은 결심 속에 씁쓸함이 몰려온다).

문명이 이렇게 사람을 힘들게 하는 것이 야속한 마음이다. 다만 과학이 발달하면 할수록 더 불편할 수 있다는 사실을 깨닫는다. 이런 경우를 반면교사(半面敎師) 삼아 어떤 피해도 주거나 받게 해서는 안 된다는 교훈을 새롭게 인식하는 날이었다. 이 같은 사실은 이미 코로나19를 넘기면서 이미 배우고 터득한 경우이지만 모두에게 주의를 당부하고 싶다. 이때 떠오르는 생각으로 끝을 맺으려 한다.

외국의 경우 이러한 사고를 예방이라도 할 계획이었는지, 이름에 이니셜(initial)을 대문자로 붙이고 결혼한 경우는 부부 성(姓)을 혼합해서 사용하는 경우를 볼 수 있었다. 우리나라도 「호적법」 또는 「주민등록법」 등의 관련 법을 개정(改正)하여 동명이인인 경우를 지금이라도 특별 조치하여 간접 피해자를 사전에 방지하는 체계가 시급하다는 생각이 든다. (요즘에는 이따금 스스로 부부 성을 혼합하는 발전적인 이름들이 있어 다행일 뿐이다. 부동산을 공동명의로 하는 것도 이런 사단을 막으려 하는 것인지는 알 수 없다.)

끝으로 「개인정보보호법」에 의한 모든 매체(기관)들이 특히 주의할 사항이 점점 많다는 것을 인지하고 각별한 유의를 해야 하겠다.

✎ 참고

개인정보 보호 항목은 대략 유형별로 16가지로, 실로 방대하다.

✎ 「개인정보 보호법」이란?

법률 제10465호. 2011년 3월 29일 제정, 그해 9월부터 시행에 들어갔다. 만약에 불법으로 개인정보를 매매하거나 제3자에게 제공하는 경우(기관이나 단체 또는 개인) 10년 이하의 징역 또는 1억 원 이하의 벌금에 처하는 법 수준을 강화했다고 한다. 또한 피해를 입은 당사자의 구제를 강화하도록 징벌적 손해배상제와 법정 손해배상제를 도입했다.

10.
내 정신 좀 봐!

✦ 가을 체육대회가 열리던 날에

어제의 일은 정말 생각하기조차 싫은 일이었다. 한 번도 그런 일이 있으리라고는 정말이지 생각한 적이 없었다. 남의 일이라고만 믿고 싶었기 때문이다. 글쎄다. 물건을 많이들 아무 데나 놓고 다니며 허둥지둥 찾으려는 사람들을 보았는데도 그게 남의 일이라고 철석같이 믿었던 나였기에, "나이를 들기는 해도 먹지는 말라."라는 그 말을 잘못 이해하고 있었다는 생각이 스쳐 지나간다.

어려서부터 항상 듣던 어머니의 말씀, 지금도 생생한 그 말이 "내 정신 좀 봐!"일 것이다. 그때는 그저 하시는 말씀으로만 알고 살았는데, 이제 내가 그 모습을 닮아가는 모양새다. 그때야 어머니의 머릿속에는 어디 한두 가지 생각으로 사시던 게 아니니까 돌아서면 이 일, 다시 저 일이 기다리고 있으니 여름날 비는 주적주적 내리고 땔감은 눅눅해져도 누구 하나 도와줄 사람이 없이 온 식구의 모든 식사 건사를 혼자서 하시려니 그게 오히려 정상적인 모습(생각)일지도 모르겠다.

바로 어제는 내가 봉사하고 있는 곳에서 기다리던 가을 체육대회(fall

sport day)가 열리는 날이었다. 그런 분위기에 취해서 모두가 들떠 있어 (자칫 실수라도 하는 날에는 모든 게 망칠 수도 있기에) 나의 정신을 바짝 차리게 했는지 모른다. 오전 내내 정문 가까이서 들어오는 사람이나 차량을 만나보려니 한쪽은 운동장, 한쪽은 그곳에 신경을 쓰다 오전 시간이 빠르게 지나갔다. 운동장에서는 젊은 함성이 계속 울려 퍼지고, 그야말로 3·1 독립운동처럼 귓가를 맴도는 그런 울림들이었다. 이게 얼마 만이던가? 코로나19로 온통 가려져 숨도 쉴 수 없는 세월 동안 비대면, 대면 번갈아서 진행하다 3년 만에 그들의 몸짓을 마주한다는 게 나로서도 그렇게 낯익은 모습이 아닐 수밖에 없었다.

길가는 사람들조차도 허둥거리며 무슨 일이나 터진 것처럼 신경을 바짝 곤두세우곤 하는 모습들이다. 어디 그뿐이랴. 정문 앞 인테리어 보수공사 업체마저 이게 무슨 일인지 시끄러움에 긴장하는 모습이었으니, 자기네 소음에는 귀를 막고 남의 소음에는 예민한 모습으로 나타나다니 실로 아이러니가 아닌지 궁금하다는 생각이 앞선다.

그러나 정말 다행스러운 것은 안전을 담당하시는 여러 선생님의 노력에 힘입어 나의 기우도 하나씩 사라져 갔다. 때마침 점심시간이 되어 식당에 갔는데 또 한 번 놀랄 수밖에 없는 일이 생겼다. 식당엔 아무도 보이지 않고 동행한 우리 두 사람뿐이었다.

"이게 어찌 된 일일까?"

"벌써 식사를 하시고 가셨을까?"

식판도 깔끔하게 모두 닦여있어 누구 한 사람 왔다 간 흔적도 없었다. 잠시 후에 몇몇 선생님들이 들어오신다. 그제야 메뉴를 자세히 바라보니 우리 젊고 발랄한 청춘들의 축제의 날이 아니던가? 어느 선생님께서

"식사가 괜찮으실지 모르겠어요."라고 하시기에
"정말 맛있어요. 아이들이 좋아하겠네요."라고 답했다.

그날따라 잠시도 밖으로 나가려는 사람이 한 명도 없었다. 세심한 배려(메뉴 선정까지도)가 빛나는 날이었다. 우리의 자랑!

'호★인이여, 계속 빛나는 모습으로…'

그렇게 아쉬움을 뒤로하고 오후 근무지로 떠날 수밖에 없었다. 나의 기분도 상기된 채 쉽게 오후 내내 제자리에 갖다 놓을 수가 없었다.
그러나 이때부터 일이 발생한 것이다. 항상 오른쪽에 걸고 다니던 핸드폰 백이 내 몸에 없었다. 근무지 사무실에서 옷을 갈아입으면서 테이블 위에 놓고 나온 것 같은 생각이 번쩍 든다. 다시 돌아가 직원들하고 찾아봤으나 핸드폰 소리는 들리지 않았다. 여러 곳을 찾아보아도 알 수가 없었다.
다시 근무자와 다시 만나서 일을 계속했다.

"찾았어요?"

"아니, 없어요. 집에다 놓고 왔나 봐요."

"분명히 테이블 위에 놓은 것 같은데…" (늦게 들어오신 선생님께서도 테이블 위에 아무것도 없다고 말씀해 주신다.)

그 말을 들었으면서도 한편으론

"혹시 짓궂은 선생님께서 어디에 숨겨놓으신 건 아닐까요?" 했더니

"아니, 누가 그런 장난을 해요? 아닐 거예요."라고 나에게 말해준다.

이야기는 다시 원점으로 돌아가 보기로 한다. 원래 물건을 잃은 1차적 책임은 본인에게 있다는 말이 맞다. 잠시 어디에다 두었는지를 모르고 있기 때문이다. 다시 집에 가보기로 맘을 다짐한다. 그런데 아뿔싸 이게 문제가 아니고 무엇이 문제란 말인가? 오래전 지하철 출입구에서 어느 젊은 아가씨의 돈 좀 빌려달라는 생각이 문득 스친다. 그분의 딱한 사정을 내가 어찌 그 당시 알 수 있었을까? 아무 생각 없이 건넨 지폐 한 장이 그 여인에게는 얼마나 소중한 일인지 이제야 알 수 있다는 생각이 스친다. (어제 내가 꼭 그 사정이었으니까) 마침 그 날은 A 통신사 직원과 약속한 날이기도 하다(그날은 이미 직원 사정으로 일정을 하루 미루었던 날). 허겁지겁 일을 마치고 빌린 돈(현금)으로 버스를 타고 오전 근무지에 도착할 즈음, 운동장엔 마무리로(최후) 점검하시는 선생님의 모습이 눈에 들어온다. 나를 보시더니,

"선생님, 어떤 일로 늦게 학교에 오셨어요?"

"안녕하세요, 제가 두고 온 물건이 좀…."

그 말이 끝나기 무섭게 도착한 그곳 가까이(의자 위)에서 전화벨이 울린다. 통신사 직원의 음성이었다(얼마나 다행인가? 그분도 내가 전화를 안 받으면 얼마나 실망이 클 텐데…). 모든 일(체육대회, 핸드폰과 카드 분실, 보이스 피싱, 치매 초기 증상 우려 등)이 그렇게 해피엔딩으로 막을 내렸다.

그럼에도 불구하고 요즘 가끔씩 기억하려고 애쓴 결과가 시간이 가면 갈수록 희미해져 가는 것 같아 마음까지 아프다. 길가에 우연히 마주친 그 가수들의 말이다. 그렇게 노래를 좋아하시고 잘 부른다는 소문은(동네 노래방에서 가수로 통한다는 얘기를 전하는 것까지) 이미 알고 있다고 전한다. 그 유명 가수 세 분이 이곳에 온다는 배너광고도 보았으나 정작 가수 한 분의 이름이 생각이 안 나는 이유는 뭘까? 나중에 공연장에서 만날 기회가 주어지면 죄송하다는 얘기를 꼭 전해야 할 것 같다는 생각이 든다.

11.
누구나 만나고 헤어짐을,
사람을 사랑한다는 그 일들!

✦ 73세의 나이를 맞는 설 명절

여기저기서 꼬마 손님들이 차에서 내린다. 나의 손녀도 올 때가 되어 가는가 보다. 오늘의 풍경은 나보다는 할머니들의 마음과 손길이 매우 바쁜 날인가 보다. 만남은 왜 이리도 어려운 건지 알 수는 없지만, 도시생활의 모순들이 과거 몇십 년이 지났어도 변하는 것은 하나도 없다. 그렇게 살면서 지나간 날을 붙잡고 후회의 눈물을 만나는지도 모른다.

젊은 시절에는 우리 식구도 한두 번 머나먼 고향길을 나선 시간들도 새록새록 기억이 난다. 명절이 아니더라도 생신날이나 무슨 행사가 있었던 것으로 기억한다. 버스에서 내려 초록 빛깔을 담은 보리밭 신작로로 작은애를 등에 업고 가던 아내의 모습과 시골 풍경이 새롭게 떠오른다.

그래서 명절에는 만남이 제일 중요한 주제인가 보다. 교통사정이 아주 좋지 않음에도 불구하고 머나먼 여정을 시작한다. 기나리는 사람들을 신고, 고향으로 달려가는 완행열차 기적 소리뿐, 그동안의 안부를 안고 빨리 만남이 이루어질 시간들을 기다린다. 사람은 누구나 헤어지고 만남을 아쉬워한다. 그리고 새로운 만남을 이어간다. 그러나 여기서 서로가 즐거움에 앞서기보다는 그들(家族)의 마음을 헤아리는 아량이 필요한 것은 어쩔 도리가 없다.

　인간은 조그마한 서운함과 상처를 가장 많이 느끼며 사는가 보다. 나의 과거의 모습도 그런 모습이 아닌지도 모른다. 짧은 만남이 바로 이별의 아픔으로 이어지는 패턴이기에 사랑으로 보듬지 않는다면 그 무슨 소용이 있을까? 만남은 사랑을 전제로 이루어져야 하기 때문이다. 나의 좁은 소견으로 만남이 미움으로 변하여 더욱 만남을 어렵게 만드는 것은 아닌지…. 늦게야 마음속으로 그리다가 별을 바라보며 슬픈 노래를 부르게 되니 말이다. 더 늦기 전에 소중함을 간직하며 살아야 하지 않을까. (짧은 명절, 그 사이에 예상치 못했던 고부갈등이 살짝 보이기도 한다.)

　든든한 뿌리를 붙들고 온갖 모진 풍파를 견디며 살아가는 저 산 언덕의 소나무들을 경외하기까지 하는 모습이 바로 우리들이기를 바라는 이유이다. 그럼에도 불구하고 우리네 인생은 그렇지가 못하다. 너무도 미약한 존재인 것을, 그렇다고 아무런 준비도 없이 기다려서는 안 된다. 현재 우리의 모습이 미래의 모습으로 비치기 전에 빨리 다가가서 뿌리를 그곳에 내리고 감싸 안으며 함께 살고 싶어야 한다.

　나의 젊은 시절! 아이 둘을 키우면서 지금까지 사랑하며 가꾸며 살던 집. 마당 있는 넓은 단독 이층집에서 자연과 벗 삼아 예쁜 꽃들을 심어 가꾸며(아내는 야생화를 너무도 좋아해서 다른 꽃들은 얼씬도 못 했다.) 오순도순 같이 모여 살았다. 훗날에는 주택을 멋있게 새로 지어서 1층에는 우리 부부가 살고, 2·3층에는 큰아들 내외, 작은아들 내외가 서로 살고 싶은 곳을 정해서 사는 꿈을 꾼 적이 있다.

그럼에도 불구하고 꿈은 꿈으로 끝나고 만다. 그러니까 20여 년 전부터 동네가 낙후되었다는 등 재개발을 한다고 야단들, 그런 이유로 해서 그 꿈은 물거품이 되어 지금은 하늘 높은 줄 모르고 몇 해째 온통 꼭대기를 향하여 가고 있으니, 그곳에서 외롭게 둘이서 살아야 하는 우리 부부는 어떤 희망을 갖고 살아야 좋은 것인지 도무지 모르겠다. (관할 기관에서는 무상으로 도시를 재정비해 준다니 속으로 박수를 칠지도 ….)

12.

명절(名節)이란 무엇일까 나에게는
(What is the holiday, to me)?

✦ 아내 혼자 고향길에 보내고 나서

설 명절이란 해마다 오는 것이지만 나이 들어서 맞는 이번 설은 남다르게 느껴진다. 이 정도 나이가 들다 보니까 철이 들어가는 것은 아닌지 생각하다가도 아직도 철부지와 똑같다는 생각이 든다.

내가 어렸을 적 가졌던 설 명절하고는 너무도 다른 모습들이기에 마음 한구석에는 허무(虛無)하다는 생각이 남는다. 그때 설은 먹거리 중에서 최고는 바로 어머니가 만든 '호박떡'이었다. 반찬이나 특별한 고깃국이야 내가 그리 좋아하던 음식은 아니었다. 그리고 놀이 중에는 형이나 아버지가 만든 방패연과 손으로 직접 꼬아 만든 노끈으로 만들어서 주셨던 타래가 생각이 난다. 추위도 모르면서 넓은 논과 밭에서 뛰어놀던 기억들, 점심때가 지나서 배가 고플 때쯤 연날리기를 그만둘 수가 없어 집까지 끌고 와 기둥에 매달고 점심을 먹었던 일, 그리고 물에 빠져서 논둑에서 양말을 말리다가 바지까지 태워먹고 집에 오자마자 쫓겨나다시피 혼났던 특별한 추억들! 다른 날에는 마치 학교 운동장인

양, 마을 뒷산(그곳은 동산이 아니라 이웃 동네 어르신들 묘가 있는 곳)에서 잔디가 하나도 없이 미끄럼을 타서 망가트리던 것까지. 수많은 짓궂은 놀이로 말썽을 부렸던 것들이 하나씩 잊히지 않는다. 그런 명절들을 뒤로하고 세월은 흘러갔나 보다.

이번에 맞는 2023년의 설 명절(名節)은 생각지도 못한 일들이 일어났다. 아내와 '이별 아닌 이별'을 해야 했기 때문이다. 처남이 이[齒牙]를 모두 빼서 식사를 잘 못 한다는 소식을 안방에서 나에게 전한다.

"처남이 이를 모두 뺐대?"

'천천히 하나둘씩 빼는 게 나은데!'라는 생각이 들었다. 아내는 지금까지도 일요일만 쉬는 날이라서 벌써 고향에 가보고 싶었을 테지만, 망설이다가 이번에 명절 연휴가 있으니 하루 연차를 내고 길이 막히지 않는 날을 잡아 갔다 온다고 한다. 그 소식을 접하고 "나도 같이 가자"고 말하고 기뻐했다.

나 역시 1·2월은 봉사활동이 쉬는 날이 많아서…. 그러나 아내는 나의 신체적으로 불편한 사정을 알아서인지 아무 말이 없다. 혼자 먼 길을 운전하라고 하는 것도 망설여져서 고민하다가, "내가 운전을 한다"고 하니까 곧바로 "자기가 한다"고 한다.

조수석에 앉아서 막히는 먼 길을 같이 가야 하는 나의 컨디션을 너무도 잘 아는 아내는 그런 이유로 본인이 운전한다고 말한 것이었을 것이다.

다른 곳에서 흩어져 살던 우리 가족들은 전날 왔다가 명절날 아침나절, 식구들이 모여 우리 부부에게 세배를 마치고 바로 각자 집으로 떠났다. 그 길로 아내도 오전에 준비를 마치고 고향으로 가는 차량에 올라타려는 모양새다. 나는 그 모습이 안타까워서인지 며칠 전부터 차량 점검도 모두 마치고 가벼운 마음으로 잘 다녀오기만을 바랄 뿐이었다. 물론 아내의 마음도 나와 그리 다르지는 않겠지만 이왕 가려던 참이니 부디 도로 사정만 좋으면 되리라 기도하면서 주차장에서 배웅하고 집으로 들어왔다.

그렇게 '나는 비로소 혼자가 아닌 혼자'가 되었다.

결코 짧지 않은 시간 동안 마음 졸이는 내 마음을 누가 알까마는 일기예보에 온갖 신경을 쓰면서 '괜찮아! 괜찮아!'라는 생각이 들다가도 고향으로 달려가는 아내의 운전 솜씨와 매너야 어디 가겠는가? 관광 목적으로 여행을 떠나는 다른 사람들보다 한층 침착하리라는 믿음(?)과 내가 만약 운전을 한다고 해도 아내의 운전 능력을 따라갈 수 있을까 하는 의문도 때론 가져본다. 날씨는 추워도 눈은 내리지 않고 길이 막힌다는 뉴스가 전해진다. 그렇게 어느덧 시간이 지나다 보니 어언 3시간이 지나갔다(평소에는 2시간이면 충분한 거리!). 전화도 걸 수 없기에 마음 졸이던 그때 갑자기 벨이 울린다. 순간을 기다려준 내 마음을 알 것이라는 믿음으로 허둥지둥 귀에다 갖다 댄다. 가느다란 여인의 목소리가 들린다. 그렇게 연극의 1막은 해피엔딩으로 끝이 났다. (누군가 "진짜 운전자는 겨울을 두 번은 넘어가 봐야 안다"고 하지 않았던가?)

다행입니다.

감사합니다.

사랑합니다.

'나는 결코 혼자가 아니다.'라는 믿음이 생기는 순간이었다.

갑자기 엄마의 명절날 호박떡이 그리워진다.

13.
소통(疏通)의 필요성(?)

사람은 누구나 말 못 할 사정을 안고 살아가는가 보다. 우리 부부의 이야기를 꺼내기 전에 서로의 사정들이 얼마나 많을지도 모르겠다. 비단 그런 이유로 서로가 소통이 안 된다면 마치 투명인간처럼 살아야 되는 건 아닌지 걱정이 될 때도 있다. 최근의 지나온 날들을 되돌아보면 서로 마주 보지도, 만나지도 못한 채 한 공간에서도 숨만 쉬다 자리를 떠나는 게 우리들의 일상인가 보다. 아니 그런 자리를 만들지 않는 것이 차라리 옳다는 느낌이다.

길거리에서 걷다 보면 많은 남녀가 시커먼 안경으로 얼굴을 가리고 다닌다. 언제부턴가 모자를 눌러 쓰고 다니는 사람들도 많다. 나처럼 햇빛에 머리카락이 없는 사람들은 여러 이유로 모자를 쓴다. (MZ세대들은 모자 달린 옷을 입고 그 모자를 덮어쓴다.) 언뜻 보기에는 죄를 지은 사람(또는 용의자)들이 잠깐씩 화면에 비치는 모습과 하나도 다르지 않다.

그럼에도 불구하고 우리가 놓치고 있는 중요한 사실이 있다. 소통을 간절히 바라는 그들이 있기에 우리가 이 사실을 간과해서는 안 된다.

우리나라 재소자들이 살고 있는 그곳, 높은 담장 아래 24시간 감시 아래 인간이라는 생각을 포기하면서 소통이 없는 생을 이어가는 삶. 그럼에도 불구하고 우리나라에서도 지난 20여 년 동안 개방형 교도소(矯導所)가 시범 운영 중이란 소식을 알게 됐다(1988년, 한국의 첫 개방형 교도소가 천안에서 문을 열었다). 먼 나라 노르웨이처럼 개방형 교도소(일부 교도소만 시행 중)가 활성화되어 같이 모여 사는 자유로운 나라를 꿈꾸는 이유가 바로 소통을 하기 위한 것이기 때문이다(처벌보다는 교화와 교정을 중심에 두고자 하는 현행 원칙이 반영된 것).

무슨 이유인지 가족들끼리도 서로 만남이 잘 이루어지지 않는다. 코로나19라는 이유가 있긴 하지만, 서로가 사회적 거리감을 갖고 생활을 한다는 이유다. 그 기간 중에 우리 가족에게도 어김없이 불청객(코로나바이러스)이 찾아왔다. 집 안에서 7일간의 구속 아닌 구속(拘束)을 당하는 일까지 벌어졌다. 다행스럽게도 건강에는 별 이상 없이 지나온 날들이 감사함으로 느껴진다. 전 세계의 국민들이 당하는 일이라는 생각이 들다가도 예방접종으로 커버될 일이 아닌 것이 분명하다는 생각이다. 지금까지 '아무 데도, 누구하고도 엮이지(소통?) 말고 일만 죽도록 하는 게 맞다'는 어느 기업의 주장이라면 어쩌면 타당한 이유일지는 모르겠다. 그러나 그 그물(자본주의)에서 빠져나오지 못하는 사람들의 생각까지도 바꿔놓는 것이 또 다른 슬픈 현실이다. (마치 재소자들이 소통의 창구가 막혀 재범률이 늘어난다는 아이러니?)

이런 이유가 아니더라도 우리들 모두(인간)는 모두가 죄인(罪人)이라는 사실 앞에서, 몇 년간 코로나19가 우리들에게 가르쳐준 것이 너무나 많다. 종교적인 해석을 떠나서 지금도 눈에 보이는 것은(사건, 사고) 물론, 보이지 않는 많은 문제까지 발생시키고 있기 때문이다. 무참히 자연을 파괴하고 각종 바이러스와 유해물질을 배출하여 전파하고, 인간이 먹고사는 재료(식물뿐만 아니라 갖가지 동물과 가축들, 그리고 해산물 등)들까지 유전자 조작(GMO)이나 나쁜 환경으로 만들어가면서 수확량을 대량화해서 부(富)를 이루고자 건강과 생명을 위협하는 일들까지 계속 일어나고 있다. 비단 오늘뿐만이 아니라 과거부터 미래까지 재난으로 몰고 가는 행동들을 멈추지 않는 한 모두 죄인일 수밖에 없다. 소통이 이래서 필요하다는 해석이다.

우리 집에도 아내의 생일이 하루 앞으로 다가와 미리 가족들 모임을 하려고 하니 많은 걸림돌이 여기저기서 나타난다. 다행인지 코로나19는 주의 단계를 넘기다 보니 그래도 괜찮은 것 같기도 하다. 그러나 아직은 안심 단계는 아니라는 말이다. 모임에 많은 제약이 있다는 것은 앞에서도 언급한 대로 서로가 일이라는 제약 때문에 같은 시간을 낼수가 없다는 뜻이다. 이 이야기는 다른 가정에서도 벌어지는 일이라는 생각이 든다. 심지어 이제 갓 초등학교에 들어간 아이들조차도 시간을 마음대로 못 내는 형편이니 누군들 호락호락한 일이 아니다. 심지어 이런 말까지 유행한다. "백수가 더 바쁘다."라는 말조차도 결코 바쁘지 않은 사람이 없다는 풀이로 알고 있다. 특히 나의 경우는 봉사를 주업으로 하는 사람이기에 주말에는 그나마 시간을 낼 수 있지만, 아내, 그리고 아들 둘, 며느리들, 손녀(학생)까지 실제적인 가족구성원이며, 직업인이며 많은 일을 하면서 각자 시간과 싸우면서 살아가고 있다.

　이런 이유로 소통이 잘 안 되는 것이 어쩌면 자연스러운 일일지도 모른다. 소통이란 모든 분야에서 서로 교류하면서 좋고 나쁨을 분별해야 함에도 불구하고 습관적으로 남을 따라서 하는 행동들이 많은 문제점을 야기하고 있다. 우리들의 의·식·주(衣·食·住) 모두가 이에 해당된다. 서로가 자기주장이 강하다 보면 일방적인 대화는 항상 문제나 상처를 만든다. 무슨 말인지 서로가 이해하려 들지도 않은 채 소통이 거의 불가능한 것이 되어버리는 경우가 허다하다. 그런 이유로 이번 아내에게 생일선물을 해주려는 마음으로 얼마 동안 여러 가게를 둘러보다 멋진 선물을 사고 말았다. 그러나 아직 선물을 샀다는 말도 못 꺼냈다. 이제 와서 무슨 뚱딴지같은 짓(생애 최초)을 하냐고 핀잔을 들어도 별수 없겠다. 마음에 안 들면 대체상품으로라도 교환하는 수밖에 없다는 나 혼자만의 생각이다.

　여러분의 입장이라면 이 일을 어찌하겠는가?
　'선물이니까 무조건 받든지 알아서 해.'
　라고 하면 무슨 대답이 돌아올까? 나는 아직도 잘 모르겠다.
　'당신은 왜 항상 그딴 식이야?'
　'내가 못 살아.'

'내가 언제 그런 것 하고 다닌대?'

'새벽에 나가서 밤에 들어오는 사람보고.'

'돈으로 주든가.'

이런 말이 나올 것만 같다는 생각이 든다.

그럼에도 불구하고 협상이나 소통에는 불가능이란 없다는 것이 나의 지론(持論)이다. 다른 방법을 찾아볼 수도 있다는 생각이 순간 머리를 스쳐 지나간다. 즉, 받는 사람이 아니라 선물을 주는 사람을 바꾸면 된다(?). (그 역을 맡을 사람이 싫다고 하면 그때는 직접 부딪칠 수밖에 없다.)

몇 시간 후면 우리 가족은 식사모임에 간다. 큰애 가족들은 며칠 전에 다녀갔고, 오늘은 막둥이네 가족이 온다. 그러니까 막내아들이 엄마에게 사 주는 선물이라면서 엄마한테 드리면 되고, 그때 일제히 너무 잘 어울린다고 박수를 쳐드리면 될 일이 아닌가?

이 말인즉 "누이 좋고 매부 좋다"는 속담이 아니고 무엇이랴!

이렇게라도 끝이 난다면 소통은 정말 필요한 것이 될 수 있겠다. 점점 시간이 다가온다.

(외식 후에 집에 와서 배부를 때 그때 시도해 봐야겠다.)

14.
소비는 미덕(美德)이 아니다

　　말하자면 '소비는 미덕이다.'라는 말에 더 익숙해진 우리들이다. 나의 어린 시절에는 모두가 궁핍하고 물질이 부족했다. 소비(消費)란 의미도 정확히 모를 뿐 아니라 소비를 해보지도 못했다. 그로부터 한참 지난 후에 전쟁의 상흔이 채 가시기도 전에 산업사회로 발전해 간다. 대량생산체제로 가게 되어, 다시 말하자면 컨베이어 시스템에 힘입어 국내 생산은 물론 수출에도 기치를 올리게 된다. 그사이 지방 여기저기서 보따리를 싼 사람들의 발길이 이곳 서울이나 수도권으로 밀물처럼 흘러들게 된다.

　　이때부터 도시 노동자들은 힘겨운 노동의 굴레에 빠져들어 새벽에 달 보고 출근하고 저녁에 별 보고 퇴근하는 사이에 먹는 입들은 하루하루 늘어났다. "먹기 위해서 산다", "목구멍이 포도청", "사흘 굶으면 선비도 남의 담장을 넘는다."라는 말까지 자연스럽게 회자되곤 했다. 오죽하면 사람이 동물처럼 먹고 사는 게 가장 중요하단 말처럼 들리고 있었다. 그도 그럴 것이 당장은 입에 풀칠만이라도 할 수 있다면 무슨 일이든지 가리지 않았으니까.

세월은 그렇게 하염없이 흘러 소위 자본주의라는 악의 축이 나타나게 되었다. 힘들게 일하는 대가는 바로 소비와 직결되는 듯, 그 후에 '일하지 않는 자는 먹지도 말라'는 어느 대선주자까지 '무노동 무임금'을 부르짖는다. 거기에 한술 더 떠 자칭 중산층(中産層)이라는 졸부들이 서민들을 무능력자로 몰아세우며 갈라치기를 일삼았다. 가진 자와 못 가진 자의 차별화, 마치 개돼지처럼 인간을 무시하던 어느 무명 인사의 말처럼 극에 도달해서 지금까지 치닫게 된다(지금 드라마의 주축이 바로 양극화, 기생충으로 빗대는 대사들뿐이다).

그에 부응하여 없는 자들마저 별다른 가치판단이 흐려져 그 대열에 합류하여 절제하지 못하고 문 앞에 줄을 선다. 그 시절에는 가장 잘 먹고 잘사는 직업이 택시 운전이라는 말까지 들렸다. 나가기만 하면 현금이 들어오니까 미래를 내다볼 생각조차 못 하게 만든다고 한다. 백화점 앞에 새벽부터 밤샘을 하는 행태가 그때가 바로 시작점일 듯하다. 더군다나 강남의 밭떼기가 자고 나면 천정부지로 값이 오르니 졸부가 땅을 팔아 그랜저(H 자동차 모델)를 몰고 다니며 육식(고기)만을 탐하다가 일찍 돌아가셨다는 소문도 있었다. 아마 지금도 이런 일이 빈번히 일어나지 않을까 하는 생각이다.

불행 중 다행인 것은 코로나19가 근엄하게 인간들의 행동을 꾸짖고 있는 것은 아닌지 모른다. 그런 흐름에 거슬러 "방역패스는 불법이다."라고 외치고 있는 선진국들의 모습도 안타까운 일이다. 눈치 빠른 위정자들은 이 같은 맥락을 읽었는지 취약계층의 발목을 힘껏 잡고서 우리가 도와주지 않으면 곧바로 멸망의 길이라는 사탕발림으로 표를 구하고 있는지도 모르겠다. 더욱이 2030세대의 올바른 판단마저 흐려놓으려 붙잡고 애걸을 해댄다. 자칫 이들이 수렁으로 빠지는 상황은 바로 눈앞에 펼쳐질 수도 있는 암울한 현실이 될 것이다. 무슨 영문인지 기성세대조차 자녀들 모두가 대학으로 발길을 돌리게 만들었지만 결국 그들의 꿈과 희망은 송두리째 빼앗겼다. 지방의 대학

이 슬럼화 되어가는 소식은 그 세대들은 이미 알고 있었다. 이제 변명처럼 들리는 사죄는 '소 잃고 외양간 고치는 꼴'과 똑같다. 아이 양육비가 무서워 출산을 포기하는 N포 세대(연애, 결혼, 출산)들에게 누가 그런 원인을 제공해 주었는가? 속절없는 시대의 변함이 무색(無色)하기까지 하다.

지금도 눈만 뜨면 온갖 방법(언론, TV, 유튜브, 홈쇼핑 등)을 동원하여 소비를 부추기고, 심지어 어린 초등학생에게까지 자기가 사는 아파트의 평수가 다르면 친구를 만들지 말라는 무지한 부모가 있는 한 소비는 멈출 수 없다. 달리 표현하자면 마약에 중독된 자가 하루아침에 마약을 끊을 수 없는 이치와 동일하다. 자연 생태계는 물론 악의 축, 소비는 결국 인간을 죽이는 결과를 초래하기에 어느 유명한 과학자들의 주장이 결과론적인 팩트(fact)인지는 모르나, 지금 이 지구에서 일어나는 모습이 바로 죽음의 서곡으로 들리는 것은 나만의 맹신일지도 모르겠다.

"맨해튼의 하이에나, 프리건." 혹시 이 말을 들어보았는가?
(시사프로그램, MBC(W) 제작, 2008, 『비하인드 스토리』에서 인용)

뉴욕 맨해튼 도심의 한복판, 백주 대낮에 능숙한 솜씨로 쓰레기통을 뒤지는 사람들이 있다. 걸인도 아니고 노숙자도 아닌 이 무리의 정체는 누구일까? "우리는 과잉 소비에 반대한다." 이 반대 운동은 1990년대 들어 본격적으로 일어나기 시작했다. '프리건족(free+vegan, 채식주의자)' 이외에도 다양한 운동과 키워드를 만들어 낸다. 소득이 충분하더라도 저가 소매점에서 좋은 물건을 찾기 위해 공을 들이는 사람들을 일컫는 '프라브족(PRAV)', 여기서 프라브란 부가가치에 대한 자랑스러운 각성자들(Proud Realisers of Added Value)이라는 의미이다. 또 '프리건'이 상품소비를 절대적으로 거부하는 입장이라면 충동구매를 자제하고 최대한 절제하자는 입장을 가진 사람을 '신검소족(New Austerity)'이라고 한다. 욕구가 아니라 '필요'에 의해서만 소비하는 사람으로, 자신이 쓰던 브랜드 제품을 런던 한복판에서 불태워 화재가 된 영국의 닐 부어맨이 대표적 인물이다. 마지막으로 '욘족(YAWNS)'은 젊고 부유하지만 평범하게 사는(Young And Wealthy but Normal) 사람으로, 30~40대에 수십억 달러의 부를 축적했으나 사치와 낭비가 아니라 자선 사업에 수입의 대부분을 쓰는 신세대 엘리트 부자를 가리킨다. 프리건들이 공식사이트(http:www.freegan.info.)에서 밝히고 있는 전략과 의무는 실로 기발하다.

– 태양열을 이용할 것

– 일을 적게 할 것

– 자주 샤워하지 말 것

– 자전거 타기와 히치하이크를 생활화할 것

– 술은 집에서 담가 먹을 것

– 컵과 손수건은 항상 가지고 다닐 것

– 버려진 집을 이용해서 살 것 등등

이 사이트에선 프리건들의 철학 외에도 프리건 관련 행사 일정, 가까운 곳에 있는 프리건 찾기 등 흥미로운 정보를 제공한다.

소비(소비재 지출 포함)는 결국 사회 양극화와 빈부격차, 노동시간 연장과 과로사, 부실공사, 안전 불감증, 각종 질병의 증가와 중독, 자본이윤의 극대화, 너욱이 저 멀리 바다의 생태계 파괴, 수온 상승과 생물들의 떼죽음을 자초하게 된다. 만약에 이 겨울 마스크를 당장 벗게 되면 매연에 노출되어 숨쉬기조차 어려운 실정이다. 코로나19의 마지막 경고는 이것이다. 인간의 사악함을 이미 잘 알고 있기에 우리의 보금자리를 빼앗으려 외치고 있다. 소비를 줄이고 자연을 살리고 그들과 함께 살지 못한다면 영원한 멸망이 기다리고 있을지도 모른다.

마지막으로 일자리는 갈수록 급변하는 추세이다. 제4차 산업에서 과연 현재의 교육방식이나 생활태도로 그들을 위로해 줄 수 있는 묘책이 있을까? 일자리는 줄고 빈부격차는 점점 더 심해지지 않을지 의문이다. 거기에는 성경말씀만이 답을 줄 수 있다. 그 일은 단순한 노동의 대가, 즉 돈으로만 결코 해결할 수 없기 때문이다. 그 밑바탕에는 선善한 일을 하라는 말씀이다. 선한 일이 바로 우리들의 소명이며, 너욱이 소비수단의 노예로 전락하지 말고 절제하라는 경고의 메시지다. 소비는 악덕(惡德)이기 때문이다.

✎ 주석(註釋)

선한 일이란 바로 자신이 알고 있는 삶을 돌아보고 실천하는 일입니다.

15.
아동안전지킴이 단상

이 일을 어렵게 시작한 지도 6개월이 훌쩍 지나가고 있다. 하루하루 거의 동일한 코스를 번갈아 근무하다 보니 생소한 모습들이 여기저기 눈에 들어오곤 한다. 나이가 지긋한 어르신들이 삼삼오오 모여서 담소를 나누는 모습은 가까운 나의 자화상일지도 모르지만, 나는 아직 젊어서(?)인지 그런 행동이나 마음이 선뜻 나서지 않을 것 같다. 그럼에도 불구하고 우리 코스에는 아이들이 노는 광경을 좀처럼 보기가 힘든 것도 사실이다. 고작 하교 후 한 시간 남짓 놀이공원에서 놀라치면 자꾸만 시계를 들여다보는 아이들의 모습들이 짠하게 눈을 가로막는다. 어린이들 입장에서가 아니라 틀 속에 맞춰진 스케줄에 일상생활을 해야 하기에 슬프기 짝이 없는 광경들이 여기저기서 벌어지곤 한다.

그러나 어찌하겠는가? 어린이는 어린이대로 바쁜 스케줄에 따라가고, 어르신들은 하시던 일을 모두 마치고 비우는 과정이라는 생각이 든다. 막상 갈 곳이 없는 것들이 이런 일상을 만들었는지는 잘 모른다. 그럼에도 불구하고 그분들께서 이 시간 다행이라 생각하는 것은 걸을

수 있고, 밝으신 표정들로 서로 주고받는 이야기가 속에는 과거를 되돌
아보는 좋은 기회라고도 생각들 하시기에 여백을 보내시는 어르신들이
한편으로는 부럽기도, 고맙게도 느껴지기까지 한다. 혹여 어제 뵈온 분
께서 안 보이시는 날에는 궁금해서 여쭤보기도 한다. 그 대답을 듣고
나서야 잠시 걱정을 놓을 수가 있다. 한편으론 코로나19 영향으로 맘먹
은 곳조차 애당초 엄두도 못 내고 있으니 집에서 티멍(멍하니 TV를 바
라보고 있는)이나 그리고 일거리가 없으시다 보니 오죽이나 답답한 심정
인지도 조금은 알 것 같다. 현장을 직접 체험을 하다 보니 개인적으로
때로는 도시를 떠나 시골 한적하고 공기 좋은 곳에서 사시는 분들이
더 좋을 듯싶기도 하다는 생각도 해본다.

또한 도시에서나 시골에서도 공공 어르신 일자리를 만들어드리는 데
많은 노력을 하시는 관계 공무원들에게도 찬사를 보내고 싶다. 어르신
들 입장에서 바라보면 다소 개선할 부분도 있다고 생각되지만, 봉사 종
사자(어르신)들의 열성만 보일 수 있다면 그 사업은 성공적이라고 감히
말할 수 있겠다.

그럼에도 불구하고 인간에게는 최저의 '기초생활비'라는 게 필요하다.
더욱이 건강 100세를 보장할 수 없기에 노후에 그 비용이 갑자기 늘어
날 수도 있다. 생명연장의 큰 주제 앞에서는 누구도 자유로울 수 없기
에, 특히 우리나라 노인 빈곤율이 두드러지는 이유도 찾을 볼 수 있겠
다. 최근에 물가 폭등의 사례처럼 점점 논의 가치는 떨어지고 주식이니

부동산 시장의 광풍이 불어대는 탓으로 노인들의 삶의 한 부분도 잠식 당할 수밖에 없다.

하루빨리 다시 정상으로 돌아와 서로 나눔을 실천하고 이웃과 더불어 사는 세상이 되어야 한다. 그런 이유로 내가 살고 있는 곳이나 이웃 공동체에서도 이런 참신한 아이디어를 찾아 서로 윈-윈하는 장치를 마련해 보고 싶다.

찾아보면 우선 머리에 떠오르는 것만도 여러 가지가 있겠다. 첫째, 공동육아로 저출산 인구감소를 막아보자. 둘째, 공동 돌봄으로 어르신들을 살고 있는 그곳에서 케어하는 것들도 사회적 기업형태로 만들어 보자는 것이다. 셋째, 한 단계 더 올려서 우리 가정의 식생활을 공동체에서 맡아 해결한다면 제공되는 영양이나 불편함과 비용 절감을 모색도 가능할 것 같다. 일자리를 만들어 가정경제를 도와 서로 잘 사는 이웃을 만들자. 이외에도 우리가 찾아보면 할 일이 무궁무진하다. 인간은 항상 머리가 나빠서라기보다 자기만의 이기주의가 이런 힘든 세상을 만들고 있다는 것이 평소 나의 짧은 생각들이다.

'혼자는 절대 살 수 없다는 진리를 깨닫자.'

16.
아무거나 먹으면 병든다

✦ **내가 먹는 음식이 나를 만들기 때문에**

2022년 현재 우리나라에서 많이 발생하고 있는 또 다른 질병에는 무엇이 있을까? 무엇보다 심장, 신장, 그리고 소화기(위)와 호흡기 질환에 관한 것들이 있다. 인터넷상에 누누이 강조하는 금기 식품도 나와있고, 좋은 음식도 자세히 나와있다(먹는 것도 이젠 가관이구면…).

우리가 앞으로 살아가는 데 식생활이나 바이러스에 계속적인 대비가 부족하거나 게을리한다면 더 무서운 재앙이 올지도 모른다. 기후변화로 인한 가뭄이나 홍수, 태풍, 그리고 알 수 없는 지진이나 해일이 우리의 목숨을 항상 노리고 있다. 특히 밀려드는 공해와 미세먼지의 극성으로 겨우 목숨을 부지하고는 있지만, 이런 어려움 속에서도 자본주의의 저 밑바닥에 깔려있는 나쁜 재앙이 엄습하고 있다는 사실도 잠시 잊어버리는 어리석음이 문제임을 깨달아야 한다.

우리에게 없어서는 안 되는 귀중한 음식들이 그들의 손에 의해서 아주 나쁜 음식으로 바뀌고 있다는 사실이다. 더욱이 유전자 조작이나 나쁜 화학 재료들을 사용하여 세계 곳곳으로 유통하고자(유효기간을 확장) 특히 선진국이라는 미명 아래 국가의 힘을 앞세우고 있다.

전통음식, 우리 전통음식을 바꾸려고 탄수화물이라는 이름으로 건강에 좋지 않은 음식으로 폄하하면서 소비를 줄이라고 아우성치고 있다. 그들이 노리고 있는 육류나 가금류, 그리고 달걀, 유제품, 치즈, 각종 빵이나 햄버거, 피자, 정제된 설탕이 뒤범벅이 된 탄산음료까지 내세워 식생활을 모조리 바꾸려고 홍보에 열을 내고 있다(우리나라도 아주 판박이처럼 그들을 뒤따르고 있으니 걱정이 앞선다).

국민 건강은 아랑곳하지 않고, 세계시장을 노리는 속임수를 펼쳐나가고 있다. 심지어 40여 년간 의사생활을 하면서 미국 정부와 투쟁을 하셨던 의사 선생님의 서적 『어느 채식의사의 고백(저자 존 맥두걸)』을 읽으면서 그 나라 국민들의 건강의 기준을 짐작하게 된다. 특히 길거리에서 쉽게 보이는 남녀 거구(巨軀)들의 힘든 걸음걸이나 당뇨나 고혈압, 그리고 심장병까지 앓고 있는 그들을 바라볼 때는 오히려 슬픔이 밀려오기도 한다. 마치 동물들의 사육방식을 닮아가는 것은 아닌지 모르겠다. 이들의 습관을 음식의 선택에 비교 적용해 보면 실제로 엄청난 위력을 발휘하는 것도 없겠다. 입에 길들여진 음식은 그들에게 안락감이나 안정감, 정체성을 제공한다. 세상이 우리 편이 아닐지라도 그러한 음식은 우리를 잡아당긴다.

국내 여러 곳에서도 이러한 사실을 부정하려는 것은 고사하고, 선동하는 언론이나 기업체들이 많은지, 요즘 학교급식만 보더라도 한 끼라도 고기(가공육)나 유제품이 없으면 아이들이 식사를 회피한다며 학부모들이 먼저 아우성이란다. 조금은 생각해 봐야 할 일이기에 덧붙여 본다. '과연 아이들이 고기를 먹지 않으면 건강에 무슨 문제라도 생긴단 말인가?' 건강은 날로 허약해지고 비만으로 인한 정신적 갈등과 싸워 이겨내지 못한 결과 체육시간을 회피하고, 그저 공부만을 외치는 그들이 우리나라 청소년들의 건강이나 삶을 과연 책임질 수 있겠는가?

내가 살고 있는 곳에서도 눈만 돌리면 건물에 온통 병원 간판과 나란히 고깃집까지 독차지하고 있으며, 주위를 조금만 벗어나 눈을 돌리면 유명 학원이라는 팻말이 건물을 뒤덮고 버스 정류장 이름까지 '학원가(學院街)'라고 적혀있다. 아이들이 갈 곳이 그곳밖에 없다는 자조 섞인 농담이 나오는 이유이기도 하다. 여기저기서 사랑하는 아들·딸들에게 말하는 부모님의 목소리가 귓가를 맴도는 것 같다.

"빨리 병원 갔다 와."
"늦겠다. 빨리 학원 가야지."
"끝나고 맛있는 고기 먹으러 가자."

17.
오늘의 단상

✦ 더위가 어르신들(나)을 치매환자로 몰고 가고 있는가?

오늘따라 앞집 형수님께서 일찍 어디를 다녀오시는가 보다. 자세히 보니 대파 한 단 꾸러미를 들고 계셨다. 내 생각엔 맛있는 거 준비하시려나 생각했다. (그때 내 머릿속에 스치는 생각?) 형님은 복지관에 가셔서 식사하실 텐데 그래도 혼자 드실 걸 만드시려나? 약간 부정적인 생각이 드는지 궁금하기까지 하다.

날씨가 너무 더워서 언제부턴가 도서관에 갈 때조차 양말이 부담스럽다. 그날도 뜨거운 햇볕을 맞으며 도서관에 가서 좌석표를 받고 곧바로 복지관에 가려는 참이었다. 그곳에 매일 다니시는 어르신이 평소 모습처럼 반바지 차림에 도서관을 나오는 모습도 보인다. (참 어제쯤일까 상가 코너에 지날 때 양말을 사야지!)

벌써 차를 세우고 양말이랑 옷가지들을 진열하는 모습이 너무 더워 보여 대형 선풍기라도 틀면 어떨까 하는 생각이 들었다. 시간이 11시가 되어갈 무렵에 그곳을 지나가려니 정리하던 양말 뭉치가 땅에 떨어진다. 더워서 양말 신기도 싫은 나에게 "목이 짧은 양말인데" 하면서 "망

사라 바람이 잘 들어온다"며 보여준다.

　나는 "나중에 사겠다"고 하면서 복지관으로 곧바로 가서 식권을 사서 점심을 때우려고 생각했다. (주머니에는 회원증도 챙기면서) 도착해 보니 웬일인지 차만 몇 대 주차장에 띄엄띄엄 주차되어 있고 조용하다. 더워서 어르신들이 안 오셨는지 복지관 현관문을 열 때까지도 몰랐다. 마침 직원 한 분이 눈에 들어와 "오늘 식권 안 팔아요?" 물으려니 "오늘 토요일…"

　오늘이 토요일이란 말에 '아차, 바로 이게 치매로구나!'를 깨달았다.

　어제는 입맛도 없고 시간이 늦어서 집에서 점심을 먹고 나서 소화도 썩 좋지 않았다. (늦게 퇴근해 온 아내에게 소화가 그렇다고 얘기도 했다.)

　아무튼 더위가 살짝 사람들을 치매로 몰고 가는 것은 아닌지 걱정도 된다. 요즘 도서관에서 읽은 책의 내용처럼 '노인을 위한 독서치료'의 대상이 바로 내가 아닌지 생각해 본다. 며칠 뒤 직원에게 머쓱해서 제가 내는 후원금 메시지가 궁금하다고 했다. 그 말을 듣더니 매월 이체된다고 답변해 주셨다. 평소 식사하러 다닐 때 출입구에 후원자 명패를 보다 궁금해져서 내 이름이 없길래 직원에게 알려달라고 말한 것이다. (아니다. 확인하려니까 내 연락처를 묻는다.) 이체가 안 되면 다행인가? (나는 백수니까 그냥 놔두시라고 하든지 통화해서 확실히 해야겠다.)

18.

자연이 가르쳐 준 선물들

　　오늘은 다른 날보다 더 많은 생각이 떠오르나 보다. 점심을 맛있게 먹고, 빗속을 헤치며 오후 근무 장소로 발길을 옮긴다. 언덕배기 오르막 차량들이 줄지어 내려오면서 물세례를 주려는가 보다. 멀리서 바라만 보고 있어도 물보라가 하얀 거품을 먹은 채 흩날리는 모양새가 곧 나를 공격하려는 것 같아 잔뜩 준비를 하고 나도 여차하면 비를 맞더라도 우산으로 공격을 막으리라. 그러나 그 광경마저도 얼마 만에 보게 되는지 한편으로 고마운 생각이 교차한다. 누가 그들의 마음을 아는지 잘 모르겠다.

　사람들은 하찮은 것에는 목을 매는 경향이 있는 것 같다. 요즘 코로나19라는 말도 나오지 않자, 그만 마스크를 쓴 사람이 노인이거나 아이들 취급을 받는다고 한다. 그런 이유일까 버스 안에서 자지러지게 기침을 해대면서도 옷소매 한 번 만지지도 않는데 뻔뻔함인지 상황을 잘 모르는 이유인지 모두가 아주 태연하다. 알아서라도 마스크를 착용하라는 차내 방송은 어디로 간지도 잘 모른다.

이곳 공동체는 초등, 중등 학생들이 제각각 갈 길을 가기 위해서 한 울타리 안에서 머무는 곳이다. 소위 '영재개발원'이란 이름이 있는 곳이다. 아마 초등학생이 주류를 이루는 것 같다. 미래의 영재들을 발굴하기 위한 교육정책의 일환인 것으로 추측한다. 그런 이유로 등·하교 시간이 각각 달라 출입구가 두 군데가 되어도 중학생들의 하교시간과 맞물려 여간 주의를 하지 않을 수 없다. 한술 더 떠서 자전거 등·하교 학생들이 지역 특성상 아주 많은 것이 특징이라면 특징이다. (장마철에는 자전거 이용 숫자가 줄 것 같은 예감이 들기도….)

오늘 오전에는 오랜만에 교감 선생님께서 전화를 주셨다. 두 손으로 전화기를 받쳐 들었다. 영재학교의 특수성도 아울러 알려주신다. 저에게 이렇게 많은 신경을 써 주시니 몸 둘 바를 잘 모르겠다. 이제 장마철이 시작된다니 우리 모두 신경을 바짝 쓰지 않으면 안 된다(자세한 통화내용은 생략하기로 한다).

(요즘 우리 학생들의 마음은 어떨지 궁금하다.)

일주일 동안 학교에 머물다가 하교시간이 되면 학생들의 마음이야 어떠하든지 조금은 몸과 마음이 느슨해지고 친구들이 그립고 못다 한 이야기들, 그리고 그다음 스케줄 때문에 더 바쁜 일과를 해야 하는지 모르겠다. 때로는 엄마·아빠의 말씀도 기억해내야 하고 가뜩이나 보고 싶던 스마트 폰이나 피시(PC)방이 그립기도 하던 차, 방송(하교 시 매일)에서는 코로나 감염방지는 물론, 유해 업소에 출입을 하지 말라는 권고의 멘트도 계속 나오고 있는 실정이다.

그럼에도 불구하고 이러한 사실들을 그들이 감수해 내기란 여간 힘든 게 아닌 것 같은 예감이 든다. 문명의 발달을 대변이라도 하려는 요량으로 갖가지 내용이 그 속에 쏟아져 들어오니 볼 것, 살 것, 게임을 즐길 곳, 가보고 싶은 곳, 공부하는 내용들까지 모두 있다고 믿는다. 학교 현장에서 극구 다른 묘책이 없기에 각자 소지한 핸드폰을 한곳에 모아놓고 하교할 때나 다시 돌려주고 있으니, 우리 기성세대의 생각에도 조금은 난관(難關)이라는 해석이다. 솔직히 우리도 다만 한나절만이라도 핸드폰이 손에 없으면 어찌할 바를 모르는데 무엇이 다르겠는가?

이제 본론으로 더듬어 보자. 아무리 강조해도 부족한 자연의 섭리를 우리 힘으로 극복하거나 조정할 수가 없기에 우리는 찬양에 가까운 마음으로 그들을 맞이해야 한다. 지붕 위 배수관을 타고 모처럼 들려오는 저 노래는 박자까지 갖추어 우리들에게 춤으로 뽐내기도 한다. "강, 약 강, 약, 중·약, 강, 약" 반복되는 구절들에다 락(Rock) 음악이라도 끼워넣었으면 하는 마음이다. 마치 아이들의 음악시간에 청초한 목소리로 합창하는 하모니처럼 우렁차고 아름답다는 느낌이다. 창밖에 내어놓은 나무들마저 신이 난 듯 춤사위를 펼치고 있다(내가 좋아하는 비가 내리고 있다).

'비(Rain)'란 우리 인간에게 무엇을 주고 무슨 말을 하고 싶은가?

우리가 학창시절에 배운 비가 바로 물(H$_2$O) 분자이다. 온도가 상승할 때를 기다려 기체화되어 하늘에 오르고, 다시 구름이 되어 기압골의 영향을 받아 비를 내려주는 원리이기에 큰 의미를 못 느끼고 배움과 학교시험에 응했을 뿐 그 심오한 작용을 연구해 본 적은 아직까지 없었음을 고백한다. 다시 추운 겨울이 되면 공기 중에 무거운 입자가 얼어 예쁜 눈꽃으로 변하여 온 천지를 하얀 설국(雪國)으로 만든다. 겨울은 아이들이나 개들마저 여기저기서 신이 나 뛰어놀게 하는 계절이다.

그러나 안타깝게도 많은 비가 내려서 온 천지가 물바다가 되어 인명과 재산상의 피해를 시간 날 때마다 뉴스에 흘러나온다. 얼마 전까지도 물 사정이 나빠 마실 물조차 제한하는 게 그곳 실정이었다. 너무도 고마운 물이라는 사실을 잊지 말아야 한다. 아무리 좋은 것일지라도 흔해버리면 오히려 해가 된다는 것들이 바로 우리가 매일 버리는 쓰레기와 같은 것들이다. 기후위기를 언급하지 않더라도 폐쓰레기는 온 산하(산과 바다)를 덮고도 남을 터. 이제 소비를 줄이는 길밖에 도리가 없다. (아니면 쓰레기와 같이 사는 수밖에….) 그 증거가 바로 자주 발생하는 산불화재 또한 이를 방증하는 것은 아닌지 묻고 싶다(쓰레기 소각도 한 몫을 차지한다).

왜 인간들이 무슨 권리로 대자연을 못살게 구는가? 옛날, 가뭄이 연이어 시작되어 농사가 힘들어질 때 임금님께서 그 사정을 두루 살핀 나머지 기우제(祈雨祭)를 올리는 일이 있었다. 이 시대를 사는 현대인들에게 하소연하고 싶은 가슴속 '비의 이야기(물의 이야기)'인지도 모르겠다.

하늘에서 내려주는 비(雨)는 지구의 청소부, 또한 우리의 삶을 지켜준다. 또한 비가 내리기 전에는 지상에서 먼지를 제거하는 기계장비 차량들이 여기저기를 쓸고 다닌다. '녹색 안전 조끼'를 입은 분들마저 새벽부터 온 동네를 쓸고 박자를 더해간다. 아무렇게나 버린 휴지조각, 몰상식한 자들의 담배꽁초와 담뱃갑, 그리고 버려진 유리와 플라스틱 음료수병, 비닐조각…. 심지어 밖에 나와 산책하는 애완동물의 배설물까지도 말없이 치우는 그들이 있기에 우리가 살 수 있다. 이들이 바로 '노벨 ○○상' 수상대상자들이 아니고 누구란 말인가? 그럼에도 불구하고 비의 역할이란 대자연의 능력이자 감히 인간의 힘으로 극복할 수 있는 것이 결코 아니다. 공기 중에 떠도는 먼지(미세먼지, 초미세먼지)까지도 모두 데리고 지상으로 내려오니 이보다 더 고마운 일이 어디에 있단 말인가? 그런 이유로 "치산치수(治山治水)"란 말이 있지 않았던가? 이 지구상에 비가 내리지 않는 버림받는 나라들이 얼마나 많은가? 그렇다면 지구온난화의 위기에 피해자는 우리도 예외가 될 수 없다. 우리의 건강은 날로 나빠져 수명을 연장하지 못한다. 각종 질병으로 인한 절망을 안고 살아갈 의욕조차 상실하게 된다. 그런 나라들의 참상을 결코 남의 일이 아니다. 전시에는 다른 나라로 도망이나 망명은 갈 수 있을지 모르나 기후위기에는 아무 나라에도 갈 수도 없으며, 살 수 없기 때문이다. 그렇게 되면 인간은 마실 물이 없어 '국제긴급구호단체'의 힘을 의지할 수밖에 없게 된다(아프리카의 여러 나라들처럼).

19.
제2 직장생활이 그립다

오늘이 '어린이날'이란다. 무척이나 마음 설레던 시절이 나에게도 있었다는 생각이다. 물론 개인의 좋고 나쁜 기억들을 떠나서 미래의 어린이가 바로 희망이라는 믿음은 지금도 마찬가지다. 바로 엊그제 같은데, 제2 직장생활을 한 지도 벌써 10여 년이 흘러가고 있었나 보다. 제2 직장생활이라는 게 누구에게나 어디 쉬운 일일까? 산전수전(山戰水戰) 다 겪은 나머지 어렵게 선택한 직장이라 감회가 새로웠다는 생각이다. 먼 옛날 어렸을 적 어머님이 항상 하시던 말씀은 바로 '선생(先生)'이 되라는 부탁이었다. 그렇게 모질고 어려운 살림살이를 뻔히 알면서일까? 모든 면에서 어머니의 한(恨)(?)을 풀어드려야 함에도 비틀어진 다른 길을 가려 했으니 힘이 드는 건 너무나 당연한 일이 되고 만다.

그렇다고 현직에 계신 선생님들의 고충을 알고 하는 말이 아니다. 이런 속담도 어렸을 때부터 들어서 아는 말, "선생 무엇(?)은 개도 안 먹는다", "스승의 은혜는 하늘보다 바다보다 높고 깊다", "스승의 그림자(스승의 어두운 면을 닮지 말라는 이중적인 잣대로 해석해주기 바란다.)도

밟지 말아야 한다.''라고 하지 않았던가? 그럼에도 불구하고 무슨 직업 (일)이든지 양면성이 있는 것 같다는 생각이다. 만약에 어린이집, 유치원, 초·중·고교 선생님이, 전문적인 학문을 연구하는 대학교수라는 직업이나 그분들이 없다면 지금 미래의 젊은이들은 누구를 닮고 성공하리라는 믿음이 생길까? 바로 "청출어람(靑出於藍)"이라는 말이 어찌 나왔을까 하는 생각을 해본다.

그러나 우리 모두는 자기 자신이 해보고 싶은 일이 있다. 자기에게 맞는 그런 일은 과거에나 지금이나 우리들 앞에 놓여있지만, 용기가 없어 포기하고 만다. 그러기에 누구의 강요나 무조건 따라가는 길이 언제나 성공적일 수는 없다. 각자의 꿈이 현실이 되는 그때야 비로소 느낄 수 있는 것이다. 그런 이유였을까? 나는 타자의 말이나 뜻보다는 나의 생각으로 많은 길을 찾아 나섰다. 지금까지 살아오면서 후회나 회한(悔恨)은 없다는 생각이다. 역설적으로 그럼 나에게 맞는 직업은 무엇이며, 나는 누구를 위한 삶을 살고 싶어 했는가 하는 질문을 스스로에게 던져본다.

누구보다 잘 알고 계신 부모님은 어제나 오늘이나 위대하기까지 한 것이 사실이다. 자식에게는 하나의 거울이기 때문에 보고 배우는 게 너무 많다. 심지어 먹고 입고 생활하는 것 모두를 닮기 때문이다. 혹자는 부모의 못다 이룬 꿈을 자식을 내세워 그 길을 쫓게 한다는 말도 한다. 이 말은 한 가닥 일리가 있어 보이지만 잘못된 판단이다. 하나의 인격체를 마치 자기 소유인양 키우려는 잣대는 옳지 않다는 단편적인 뜻이다.

그런 이유로 그들이 하고 있는 일 모두, 특히 무시하고 천대받는 일일수록 귀하고 貴하다. 세상의 이치대로 자본주의의 늪에서 꼼짝달싹 못하는 그런 일이란 게 문제이다. 일의 가치를 경제논리로 해석하는 어리석음이 바로 일을 그르치기 때문이다. 힘든 일터에서의 경우를 생각해보자, 2년여 넘게 코로나19가 맹위를 떨칠 때, 누가 누구를 치료하고 돌보아 줬는지를 생각하면 바로 답이 나온다. 누가 그들의 직업을 천대하고 무시할 수 있겠는가? 촌각을 다투는 환자의 생명을 혹여 다칠세라, 졸리는 눈을 부여잡고 바쁜 발걸음으로 꼬박 밤을 새우는 모습들이 화면에 비칠 때 우리들 마음은 어떠했는가? 만약 내 자식들이 그 일을 하고 있다면?

까마득한 제2 직장, 그 시절이 생각난다. 수강생들의 운전을 가르치며, 그들을 상대로 시험(검정원)을 수행하면서 바로 갈등의 씨앗을 찾아 나선 게 한 페이지의 자랑으로 남는다. [이제야 생각해 보니 어머니의 뜻을 따른 자식이 아닐까(선생 노릇)?]

무엇보다 운전이란—생활을 위한 운전이 자칫 다른 사람에게 화를 미칠 수 있기 때문이다. 짧은 시간에 배우고 익힌 운전 능력으로 세상을 바라보는 시각이라면 결코 안 된다는 생각이다. 거기에 이런 말도 하던 시절이 생각나곤 한다. 올바른 운전을 하려면 적어도 두 해 여름, 겨울(적어도 2년 이상)은 지나봐야 안다는 말이 있다. 그럼에도 불구하고 오죽하면 교차로 우회전 시 '일시 정지'라는 운전 규칙이 이제야 나왔겠는가?

너무도 상식적인 한마디로 이 글을 끝내려고 한다. 운전자가 운전할 때 보행자와의 관계를 다시 정립하자는 이야기다. 나도 길을 건너는 사람, 아니 건너려고 하는 사람, 모두 똑같은 사람이다(특별히 노약자만 보호한다는 생각을 지워야 한다). 특히 교차로 통과요령을 잘못 알고 있는 많은 운전자가 문제를 일으키고 있다. (교차로에서는 더 빨리 속도를 높여 지나가야 한다?)

혹자는 우리나라 운전법규 위반 처벌기준이 약해서 많은 문제를 야기시킨다는 '원인론'을 주장하는 사람도 있다. 처벌이 능사가 아니라면 자발적인 민주시민의 운전자세가 더 소중하다는 뜻이다. '음주·마약 운전(이혼사유가 됨)', '과속난폭 운전(한탕주의)', '끼어들기(정서불안)', '안전거리미확보(앞차 따라붙기)', '불법 주·정차(얌체)', '대중교통의 무질서(민폐)' 등 이루 헤아릴 수 없이 많은 규칙을 지켜야만 비로소 민주시민이 된다는 이야기다.

평소에 몸으로 느끼며 조심한다고 했는데, 최근에 현실이 되어 나를 무참히 피해자로 만들었다. 더욱 안타까운 것은 그 사고 운전자의 목에는 이미 목 보호대를 착용하고 있었다. 그 광경에서 스치는 생각이 떠오른다. "처음 운전을 할 때는 택시기사처럼 운전을 해야 한다"는 말이 스치고 지나간다. 아뿔싸! 그 교차로에서 신호를 지키지 않고 우회전하는 차가 바로 택시였으니 그 말은 이미 틀린 말이 된다. 이 사고 운전사(가해자)가 바로 택시 뒤를 바짝 따라온 것이 사고의 원인이었다(안전거리 미확보, 교차로 우회전 시 정지 및 보행 신호 위반).

지금 이 시간에도 교통사고로 (억울하게) 힘들어하시는 환우, 그리고 나와 가족 여러분들의 건강을 빈다. 아울러 유명을 달리하신 수많은 교통사고 희생자 여러분들의 명복을 빈다.

20.
집비둘기와 산비둘기는 같이 살 수 없다?

지금 우리들이 살고 있는 이곳에서 집비둘기와 산비둘기를 구분할 수 있는 사람이 있을까?

아마 동물에 관심이 많은 사람들은 어찌 됐건 찾아낼 수도 있지 않을까? 그렇다고 세월이 이렇게 흘러 그들 세대도 엄청난 변화를 겪어 와서 잘 모를지도 모르겠다. 비둘기의 먼 조상을 찾아보면 그 답이 보이지 않을까? 그런데 우리가 조금만 관심을 기울이면 그들의 습성이나 삶의 방식을 금방 구분하는 능력이 생길 수도 있겠다.

새로 사 온 화분에 햇빛을 쏘이게 할 요량으로 며칠 전 우리 집 베란다 바깥쪽(에어컨 실외기 뒤 공간)에 올려두고 출근을 했다. 맘껏 햇빛을 보는 내내 주인 잘 만나 고맙다며 미소 짓는 모습도 보이는 것만 같다. 그날 오후 집에 오자마자 베란다 쪽으로 걸어갔다. 더욱더 싱싱하게 자라지 않았을까 기대 반 우려 반하는 순간이다. 실외기 뒤편 그 자리에 색깔도 선명한 어릴 적 같이 놀던 산비둘기 두 마리가 앉아있다가 눈이 마주치자마자 쏜살같이 어디론가 사라진다. 가만히 그 자리를 살펴보니 꽃줄기는 동강 나고 갈기갈기 찢어져 여기저기 흩어져 있다. 화분에 들어있는 흙도 파헤쳐져 엉망이다. 피어보지도 못하고 꺾이고 쓰러져 누워있는 애처로운 모습을 차마 볼 수가 없다. (얼마나 배가 고프면 먹을 것을 찾아 이곳에까지 왔을까?)

많은 생각이 교차하는 시간이다. 그들이 어찌 이곳을 알고 찾아와 나와의 인연을 이렇게 만들까? 가만히 생각하는 순간 우리들의 지난날 시간들이 문득 지나간다. 아득한 시절에 우리는 비둘기를 너무도 사랑하고 끈끈한 인연을 맺고 살았다. 산기슭에서 내려다보면 온통 콩밭이다. 가을 추수가 시작되면 온 마당에 널려있는 게 콩이다. 얼마나 좋은 곡식들인가? 요즘은 주식인 쌀보다 비싸고 건강에 좋은 곡물들이다. 곳곳에 맑은 시냇물도 흐르고 마당까지 날아온 비둘기들에게 들리도록 어머니께서 말씀하신다. 우리 모두 먹고사는 게 너무도 중요하다며 배불리 먹고 가게 쫓아내지 말라 하신다. 그 후 10여 년이 흘러 내가 직장에 다니던 시절에도 회사 정문 입구에 초가집 곳곳에 그들의 보금자리를 빙 둘러 만들어 주었다. 그곳에서 사이좋게 언제나 오순도순 자식들을 낳아 키우고 온갖 먹을거리를 찾아 날아다니는 모습이 너무도 사랑스러웠다. 저녁때가 되면 둥지로 돌아와 가족들 품에서 밤을 맞는 모습들이 지금도 생생하게 떠오른다. 특히 내 기억으로는 낮이나 밤이나 단 한 번도 서로 싸우거나 다툴 일을 만들지 않는 그들을 보았기에 싸우는 기술은 아예 배우지도 못했나 하는 생각이 들었다. 우리도 그렇게 잘 살아보려고 노력을 하지 않았을까 하는 추억을 더듬어 보는 시간이다. 한때 그들은 평화(平和)의 상징으로 인기를 독차지하던 시절이 있었다. 아주 큰 행사 때마다 축제의 한마당에 초대되어 무리 지어 하늘을 날던 아름다운 모습이 아련히 떠오른다.

그런데 우리 인간의 생활을 어찌 변해 왔을까? 다 알고 있는 사실이지만, 그야말로 약육강식(弱肉强食)을 자랑으로 알고 살았다. 그 결과 자본주의에 길들여져 서로가 공격과 갈취의 대상이 되고 말았다. 자연 속에서 같이 살던 동식물인들 왜 그 사실을 모를 수 있단 말인가?

(인간은 왜 IMF 수렁에 빠져 헤어 나오지 못할 지경에도 깨달음이 없었을까?) 삶의 터전조차 오래전 모두 **빼앗겨** 평화란 한낱 구호로만 교과서에 수록되기라도 했을까 하는 생각이다. 그런 사실을 증명이라도 하듯 이곳 여기저기에 비둘기에게 모이를 주지 말라는 현수막이 보인다. 지자체가 먼저 먹이를 사서 주어 본 적이 있는지 묻고 싶다. 없으면서 왜 주지 말라고 하는지 앞뒤가 꽉 막힌 얘기로 밖에 들리지 않는다. 그런 이유는 말할 거리조차도 되지 못한다. (민원을 그대로 받아들여 슬그머니 넘어가려는 속셈이 아닌지?) 주제의 본론은 여기저기 비둘기 분비물이 있어 불편하다는 이유다. 그 속의 더 깊은 뜻은 다름 아닌 아끼는 자가용 차량에 묻을까 봐 민원을 부르짖고 있는지도 모르겠다(자가용에 잎이 떨어져 귀찮다고 여기저기 나무들마저 싹둑 잘려나가는 실정이 현실이 되었으니까…).

반면에 인간과 동식물의 재앙은 이렇게 끝나지 않는다는 생각이다. 왜 지난번 중국의 박쥐가 코로나의 원흉이라는 보도를 보았지 않은가? 물론 자연을 그대로 놔둘 때조차 장티푸스, 콜레라, 뇌염, 메르스, 사스, 코로나 변이 바이러스 등이 각종 전염병을 일으켜 인간을 괴롭히기도 했지만, 굳이 우리와 같이 살아야 하는 운명체라는 사실도 부정할 필요는 없다고 생각한다. 동물들이 삶의 터전은 **빼앗기**고 점점 좁혀나가니 인간의 영역을 침범(?)하려는 몸부림은 너무도 당연하다. 길거리에서 먹이를 찾아 도로 바닥을 더듬는 도시 비둘기들은 어디서 살다 이곳에 왔을까? 마실 물조차 없어서 아스팔트에 고인

먼지 쌓인 물을 마시는 광경이 자못 슬프다. 고향을 버리고 이곳으로 온 실향민(다문화 가족들)의 신세인지도 모르겠다. 이렇게 살아가던 그들에게는 아무런 희망이 보이질 않는데 왜 자동차를 무서워해야 하는가? 마땅히 갈 곳도 없고 마음은 이미 닫혀있는데…. 그들과 마주하는 운전자라면 발견 즉시 기다려주는 지혜가 필요하겠다. 또한 고속도로를 달리다 내 차 앞으로 뛰어오는 동물들과 마주칠 때 과연 무슨 생각이 드는가? 그들의 주장이란 바로 '같이 살아야 한다'는 것을 말하고 있는 것은 아닐까?

얘기를 본론으로 다시 해보려고 한다. 우리 집에서 그런 일이 있고 나서 별다른 좋은 생각도 떠오르지 않았다. 며칠 후 오랫동안 보관 중인 박제용 후투티(일명 오디새)를 그곳에 옮겨놓고 다시 나타나기를 기다린다. 조금이나마 마음을 달래주려는 의도였는데, 오늘 퇴근해서 무심코 밖을 바라보고 있노라니 그만 박제된 후투티의 모습이 말이 아니다. 갈기갈기 찢겨 털조차 뜯겨 속에 뼈가 드러나 흉물처럼 변해 있다. 아뿔싸! 그 박제 후투티 새와의 악연도 필시 있는 것은 아닐까 점점 미궁 속으로 빠져드는 시간들이다.

이 세상에서 헐벗고 버림받고 굶주린 모습으로 먹을 것을 찾지 못하고 헤매다가 노숙자 신세로 나에게 온 것은 아닐까? 또한 그들 역시 전세 사기에 휘말려 삶의 보금자리마저 빼앗기고 죽으려는 결심을 하고 있는지도 모르겠다. 살아갈 날들이 까마득하고 종족조차 거의 사라져

버려 앞뒤 사정을 누가 보살펴 주어야 하는지 모른 채 나타난 것 같은 마음이다. 가슴이 아려온다. 이 사실을 진작 알아차렸다면 배고픔이라도 달래줄 수 있었는데….

요즘 학교 현장에서도 이러한 비슷한 현상들이 터져 나오는 것은 아닌지 두렵다. 비록 하찮은 비둘기들의 삶일지라도 지켜줘야 함에도 누구 하나 관심을 주긴커녕 '알아서 잘 살겠지.' 하는 안일한 생각이 바로 일을 그르치고 있기 때문이다. 비단 이런 현상들은 동물들뿐만 아니라 인간에게도 여기저기서 자주 일어난다는 슬픈 소식이 들려온다. 그들마저 아까운 생명까지 내던지는 현실이 바로 비둘기의 삶을 닮아가고 있는 것은 아닌지 정말 모르겠다.

'누가 그들을 괴롭히는가?' 그리고 '괴롭힘을 당하는 대상들은 누구인가?' 그들이 무슨 큰 잘못을 저질렀는가? 아니다. 그럼 그곳에서 남의 일처럼 '구경만 하거나 부추기는 일은 아무 죄가 없단 말인가?' 하나씩 차근차근 토론을 거쳐야 겨우 실마리를 찾을 수 있다는 생각이 든다. (상식이 통하지 않는 세상에서 법 앞에 평등하다는 주장은 헛소리로 들릴 수밖에!)

✎ 가해자(괴롭히는 자)

나와의 아무런 연관성이 없으니 억울하면 재판까지 가면 되겠지. 아니면 '장난으로 한 일인데…' 또는 '그런 사실 없다'고 우기면서 '나는 애당초 그런 마음은 1도 없었고 기억이 나지 않는다.'라고 오리발을 꺼내 변명거리를 찾는다.

✎ 피해자(당하는 자)

'영문도 모른 채 희생(신체, 심리, 정서, 물질)을 당하는 모습이 안타깝다. 그 결과 고귀한 생명生命까지도 내던지는 일이 벌어지곤 한다.

✎ 방관자(구경하는 자)

'나는 필시 그런 광경조차도 모른다.' 오래된 일이라…(어떤 말도 용기가 없어서 말을 못 하고 있다가) 기억이 잘 나지 않는다.' 말하고 그곳을 빠져나오려는 자들이다.

다시 쉽게 말하자면 국회 청문회장의 모습을 비춰보면 누구나 금방 알 수 있을 것 같다. 그러나 그들(피해자)은 반드시 다시 찾아온다는 사실을 기억해야 한다. 비록 피해자일지언정 '마음은 항상 콩밭에 있으니까' 전하고 싶은 이야기가 너무도 많은데, 들어줄 사람이 없어 이제라도 기다리다 나에게 찾아오리라는 확신이다. 어서 서둘러 진수성찬(珍羞盛饌)을 준비해서 그들과 다시 마주해야 한다.

비둘기 부부에게 지나온 과거의 회포를 들어주면서 아무런 잘못이 없다고 다독여 주고, 먼저 나(방관자)를 용서(容恕)해 주기를 바라는 시간이 되었으면 좋겠다는 말을 전하고 싶다. 누구(가해자)의 잘못을 탓하기 전에 말이다.

아쉽고 답답하고 후덥지근한 여름 저녁나절이다.

21.
찰나(刹那)의 평가 때문에 살지는 말자

'나는 지금까지 어떻게 살아왔는가?'

이 질문이 나에게는 오늘을 살아가는 데 아주 중요한 질문임에 틀림이 없다. 항상 귀에 따갑도록 들어온 이야기가 생각난다. 너는 항상 남보다 무엇이든 잘해야 한다는 말, 그래야 훗날 편하게 살 수 있다는 말로 알아들었다. 그럼에도 불구하고 너무도 이율배반적인 말이 귓가를 맴돈다.

그때가 고등학교 3학년이 거의 끝나고 대학 입학전형을 코앞에 두던 시기였다. 우리 반 담임선생님께서 우리에게 마지막 한 말씀으로 기억한다. 선생님께서 부연 설명도 하지 않으시고 "내가 지금까지 살아오면서 환멸(幻滅)을 느꼈다"고 하셨다. 지금 생각해 보면 교육을 책임지는 선생님의 마음속에 학생들에게 사랑이란 말보다는 입시경쟁을 더 가치 있다고 주장하고 있는 교육 현실을 말한 것으로 해석하고 싶다. (幻滅이란 말의 뜻은 '꿈이나 환상이 깨어짐 또는 그때 느끼는 괴롭고도 속절없는 마음'을 말씀하신 것 같다.)

나는 늦게나마 깨달은 것이 너무나 많다. 다름 아닌 남의 일이 되어 버린 일이지만(아들 둘이 이미 그런 과정을 거쳐 사회인이 되었다), 아직도 변한 게 아무것도 없는 빈껍데기 같은 교육 현실이다. 공교육 부재, 사교육 의존, 입시지옥은 여전하다. 그나마 저출산 영향으로 지방대학교 일부는 정원에도 못 미친다는 뉴스를 보면서 다행인지 불행인지는 당사자들에게 물어보는 게 답인 것 같다는 생각이 든다. 아직 변하지 않은 첫 번째, 교육 현실은 본인(학생)의 의사는 아랑곳하지 않고 부모의 잣대로 모든 것이 이루어지는 것이 문제를 일으킨다는 점이다. 사교육이 공교육보다 앞서가고 나만의 출세가 곧 가문의 영광이라는 헛된 믿음이 소위 인 서울(In seoul) 대학이 존재하는 이유였고, 꿈과 희망을 송두리째 빼앗는 한 누군가의 부모들의 뼛골이 남아나겠는가? 두 번째, 위정자는 교육개혁을 부르짖고는 있지만, 뼈대 없는 사상누각(沙上樓閣)이라는 말이 현실이 아니고 무엇이겠는가? 심지어 다리 한 개, 도로 한 개를 만들 때도 100년을 내다보고 설계한다는 말이 바로 그런 뜻일 게다. 이웃 나라의 교육제도를 직접 보고 취사선택을 하든지 머리를 맞대고 토론을 거듭해서라도 진정 나라와 교육과 국민을 위하는 길을 찾으면 된다는 말이다. 세 번째, 내 마음속에 있는 말인지는 잘 모르겠으나 각 부처 및 국회의원 나리님 그리고 관련 교육기관, 심지어 지방의원님들까지 환골탈태(換骨脫退), 자발적으로 희생 봉사하는 마음으로 100년을 내다보는 게 정답이 아닐는지?

마침 여야가 개헌(改憲)을 입에 오르내리는 시점이니 일차적으로 교육을 바로잡는 데 힘을 쏟자. 나의 진실 된 우려는 선거철을 의식한 나머지 개헌 또는 개혁이라는 말을 내뱉어 국민을 속이는 것인데, 그런 이기적인 자태는 이 기회에 없애자. 참여자 모두는 선거나 투표가 아닌 방법으로 누구나가 합당한 봉사자, 자발적 무보수와 임기 보장 철폐로 일할 기회를 주는 것이 이 나라를 구하는 해결방법이 아닐까 하는 질문을 던진다. (안타까운 일이겠지만 지원자가 부족할 경우, 관련 분야의 학자나 각 분야 전문 교수 중에서 양심적인 지원자를 국민의 잣대로 선발할 수도 있겠다.)

이 말의 진의는 나라가 위태로울 때 독립운동을 누가 하라고 해서 한 사람이 있었겠는가? 자발적인 모습, 그러니까 나이, 성별, 학벌, 직업, 지연 등을 모두 제쳐놓고 그야말로 능력자들, 아니면 외국의 전문 인력(World Class)까지 우리나라에 헌신 봉사할 인재를 선발하는 것이 그 해답일 것 같다는 생각이다. 나의 좁은 편견이 아닐지도 모르지만, 그 방법밖에는 나라를 구하는 길이 없다는 말을 마지막으로 되뇌어 본다.

누구나 찰나의 평가 때문에 살지는 말자. 둘로 갈라진 나라이면서도 아직도 이념이나 사상을 가지고 일본놈(▒)의 노예처럼 살까 염려스럽기까지 하다. 우리 국민들의 역량이면 무엇인들 못 한다고 누가 감히 말하겠는가?

22.
철조망에 간힌 산꼭대기 민들레

(산꼭대기 군부대, 사격장, 교도소 담장, 눈길이 닿는 곳마다
나를 찾고 있었나 봅니다.)

샛노란 꽃을 피우는 나의 사랑 예쁜 님!

누구는 거들떠볼 필요조차 못 느끼는 외진 곳, 오르려다 다른 길로
향하는 나그네들 사이를 뒤로하고 터벅터벅 오르다가 하얀 머리채를
흩날리며 기다리는 그 모습은 누구를 닮은 것은 아닐까요? 언제나 변
함없는 모습 그대로 엄마를 닮았기에 내 눈을 붙잡고 있었나 봅니다.
젊은 시절 비녀 꽂고 예쁘게 단장하신 모습과 어찌 그렇게 닮아있는지
하늘 꼭대기에서 아들이 보고 싶어 그 모습 그대로 계신 어머니를 만
나는 순간, 가던 길 발길을 돌려 그대로 잠시 머물러 있습니다. 아이들
의 깔깔거리는 합창 소리를 뒤로하고 먼 데, 내가 태어난 고향을 바라
보았습니다.

철부지 갓난아기를 보듬을 힘조차 부쳤는지 엄마 가슴속보다 동네 처녀의 등허리가 기억이 난답니다. 내가 예뻐서 아니면 내가 허약해서 동네방네 업고 다니며 젖동냥을 해준 그 누나에게도 이젠 고맙다는 인사를 할 참이랍니다. 엄마는 내 새끼가 안타까워 그리다가 아파도 아프다는 기색도 못 하고 아픈 누나가 더 먼저였기에, 그 마음을 이제야 헤아리는지 모릅니다. 그런 이유로 그 시절 나는 엄마의 사랑보다 칭찬이 더 고팠답니다. 그러니까 나는 끈질긴 생명력을 그때부터 붙잡고 산 거지요.

'엄마 젖이 아니면 어때요.'
'미음이라는 것도 없어서 못 먹었어요.'
'아무튼 먹기 싫은 거라고는 없어요.'
'전 항상 배가 고팠거든요.' 그 사실밖에 기억이 안 납니다.

지금에 와서 생각해 보면 엄마의 말씀이 모두 맞아요. 그렇게 빙충맞게 자랐지만, 어느덧 공부 잘하는 학생으로 읍내 중학교에 무사히 합격하여 십여 리 길을 걸어서 아무 불평도 하지 않고 무거운 가방을 들고 등하교를 했으니까요. 그런 와중에 내 몸 어디가 가장 힘들었을까요? 당연히 배도 고팠죠. 그리고 허리가 아팠고요. 엄마의 말씀 중에 지금도 떠오르는 말이랍니다.

"엄마, 나 허리 아파 죽겠어." 하면 항상 뭐라 하셨지요?

"너는 허리가 길어서 아픈 것이란다."라고 하셨습니다.

'맞아, 난 허리가 길어서 아픈 거야.'라고 그렇게 믿고 살았답니다.

그 사실을 증명이라도 하듯, 지금도 걷다 보면 주위 사람들이 허리가 굽어있다고 얘기를 해주면 바로 허리를 펴고 걷고 있답니다(우리를 키우시느라 엄마는 혹사당하셨습니다. 아니 먹을 게 없던 시절, 물 한 바가지로 배 채우시던 어머니였기에 허리가 굽어서 평생을 땅바닥이 먼저 보였답니다).

그 모진 환경 속에서도 꿋꿋하게 살아 꽃 피우는 그 모습을 이제야 깨달았답니다. 수많은 꽃씨를 머리에 이고 바람이 거세게 부는 날이면 먼 하늘 끝까지 날려 곳곳에 뿌리내리도록 하는 저 꽃들을 바라보며 바로 '부모님의 은혜'라는 것을 말입니다. 그 모습을 지켜보시던 엄마의 맘까지 이제야 깨달았답니다. 우리 가족들이 어느 곳에 있든지 스스로 그 환경을 극복하고 살아주기를 바란다는 기도 소리가 귓전을 울립니다.

간절한 맘이 헛되지 않게 해달라고 얼마나 많은 기도를 올리셨습니까? 지금도 얘기를 다 하려면 북받쳐 오는 가슴을 추슬러야 할 것 같습니다. 추운 새벽 겨울날이 생각이 납니다. 불도 안 들어가는 차디찬 골방에서 어머니의 울음(기도) 소리를 들었습니다. 어려서 무슨 말씀인지는 몰랐으나 교회에(새벽기도) 가시기 전 꼭 기도를 올리셨습니다. 그 말씀을 우리 하나님이 안 들으셨을 리가 없겠지요. 먼저 떠난 누나의 아픔을 무던히도 기도로 간구했지만, 어언 일인지 꽃다운 나이에

저 높은 곳으로 데려가셨으니까요. 그런 아픔을 뒤로하고 하나의 끄나풀만 잡으시고 사시다 몸소 그 곁으로 떠나가셨으니 지금 제가 만나는 저 철조망에 갇힌 저 꽃들이 아니고 무엇이란 말입니까?

지금 이 시간 하나님의 말씀이 제 귓전에 들립니다. '네 부모를 공경하라.' 이제야 하늘거리는 저 꽃씨들이 제 몸속에 하나씩 소식을 가져다주는 모양입니다. 공경(恭敬)이란 쉽게 풀이해 보면 보답이나 순종을 의미하지 않을까요? 그러나 무엇보다 너의 소임이 뭔지를 먼저 깨달아야 한다는 넓은 뜻으로 이해하는 게 좋을 듯합니다(부모의 강제나 지시보다는 나의 소임을 먼저 말하지 못한 것이 평생 후회로 남습니다).

나의 사랑 예쁜님!

그럼에도 불구하고 이제야 하나씩 들려주시고 깨닫게 하시는 말씀, '네가 이 세상에 태어나 살아온 것이 분명 나의 보살핌이 없이는 불가능한 일이다. 그 고마움을 한시도 잊지 말거라. 특히 그동안 부모에 대한 불평이나 불만은 한낱 너의 넋두리라고 알고 있다. 이해해 주길 바란다'.

어느 곳에 있든지 너희 사명과 소임(所任)을 다하라는 말씀을 잊지 않겠습니다. 어머니!

✎ 빙충맞다

(국어사전) 똑똑하지 못하고 어리석으며 수줍음을 타는 데가 있다.

✎ 빈충맞다

(충청도 방언) 나의 허약함을 빗대서 한 말로 이해하고 살았다. 그 말이 듣기가 정말 싫었다.

23.

베껴 쓰기에 빠지다

아침에 일어나면 상쾌한 기분이 들어야 하는데, 그렇지가 않다. 그렇다고 숙면을 방해받은 것도 아니다. 선풍기도 켜지 않고 시원한 침대에서 잠을 청했었다. 요즘 잠이 많아진 것도 사실이다. 그러니까 얼마 전부터 가지가지를 다했다고 생각한다. 아픈 허리를 건사하기도 힘든데, 치아마저 온전치 못하여 아프기도 씹지도 못하는 심정을 아는지 모르는지!

정부에서 기본 두 개까지 임플란트 치료를 받을 수 있다고 해서 이런 생각도 떠오른다. 내가 혹시 늙어가는 것인지 아니면 노랫말처럼 익어가는 것인지…. 정말 모르겠다. 시간만 있으면 고향을 생각하고 저 푸른 초원에서 살아보고자 큰 꿈도 꿔보지만, 지금까지 건강을 담보하는 인생은 그리 많지도, 자신도 없는지라 누군가가 물어오면 '다 늙어서 무슨 수로 시골살이야.'라는 핀잔을 들을 것만 같다. 아내의 말처럼 그런 꿈은 그저 꿈일 뿐 실현 불가능하다는 결론을 미리 들려주곤 한다. '아픈데 어디로 가? 그냥 살던 데서 살아야지!'

그럼 현대인들이 말하는 우울증이란 도대체 무슨 핑계를 말하는 것인가? 단순히 경제활동을 잠시 멈추고 세월을 반추해 보는 것이 나를 정말 힘들게 만드는 것인가? 아니면 돈을 못 벌어오니 우울하다는 것을 핑계로 삼는 것인가? 우선 나의 경험으로는 계속 잠이 온다. 옛날 어르신들이 낮에도 주무시다가 깨곤 하면서 밤에 못 주무신다는 이야기를 많이 들었다. 누구는 뇌졸중의 전조라고도 하지만 가만히 무료하게 시간을 보내는 게 그 이유일지도 모른다. 요즘 내가 잠시 집에서 쉬는 시간을 갖다 보니 오히려 더 바쁘다는 신호를 보내는 것은 아닌지? 그러다 보니 평소에 해오던 글쓰기, 하고 싶은 자격증 공부, 많이 읽고 싶은 책들을 벗 삼는 게 전부인데 말이다.

그런 이유인지 올여름은 지내기가 무척 어렵다. 설상가상으로 세 군데나(치아, 허리, 약물 부작용 등) 몸을 가누려다 보니 힘든 것도 사실이고, 그런데 아뿔싸 아내마저 직장에서 혹사당하는 게 아닌가. 원래도 그렇지만 성수기(연초, 추석, 연말 등 특별 행사까지)엔 옴짝달싹도 못 하고 새벽에 출근, 밤이 되어서야 파김치가 되어 집에 돌아온다.

모처럼 일요일이라
"여보, 아침 뭐 맛있는 거 먹으러 갈까?"
"아니. 그냥 집에서 먹지."
속으로는 나도 별로지만 그 맘 알아줘야지 하곤 한다.

여름이 채 가시기 전이라 특히 우리 집은 단독주택과 연립주택(빌라)에 막혀 바람도 잘 들어오지 않는다. 소파에 기대어 눈을 감고 있으면 아내는 이부자리에서 벗어나지 못하고 동료의 전화를 받곤 한다. 뻔한 얘기가 오고 간다. 회사는 내부 바람이라도 부는지 조용할 날이 없는가 보다. 여러 사람이 각자 잘난 맛에 살다 보니, 그곳에서도 왜 바람이 없겠지만 계속되는 대화 내용이 좀 듣기가 거북할 정도다. 그럴 수밖에 없는 사정을 모두 이해한다. 회사에서는 서로 벙어리가 되어 일만 죽도록 하다가 같은 차로 왔다 갔다, 운전기사(회사 동료 아저씨 차를 동승)와의 소통의 현실은 그리 녹록지 않은 게 사실일 게다. 어느 날,

"여보, 나 나갔다 올게. 세탁기 섬유유연제(피* 같은 것들) 넣었어."

그리고는 휭하니 나간다. 나는 잘 갔다 오라는 말도 하지 않고 침대에 누워 보고만 있다. 별생각이 다 든다. 아내가 차를 몰고 가니까 내 맘이 편치 않은가 보다. 그렇게라도 해야지 직장의 굴레에서 잠시 벗어날 수 있는 황금시간을 감히 누가 막을 수 있단 말인가?

'우울증은 내가 나를 찾지 못하게 될 때 생기는 병이다.'

우리 부부는 그래도 천만다행이다. 내가 지금 붙들고 있는 닥치는 대로 하는 '베껴 쓰기'는 나에게 많은 도움을 준다. 우선 관심거리에 집중할 수 있고, 평소 꿈꾸던 글쓰기의 최후수단이 되었으니 얼마나 다행스러운 일인가? 요즘 느끼는 일이지만, 제목만 주어지면 1,000자 내외의 글을 후딱 써내려 갈 수 있다고 단언한다. 이념이나 사상을 제외하고, 중언부언하던 내용도 다시 고쳐 쓸 마음이 생겨 관심을 갖다 보면

많은 노하우가 생길 것 같다. 다행이다. 작가들이 하는 행위를 따라 할 수 있으니까.

평소에 책을 많이 읽지 못한 게 후회로 남지만, 지금이라도 늦지 않다고 생각한다. 돌아가신 할아버지의 모습이 지금도 생생하다. 빼곡히 한문(한자)으로만 되어있는 기름 먹인 종이의 책을 자그마치 84세까지도 품에 끼시고 읽으셨으니 말이다. 아마 모르긴 해도 100독은 하셨을 거라는 생각이 든다. [우리 할아버지께서 사랑방에서 서당(훈장)과 한방치료(종기 환자)를 하시다가 잠시 짬을 내어 진지 드시러 본채로 오실 때도 한 손엔 지팡이 그리고 책을 겨드랑이에 끼신 모습이 지금까지 눈에 선하다.]

'영원한 스승이자 나의 할아버지.'
'사랑합니다.'
다시 9월이 오면 더 좋은 소식이 날 기다려 주리라….
나의 아내의 건강도 회복되어 천성에 가는 두 나그네의 발길을 인도해 주시지 않을까 기도하는 아침이다.

24.

봄이 아프다

이맘때만 되면 어김없이 봄은 오건만 나는 '봄은 아픔의 계절'이라고 생각한다. 그 어린 시절은 굶주림이 가장 먼저 해결해야 할 숙제였으니까. 모두가 허리띠를 졸라매지 않으면 바지나 치마가 흘러내리던 시절, 오죽하면 이런 노래가 흘러나왔을까 생각하게 된다. "아이야 배 꺼진다. 뛰지 마라" 이 노래가 지금도 우리들의 눈시울을 적시고 있으니.

한 세월이 흘렀건만 지구의 절반 이상이 굶주림에 허덕이는 현실에서, 이웃 북한 동포들의 실상만 보더라도 익히 짐작하고도 남는다. 누구는 '퍼 주기만 하는 정부'라는 말도 서슴지 않고 화난 얼굴을 해대며 먹기 위해서 우리는 뼈 빠지게 일한다는 말까지 서슴지 않는 것을 보면 이미 철학자의 말을 빌리지 않더라도 알 수 있다. 그는 먹기 위해서 하는 노동은 노예의 모습과도 같다고 하면서, 노동은 단지 인간이 생존하기 위한 것으로 자연의 필연성에 종속되어 있음을 의미하기도 한다. 그럼에도 불구하고 봄은 춘궁기(春窮期)라고 하는 말이 옛날부터 전해 내려온다. 과거 농경사회에서도 하늘만 쳐다보며 온 가족들이 이른 봄부터 가을 추수할 때까지 매달려온 결과는 장담할 수가 없다. 집집마다 먹을 양식을 절약해서 모든 생활비의 재원으로 쓰다 보니, 봄만 되면 양식조차 떨어지는 일도 벌어지고 소작농이야 지주들에게 굽실거리며 양식을 구걸 아닌 구걸을 해서 다시 다음 농사를 기약하며 살아간다. 지금에야 아이들 말처럼 '쌀이 없으면 라면을 사 먹으면 된다'는 해프닝도 있겠지만, 풍요는 바로 이런 궁핍을 배우지 못하고 결국 '소비의 노예'가 되는 것은 아닌지 한편으로 염려도 해 보는 시간들이다.

그 시절을 더듬어 보면 봄철에 어르신들이 하나둘씩 세상을 하직(下直)하시는 것을 어렴풋이 보게 된다. 지금에야 계절이 무슨 상관이냐고 따지려 드는 사람도 있겠지만, 겨울에서 봄으로 이어지는 환절기에 유달리 동네 여기저기서 초상(初喪)이 났다는 얘기가 들려온다. 요즘의 의학적인 용어를 빌리자면 면역력이 약해져서 온갖 질병(세균이나 바이러스)에 노출되고 마땅한 약은 고사하고 민간요법으로 다스리지만, 더욱이 영양실조로 치료할 수 없는 여건 등 몇몇 어르신을 제외하고는 단명할 수밖에 없었던 게 현실이었다는 생각이 든다. 그런 이유에선지 모르겠으나 가난한 살림에 식구(食口) 숫자를 줄이려는 자연스러운 현상이라고 믿고 팔자나 운명(運命)으로 돌리기도 한다.

내가 살아온 세월도 그다지 다르지 않았었다. 학창시절이나 그 후 지금까지도 환절기만 다가오면 몸이 아프다. 사연스러운 현상이라고 여기기보다는 환절기 몸의 면역력이 극도로 약해지면서 모든 신체의 기능이 저하되고, 이러한 현상들이 몸 곳곳에서 말해 주고 있다. 나는 왜 봄을 이야기하면서 아픔을 호소하는지 자연에서 그 이유를 찾아보려 한다. 온갖 식물들도 겨우내 충분한 영양은 고사하고 어려움을 참아내며 움츠린 세월을 보상이라도 받으려는 것일까 여기저기서 싹을 틔우고 예쁜 모습들의 꽃망울이 움튼다. 사람들은 이런 사실들을 아는지 모르는지 그저 아무 생각 없이 눈으로만 감상하려 든다. 제3자의 식물들의 입장에서 바라보면서 서로 아픔을 위로해 주고 보듬는 마음을 갖고 살아야 그들의 소리를 들을 수 있다.

또 한 가지 그저 보아 넘기기엔 힘든 모습들이 여기저기서 펼쳐진다. 봄철이 다가오면 '나뭇가지 전지(剪枝) 작업'이란 허울 좋은 명분으로 자라고 있는 줄기나 나뭇가지를 싹둑 잘라버리면서 합리화하기 바쁘다. 햇빛을 가린다는 이유다. 또 나무가 웃자라 갖가지 위험성과 저층의 시야를 가린다면서 관공서나 교육기관 등에서도 그리고 간판을 가린다는 이유 하나로 상가 앞은 더 무참히 수난을 당하곤 한다. 이 또한 인간의 반복되는 허물이 아닐까. 왜 어려움을 같이하고자 하는 자연의 음성(땅속의 비밀)은 무시되어야 하는가? 우리들의 생명을 지키고 있는 엄연한 사실을 모른 체하면서!

봄은 그렇게 다 같이 잘살아야 한다는 노랫말을 남기며 아픔 속에 우리 곁을 지나가고 있지만, 기후변화의 대응에는 어느 누구도 대책을 강구하려 하지 않는다. 어떤 전문가의 말처럼 올 22년이 모든 식량이

고갈되어 인간이 더 이상 생존할 수 없다는 말까지 들려온다. 이웃 여러 나라에서도 식량의 위기가 일어나고 있다. 우리나라 역시 과거 가뭄이 닥칠 때를 상기해 봐도 지금의 징조는 우리 곁에 바짝 다가와 있나 보다. 가뭄으로 인한 대형 산불, 그리고 곳곳에 물난리를 겪고 있는 현실과 물가폭등이 그 전조증상인지도 모른다. 기후변화는 생각하기조차 싫은 재앙이다. 러시아(전범?)에는 오히려 지구 온도를 높여 생산량이 늘어나리라는 깜짝 놀랄 소식도 들려온다. 모두가 소비를 줄이고, 보다 자연친화적인 환경을 살피고 실천하는 자세가 모두에게 필요한 시기이기에 심히 걱정이 앞선다.

'봄이 아프다고 말하고 있다.'

25.
개뿔도 쥐뿔도 없는 인간세상!

나를 두고 한 말일 게다. 나는 본디 배운 게 미천하고 가진 게 없는 농부의 셋째 아들로 태어났다. 그리고 보니까 우리 아버지의 호칭도 셋째 아버지라고 불렀었다. 그런데 나는 아버지를 닮지 않았는지? 과묵한 거 빼고 나는 그런대로 공부도 잘했고 생각도 아주 진취적이었다.

소위 요샛말로 "젊은 늙은이가 아니었던가?" 그 이유는 여러 곳에서 나타나곤 한다. 늦은 나이에도 무언가를 배우려는 자세 그런 아들을 미리 아시고 계셨는지, 형을 제쳐놓고 서울로 유학길에 오르게 하셨다. 착하디착한 아들로 살려고 몸부림을 쳤는데 벌써 어머니는 내 곁을 떠나고 없다. 이것이 바로 개뿔도 없는 사람의 특징이 아닐는지? 누구의 인생인데….

'개뿔도 없다'는 진의가 여기서 나온다. 누구처럼 투기할 줄도 모르고 요령도 필 줄 모르는 사람이 과연 누구를 평생 배필로 만나 살고 있었을까? 사필귀정이 아니던가? 아내마저 죽도록 일을 하는 것만이 살길이라는 믿음이 강해 그렇게 지금까지 해오고 있으니 개에 뿔이 없는 게 여간 다행스러운 일이 아닌가 하는 생각이 든다. 아무튼 뿔이라는 개념은 그렇게 좋은 뜻으로는 사람들조차도 생각하지 않나 보다. 언뜻 떠오르는 말, "엉덩이에 뿔이라도 났냐?" 어색하게 있는 척, 잘난 척, 배운 척하는 사람들에게 하는 말이다 보니, 나라는 인간은 그래도 다행스럽기까지 하다.

그런 이유인지 어머니의 소원을 이루어드리지는 못했을망정, 나에게 주어진 소명(calling, 召命)(?)은 그런대로 다하고 있다고 생각한다. 늦게 터득한 이치대로 남을 바라볼 수 있는 안목이 생기고, 이제라도 어느 대선주자의 말에도 흔들리지 않고 나의 신념을 갖는 것이 얼마나 다행(多幸)인가. 70평생을 살아오면서 인간을 한없이 믿은 결과는 무참히도 배반을 당하고 말았다. 역대 대통령을 선거에 임하면서도 투표를 한 번도 빠지지 않은 모순된 사고와 판단이 바로 이를 증명해 준다. 누구는 그런 말을 해댄다. 내가 투표를 하지 않으면 '어느 놈은 저절로 대통령이 되니까 알아서 하라'고 비아냥댄다. 원래 투표율이 항상 100% 나온 적도 없었으니까 나처럼 개뿔도 없는 사람이 찍는다고 사슴뿔이 되겠는가?

제목의 말처럼 '개뿔도 없는…'을 다시 생각하는 시간을 가져본다. 소위 가진 자, 있는 사람들의 사고방식에는 이 말은 상대를 낮춰서 본다는 두 가지 뜻을 함축하고 있다는 뜻이다. 하나는 없는 놈이 시키는 일이나 고분고분할 것이지 웬 말이 많아! 다시 툭 튀어나오는 말, "말이 많으면 공산당"이란다. 기가 막힐 노릇이다. 또 하나는 당신들도 내가 하는 일 죽도록 충성해서 한번 잘살아보지 않겠냐는 마음에도 없는 소리이며, 말이 많은 나라가 바로 민주주의의 산 증거임을 알면서도 모른 척하는 이유는 무엇일까? 하물며 우리나라가 아직도 대통령 중심제의 밑바탕에도 깔려있는 반 독재체제가 그리 좋아 보였는지는 몰라도, 내각제로 가고사 하는 국민 염원을 팽개치고 선거 때만 되면 양심의 가책이라도 느꼈는지 개헌, 또는 개혁이라는 말을 내뱉어 국민의 속마음을 살짝 건드려서 희망을 주려는 듯, 자기의 이익을 취하려 하는 것은 각종 모리배(謀利輩)의 생각이 아닌지? '못난 *'같으니라고.

개뿔도 없는 나라의 현상들이지만, 제 갈 길 모르고 부동산마저 마치 '미친 사람 널뛰듯' 하는 모양새가 어디 누구의 통치능력으로 풀 수 있는가? 오늘날 국내·외에서 벌어지고 있는 온갖 거짓된 사실들을 어느 누구도 남의 탓으로만 돌리고 말 것이다. 세계가 온통 그 모양새인 걸 몰라서 하는 얘기는 아닐성싶다.

우리는 모두가 한순간에 개뿔도 없는 처지로 떨어질 수 있다. 특히 선진국이라는 그들 모두가 자기의 이익만을 좇는 세상이라 더욱 냉정한 판단이 요구된다. 이때 우리가 바라봐야 할 것은 이웃의 고통스러운 몸부림이다. 그들 스스로 개인의 위치에서 성찰할 수 있는 안목을 길러주고 실천할 수 있는 길을 열어주자. 그것이 우리 국민 모두가 해야 할 소명(召命)이다.

26.
그녀의 등굣길을 바라보며...

✦ 무슨 말로 위로의 마음을 전할 수 있을까?

그녀의 새벽 등굣길은 차마 볼 수가 없어 눈을 뜨고 싶지가 않은 날이 많다. 차라리 꿈을 꾸고 싶은 속죄의 모습이다. 그렇게 새벽은 찾아오고 햇빛이 창문을 두드린다.

신혼 시절을 보내며 몸을 바쳐 회사에 다닐 때는 이런 생각은 꿈에도 생각하지 못했다. 힘들어하는 나의 모습을 보면서 나에게 어떤 아쉬움이 남았는지 그녀가 건넨 말이 생각난다. 학교 공부를 다시 해보라는 말을 전한다. 그 당시 나는 '학교 가는 길'이 무슨 쓸모가 있을까 하는 생각이 앞섰다. 힘들게 없는 살림 꾸려나가는 아내의 입장을 알고 하는 생각인지? 그럼에도 불구하고 지금이나 과거에도 그녀의 말이 나에게와 닿지 않아서는 물론 아니다. 학창시절 어머니의 간곡한 당부에도 청개구리처럼 다른 길을 찾아 헤엄치던 몸이라서 그녀의 말도 귀에 들리지 않은 것일 뿐, 너무도 당연한 것은 아닌지 생각해 본다. 그런 이후로 회사도 내 맘대로 내 발로 그만두면서[마음에 품고 다녔던 사직서(辭職

書] 다른 길을 찾아 그녀의 마음 깊은 곳까지 후벼 판 지난날들, 이제야 알 것 같다. 지난 과오들이 지금 그녀를 새벽 등굣길(?)에 내모는 것은 아닌지….

그녀는 자그마치 매일 한두 시간 정도를 자동차로 달려야 일터(학교?)에 다다른다. 물론 그것도 모자라 하루 종일 서서 사계절 추운 작업장에서 꽁꽁 싸매고 몇 년째 일(수업)을 하고 있다. 실습이라는 명분보다 노역(勞役)을 하고 있는 셈이다. 이따금씩 움직이는 것이라고는 화장실과 무거운 물건을 이동할 때뿐이란다. 눈을 붙일 시간이라고는 짧고 짧은 점심시간뿐, 식사를 마치자마자 잠시 눈을 붙이는 정도 30여 분밖에 지나지 않는 금쪽같은 찰나의 순간이다. 이렇게 모질게 일(공부?)하는 것이 무슨 스파르타 교육방법이냐고 반문하는 사람이 있을까 두렵다.

그러나 이게 현실이다. 일이 끝나고 다시 퇴근길에 오르면 길거리는 온통 차량으로 막혀 자그마치 등굣길보다 더 힘든 여정이 계속된다.

집에 도착한 그녀는 힘든 표정이 역력하다. 안방에 들어서면서 한숨 소리가 거실까지 들려온다. 너무나 짠한 마음이 들어 이런 얘기까지 주고받은 말이다(발 마사지 머신에 몸을 기대라고 말하고 나서).

"여보, 벌써 그곳(학교?)도 오랜 기간이 흘렀네. 그곳 말고 앞으로 좋은 일이라도 있었으면 좋겠어! 처남이랑 시골에 가서 오순도순 쉬면서 살면 어떨까? 착한 처남이 누나를 부려먹기야 하겠어? 당신 건강도 챙겨야지."

그러자, 아내는 아무 말이 없다. 그로부터 10여 년 전에도 무심코 던진 말이 떠오른다. "우리 시골 가서 살자." 하니까 곧바로 "난 안 가."

"가고 싶으면 혼자 가든지…."

최근에도 나는 그녀에게 이런 말을 했다.

"새벽부터 긴 시간 남(남자 동료가 운전하는)의 차를 같이 타고 다니는 게 얼마나 힘든지 알 것 같아. 그래서 같이 다니는 그분(여자 동료)도 얼마나 힘든지 알 것 같고(짧아야 왕복 두세 시간 걸린다), 그래서 말인데 그분 내외분과 우리 같이 식사라도 하면서 얘기해 보면 어떨까?" 그 말을 듣자마자 돌아오는 대답은

"당신, 웬 잔소리가 많아!" 하며 눈을 흘긴다.

"그 여자는 그 일을 못 그만둬. 고용보험 대상자란 말이야. 다니고 안 다니는 것은 내 맘이지, 무슨 뚱딴지같은 말을 해?"라고 하면서 잠시 후

"당신과 똑같은 인간이 있어. 오늘도 스트레스를 받고 왔는데…." (집이나 일터 모두 힘들어 못 살겠다는 눈치다. 바꾸어 말하면 소위 심리학에서 자주 나오는 '투사적 동일시'가 아닐까 두려운 마음이 든다.)

그렇게 대화는 아무 보람도 없이 끝나고, 그녀는 일어서서 화장실 쪽으로 걸어간다.

역설적으로 잔업이 없으면 직원(학생?)이 먼저 일터(일감이 없으면 어쩌나!)를 걱정하는 세태이다 보니 정말 가슴이 미어진다(사실 일이 없으면 반차를 내서 전부 퇴근을 종용한다.) 그날 발주량에 따라 한두 시간 일거리는 식사도 제공하시 않는다. 그냥 쫄쫄 굶고 집으로 발길을 돌린

다. 그럼에도 불구하고 이직을 고려하지 않는 착한(?) 백성들이라는 것을 알고 있는 듯…. 새 정부도 들어서기가 무섭게 국정을 운영하는 그들조차도 기업 우선(기업이 살아야…)이라는 말로 현재의 근로시간보다 더 연장할 수 있게 해야 한다는 말을 내뱉고 있는 실정이다. (6·25 전쟁 당시 포로로 잡힌 동포들조차도 죽이지 않는 게 고마워서, 그들에게 충성을 맹세한 인간의 이중적인 잣대를 누굴 탓할 수만 있었겠는가?)

그럼에도 불구하고 앞으로 '일터(학교?)는 어찌 돌아가야 하는가?'라는 질문을 나에게 절절히 자문해 본다.

첫째, 가고 싶고, 오고 싶은 곳(학교?)으로, 그들에게 비전이나 믿음을 주어야 한다.

일터(학교)는 부모가 주인공이 아니다. 반드시 그들이 주인공이어야 한다. 그럼으로 누구도 주인공들에게 일을 강요하거나 생계(교육) 수단으로 발목을 잡아서는 안 된다. 인간의 태어난 순간부터 존엄성과 자기의 능력(폭)을 담고 태어난다. 또한 그곳에서 그만두고 싶다는 말을 부모나 실업계 학교 관계자가 들었을 때 '세상이 다 그래, 참아야 한다.'라고 말하는 순간 큰일을 자초하고 만다(결론은 누구나 하고 싶은 일을 해야 한다는 뜻일 게다).

둘째, 서로가 위로의 대상이며, 함께하는 공동체이어야 한다.

인간의 능력을 과소평가하거나 구시대적인 발상에서 벗어나라. 학벌(學閥), 지연(地緣), 연령(年齡), 성별(性別), 인종(人種) 등에서 탈피하여 서로가 보듬고 같이 살아가는 모습이어야 한다. 그러기 위해서는 관용의 미덕으로 차별과 혐오의 대상을 경계해야 한다.

– 코로나19 양극화 양상에서도 극명하게 드러난 사실! 미국의 흑인 사망률이 백인에 비해 훨씬 높다(이는 인간은 질병 앞에는 평등해 보이지만, 질병에 노출될 확률은 평등하지 않다는 뜻으로 이해하고자 한다).

– 특히 히딩크(Guus Hiddink)의 축구 4강 신화에서도 우리는 이미 좋은 경험을 해서 알 수 있다.

셋째, 목표보다는 과정(課程)을 중히 여기는 일터(학교)들의 풍토를 만들어야 한다.

　실적 위주의 성과급의 부작용을 사전에 막아라. 성적 위주의 교육체계에서 드러난 병폐가 사회를 병들게 한다는 것과 같은 말이다. 경기의 흐름은 항상 변화한다. 과거 일본의 연공서열의 장점을 놓치지 말라. 자본주의 병폐는 바로 자본지상주의에서 비롯된 것이다. 여기서 말하는 과정이란 인간의 인성과도 같은 것, 그것도 돈[金錢]이라는 수단에서 벗어나야 하는 전제조건이다(인간은 일회용 상품이 아니니까…).

　넷째, 역설적으로 아이가 하고 싶은 일을 시키는 부모가 많지 않다는 심각한 현실이다. (부모의 발걸음을 되돌아볼 수는 없단 말인가?)

　따라서 자식이 부모를 부양할 수 있는 능력도 아울러 주어지지 않는다. 시대를 거슬러 지금까지 부모가 자식의 앞날을 책임질 수 없는 것처럼…. 급변하는 코로나19 시대에 부응하는 아이들의 마인드[理想]를 높게 받아드리자. 따라서 일터(학교)는 하고 싶은 일이나 좋아하는 공부를 개발하고 발전시켜야 하는 무거운 책임이 있다. (다행인지? 요즘의 학교 교실 풍경은 졸리면 자리에서 스스로 일어나 뒤쪽으로 가서 공부하는 '키 높이 책상'이 있기는 하지만….)

27.

대통령이 택시 운전사라고?

　　이태원 참사(慘事)가 일어난 지도 벌써 한 달이 되어가고 있다. 그들의 삶은 어디에 있는지 그립기만 하다. 그럼에도 불구하고 가족의 품을 떠나 정처 없이 떠돌고 있을 영혼들을 과연 누가 달래주고 있는가? 뉴스에서 보면 전국에서 올라와 그날 밤의 축제(핼러윈)에 함께하고파 모인 사람들이었다. 이 세상에서 살다가 잠깐, 아니 순간에 어디로 떠나려는 사람들이 아니었기 때문이다. 그것도 서울의 한복판에서 일어난 일이었다. 싸늘하게 식어간 그들이 서울과 그밖에 40여 군데 장례식장에 흩어져 있다가 겨우 가족을 만나 장례를 치렀다는 이야기를 듣고 아픈 마음으로 나는 오늘 아침에 잠시 잠이 들었나 보다.

　꿈속에서 까만 휠체어 택시(?)가 보인다. 이미 익숙한 모습이었는지 잘 모르겠으나 검정 슈트를 입은 대통령께서 직접 운전석에 앉아 침묵의 모습으로 손님을 기다리고 있다. 나는 누구한테 물어볼 겨를도 없이 그 택시에 올라탄다. 안전벨트는 보이지도 않고 다리를 어찌하나 두리번거리고 있는데, 앞 발판이 자동으로 올라가면서 운전사와 내가 바짝 붙어 밀착하게 되었다. 여러분께서 상상해 봐도 알 수 있듯이 휠체어 (택시?)는 분명 1인용인데 그렇게 탈 수밖에 없었다. 꿈에서 깨어나 이상한 생각이 떠오른다. 전날 오후 봉사자들과 이동하면서 잠깐 이태원 참사 얘기를 꺼내 주고받은 것이 전부였는데….

그때 한 분이 참사의 책임을 모두 대통령에 빗대어 그런 소리를 하는 사람들을 못마땅해하는 말투였다. 나는 그 말을 무심코 들으면서 "맞아, 한 사람 때문에 일어난 참사는 아닌 것 같아."라고 대꾸를 하면서 "그 참사(慘死)는 우리 모두의 책임이야."라고 덧붙여 말해 주었다. 그렇지 않은가? 모두의 고귀한 생명들이 모인 그곳에서 그런 일이 일어났다는 사실 한 가지만 갖고도 우리 국민 누구도 책임을 면치 못할 것이기 때문이다.

특히, 그 생명들은 우리와 삶을 같이한 형제자매(兄弟姉妹)라는 사실을 잠시도 잊지 말아야 하기 때문이다. 모두가 알고 있듯이 앞으로 희생자들이나 유가족들에게 한 치의 가해(加害)도 다시는 일어나지 말아야 할 깨달음의 귀중한 시간들이었다. 봉사시간 내내 가슴이 먹먹해지는 느낌이었다.

그럼에도 불구하고 가슴 한편에서는 "솥 안에 든 고기"라는 속담이 지나간다. 이미 예견된 일이나 결과를 두고 나온 말일 게다. 이런 속담이 현재까지도 현실 속에, 그리고 나의 가슴속에 있다니 슬프기 짝이 없다는 생각이다.

역설적으로 늦은 나이에 깨달은 것이 하나 있다. 이미 알고 있는 것이 아무 쓸모가 없는 것들이다. 그렇기 때문에 아이의 눈으로 모든 사물을 바라보면서 하나씩 배워 고쳐 나아가야 한다. 그러기 위해서는 어떤 대가나 보상을 바라지 말고 모두를 위해서 내가 먼저 빛과 소금이 되어야 한다. 나의 삶의 인생 좌우명은 바로 그것, 그 영혼들이 외치는 함성을 우리들 모두 하나도 놓치지 말고 기억하면서….

"나는 보이는 것보다 보이지 않는 것에 관심을 갖는다."
"오늘 아는 것들은 내일에는 소용이 없다."
"모든 것은 새것으로 새 부대에 담아야 한다."
'행동하는 양심!'이라고 외치시던….
(전직 대통령의 말씀이 떠오른다.)

28.
우리 동네 할인마트

　모처럼, 그것도 일요일 오후에 아내와 외출하는 것은 아주 오래된 이야기다. 어제도 아내가 병원에 가야 한다면서 아침에 차를 갖고 출근했다(평소에는 카풀로 같이 타고 다닌다). 나는 오전에 이것저것 하다 밖에 나가보지도 못했다. 그런 이유로 좀이 쑤셔서 "나랑 동네 한 바퀴 돌아볼까?" 하는 말에 아내가 뜻밖에 같이 나가는 것에 동의한다. 얼마나 듣고 싶은 이야기인지 모른다. 이미 옷을 갈아입고 마스크까지 준비하고 나가려는 참이라서 더욱 신이 나는 것 같다. 그렇지 않으면 혼자라도 나가려는 심산(心算)이었나 보다.

　마침 바로 길 건너 우리 재개발 공사현장이 있어, 우리 미래에 살 곳도 가볼 겸 어영부영 가림막이 높게 치어지면 볼 수 없다고 하면서 길을 함께 나섰다. 아내가 예전과 달리 걷는 것을 별로 좋아하지 않는 이유를 잘 몰랐던 때도 있었다. 몇 년 전인가 골다공증 검사에서 그다지 좋지 않다는 진단으로 약을 복용한 적을 기억한다. 그러면서 계단을 오르내리는 것조차도 피하다 보니 자연스럽게 야산이나 공원에 가는 것도 싫어할 수밖에 없었다. 더욱이 살고 있는 아파트의 엘리베이터 점검이나 고장 안내문이 붙어있으면 걱정이 앞선다.

코로나19가 방콕(집에만?)이 답이라는데 어쩌겠는가? 휴일이 되면 식사를 해야 하니 자연스럽게 사람이 많이 모이는 곳일지라도 가까운 마트나 식품매장, 동네 가게에 드나들 수밖에 없다. 그럼에도 불구하고 회사에서 하루 종일 서서 일하는 처지지만, 다행스러운 것은 방역에 철저하다는 소식에 집에서도 철저할 수밖에 없다. 아무튼 그런 덕분인지는 몰라도 1, 2차 백신도 무사히 접종했고, 우리 부부는 PCR 검사까지 받고 '음성'이라는 판정까지 받은 상태이다. 누군가 물어보지 않아도 PCR 검사를 받았다는 이야기를 먼저 꺼내곤 한다.

돌아오는 길에 새로 생긴 마트에 가보자고 해서 '글쎄? 사람이 많을 텐데?'라는 모습을 보이니까, 아내는 여러 가지 살 것이 있다고 한다. 재개발구역 근처에 새로 문을 연 할인마트로 걸어갔다. 입구에는 회원 등록하려는 몇 사람들이 얘기를 나누는 모습도 보인다. 아내는 전에 회원 등록을 마쳤나 보다. 계단을 두 번 꺾어 내려가면 지하 1층에 마트가 나온다. 행사 기간 중에 나도 가본 적이 있어 그냥 따라갔는데 전에 모습과는 사뭇 다른 모습이다. 물건들은 꽤 많아 보이는데, 입구에 체온측정기를 찾아봐도 보이질 않는다. 계산원에게 물어보니 고장이라고 짧게 대답한다. 입구에 들어서자마자 도떼기시장인 양 찢어지는 마이크로 연신 호객행위를 하고 있다. 조용히 쇼핑하려는 고객을 의식하는 모습은 아예 보이질 않는다. 귀청이 떨어져 나갈 것 같은 큰 소리가 매장을 울리기까지 한다. 분명 이렇게 해서라도 물건만 빨리 팔아치우려는 심사(心思)인지 숨도 안 쉬고 떠들어댄다.

　나는 참다못해 그 사람에게 다가가 소리를 좀 줄이라고 해봤으나 돌아오는 건 아내의 핀잔만 듣고 말았다. "당신하고 다시는 이런 데 안 온다. 창피해!" 하면서 눈을 부릅뜨고 말한다. 잠시 후 계산대 가까이서 나에게 사고 싶은 게 있냐고 다시 물어본다. "없어, 아니야."라고 빨리 빠져나갈 마음뿐이었다. 드라마의 대사처럼 '이건 아닌데.'라는 주인공의 말이 들리는 것 같다. 모처럼 아내와 동행의 기쁨도 할인(割引) 되어 어느새 내 곁을 떠나버렸다.

29.
말만 잘해도…

눈을 뜨니 7시가 조금 넘었다.

오늘도 오후에 봉사(奉仕)하러 가야 한다고 통화를 했다. 오후에 가니까 오전에 집에 있으라고 부탁한다. 먼 길 여행 떠난 마나님이 오신다는 날이다.

우리 부부는 오래전부터 섹스리스 부부다. 동물적인 모습이 싫었나 보다. 아니, 그게 모두인 줄 아는 내가 부끄럽다. 이제야 알고 있는 모든 게 착각이라는 사실을 깨닫는다. 더구나 마음마저 헤아리지 못했으니 그럴 수밖에…. 문득 지난날 아내의 이런 말이 떠오른다.

"내 말 한 번이라도 언제 들어준 적 있어?"

오늘이 바로 이 말의 의미(무조건적 긍정적 공감)를 찾아야 하는 중요한 날인지도 모르기 때문이다.

화장실로 가서 샤워기를 틀었다. 양치질하는 것도 잠시 잊은 채 볼록 나온 배가 비친다. 그다지 상쾌한 아침이 아니다. 온수에 몸을 맡기고 머리부터 감는다. 염색부터 해야 하지 않을까 잠시 번거롭다는 생각이 스친다. 그 순간 지나간 흔적들이 여기저기 하얗게 거울에 남는다.

선풍기 앞에 앉아 밖을 보니 햇살 눈부신 아침이 아니다. 하늘을 올려다보니 온통 회색 구름이 덮여있고, 길에는 벌써 가로등이 켜져 있어, 가서 꺼야 하나 망설여지는 아침이다. 마침 어제 해놓은 밥이 있어 국만 데워서 먹고 아내가 도착하면 점심은 같이하면 되지 않을까 생각한다. 편의점 도시락이 아주 좋다고 자랑을 늘어놓았으니 오늘이 바로 그날, 내가 사서 준비해 주고 싶은 나의 마음이다. 그러나

'당신은 내 말 한 번이라도 들어준 적 있어?'

이 말이 또 나오지 않을까? 한편으론 걱정도 된다.

언제부턴가 밥솥에 밥을 하는 게 망설여진다. 전력 소모가 제일 많다는 것을 알고부터 가급적 하루 식사량(삼시 세끼)만큼 오곡밥을 짓곤 한다. 보온시킬 필요도 없고 아주 간편하고 맛있으니…. 안방에 커튼을 모두 올린다. 아마 어둠이 싫어서일 게다. 날씨가 거의 정신이 나간 것처럼 밤낮이 없이 덥다. 날씨가 변했는지 사람들(내가)이 약해진 때문인지 의심해 보고, 서로를 확인하는 계절이다.

현관 앞 계단에 자리를 깔고 걸터앉아서 아내가 오는 길을 걱정해 본다.

아내는 여름날 아침이면 화단에 야생화 꽃들을 바라보는 것을 무척이나 좋아했다. 지금 나도 바로 아내처럼 되어가고 있는 걸까? 나의 마음속에 '속죄의 그물'이 움직이고 있는 것은 아닐까, 그 속에 무엇이 숨겨져 있어서(통발 어구에 갇힌 문어처럼…) 점점 어두워지고 밖에 하늘은 어둠으로 깔린다. 금방이라도 소나기가 퍼부으며 고속도로를 삼킬지도 모른다는 생각이, 차라리 밤이라고 해야 할 것 같다.

핸드폰 충전이 3분의 1만큼 모자란다. 아니다. 밤새 충전을 안 시키고도 많이 남았다는 생각이 들었다. 다시 화장실로 가서 눈썹도 그리고, 머리 모양도 가꾸며 스프레이도 가볍게 뿌린다. 몇 시쯤이나 아내가 도착할까 생각하면서…. 빗길에다 더군다나 초보자가 어두운 길을 나서서 라이트(전조등)라도 제대로 켜고 오는 걸까? 오만 잡생각이 들면서 한편으론 지나간 고속도로의 악몽이 떠오르기도 한다. 지나가는 앞집 꼬마는 금방 나를 알아보고 "감나무 집 할아버지!"라고 어김없이 인사를 한다.

아침 산책이라도 하고 오는 걸까 엄마 손을 꼭 잡고….

(착한 저 모습 변하지 않았으면 하는 욕심을 아내에게 언젠가 말한 게 떠오른다.)

고로 나는 많은 생각을 하게 되나 보다. 세상이 정(定)한 이치(理致)대로 새날이 밝아오고, 비록 어두운 아침이시만 아내를 만날 수 있는 것이 얼마나 기쁜 일인가. 지금까지 아등바등 살았다고 변명해 보지만 옆에 누가 있는지, 누구와 왜 사는지? 내 주장만 하려는 얄미운 심산(心算)이었는지 나를 찾는 모습에만 허둥댔는지 생각조차 못 할 때가 있다. 없는 빈자리가 나중에야 눈에 들어오면 그때 그런 후회와 아픔들이 밀물처럼 쏟아져 훗날 나를 슬프게 할 것 같다.

그럼에도 불구하고 참 웃기는 사실이 하나 있다. 그 사람 말이 맞지 않는다고 주장하는 게 지금까지 나의 일관된 틀린 해석들이었다. 그 사람이 생각하면 낮이고 아침일 텐데, 그가 눈을 뜨면 낮이고 아침이고, 내가 눈을 감으면 밤이고 밤이지 않은가? 귀뚜라미가 밤에도 아침에도 우는 이유를 이제야 조금 알 것 같지 않은가? 어쨌거나 잠을 청하기는 조금 쑥스러운 밤이 되어버렸다. 잠이 나를 깨우쳐주는 게 얼마나 많은데, 더구나 잠이 보약인데….

그런 여름밤이라 아내의 고마움이 더욱 새롭게 떠오른다. 벽에 서있는 에어컨도 맥을 못 춘다. 그나마 선풍기가 함께 춤을 추니 견디나 보다. 나는 아침이 오면 아내가 앉은 그 자리에 앉아서 다시 귀뚜라미의 슬픈 노래를 들어야 한다. 끈질긴 생명력에 잘도 견디어준 야생화의 수줍은 미소도 다시 만나야 한다. 비록 어두운 아침이지만 소나기만 멈추면 된다.

대한민국 50대 이상 44%가 섹스리스 부부다(일본에 이어 세계 두 번째). 또한 각방 쓰기가 성생활 만족도를 떨어뜨리는 것으로 나타났다. 각방 쓰기의 성생활 불만족 비율은 44.3%로 한방 부부의 3배였다(강○○ 박사의 해외 논문 발표에서).

칼릴 지브란이 쓴 『예언자』라는 책에는 이런 구절이 나온다.

"스승이여, 결혼은 무엇입니까?" 여성 예언자 알미트라가 알무스타파에게 물었다. 그가 대답했다. "결혼이란 두 사람이 함께 서있되 너무 가까이 서있지는 않는 것이다. 사원의 기둥들도 서로 떨어져 있어야 지붕을 받칠 수 있으며, 아무리 생명력이 강한 참나무와 삼나무도 서로의 그늘 속에서는 자랄 수 없으니." 그렇게 우리는 함께 있되 거리를 둔다.

코로나19가 나에게 귓속말로 "당신은 아주 잘하고 있어요."라고 속삭인다.(뭔지는 모르지만?)

30.
한담(閑談)- 선풍기의 노래

벌써 여름의 끝자락 저녁나절인가 보다. 마당엔 자동차들만이 바닥에 바싹 엎드려 적막이 흐른다. 가끔씩 1번 국도에서는 앰뷸런스 소리가 들릴 뿐, 길 건너 공사 차량의 흙 털어내는 기계의 덜컹거리는 소음과 매미의 이별 노래가 어우러져 들리곤 한다.

내가 이렇게 호강하는 것을 깨달은 것은 최근의 일이다. 앞의 선풍기도 나를 닮은 듯 낮은 노래를 흥겹게 불러댄다. 고갯짓을 해대며 긴 여름은 그렇게 시간을 앞세운다. 때로는 소리 높여 노래를 불러줘도 잔뜩 찌푸린 얼굴들이 아무 말 없이 짜증을 내는 것 같다. 누워 있다가 속옷을 펄럭이며 땀에 붙은 옷을 털어내는 모습을 가끔씩 보여준 게 바로 나였으니까.

가뜩이나 더위와 코로나와 싸우고 있는 이때에 맞춰 나를 달래주는 심성은 무엇을 닮아있는가. 세상은 그렇게 모질고 서럽단다. 다시 한번 너의 굳은 의지를 닮고 싶다. 그러나 요즘 너마저 외면하고 커다란 괴물인 양 거실에 버티고, 천장에 붙어서 밤낮없이 틀어대는 위세에 그만 힘이 쭉 빠져 할 일 없이 사는 것이 애처롭기도 하다. 너를 바라보면서 이제야 철이 드는가 보다. 나를 낳아 길러주신 부모님들에게도 철없던 시절에 상처(傷處)라고 여긴 적도 있었다. 솔직히 너에게 고백하는 시간이면 좋겠다. 어느 누구도 잠깐 네 옆에 있다가도 서늘한 바람만 불면 너의 모습은 오간 데 없이 창고에 처박히고 마니까. 그렇게 내년을 기약하는 듯, 그럼에도 불구하고 너와 하나 된 채로 쪽방에서 숨을 같이한 그분들은 더욱더 고마움을 안단다. 어릴 적부터 나의 친구이자 우상이었다. 편안히 잠들고 공부하고 쉴 수 있는 시간들- 다시 한번 고마움을 너에게 전한다. 잠시 후에 너의 서글픈 하소연에는 관심이 없는 듯 아내는 에어컨 있는 방 안으로 들어가 버린다.

나는 입안에 잔뜩 털어 넣은 뻥튀기를 오물거리며 그대 곁을 지키고 있다. 베란다의 모습도 눈에 들어온다. 제법 키가 자란 벼들조차 굳세게 버티고 서있다. 간혹 갈증을 달래주면 바람결에 고맙다는 인사를 곧잘 하곤 한다. 고마운 마음이다. 내 곁에 두고 있자니 먼 고향을 떠나온 가슴 아린 모습을 모를 리 없으니 더욱 미안한 마음이다.

너의 위대함을 나는 안다. 그리고 그 옆자리에서 지쳐 고개를 떨구고 있는 모습을 뒤로하고 갑자기 우리 부부는 여행길에 나선다. 각자 집과 방을 지키며 기다리다 못해 땅속 깊은 곳에 숨어 사는 하얀 버섯들까지 불러내어 화분 그늘을 비집고 나와 기다리고 있었나 보다. 우리 부부를 반겨주는 아름다운 모습들이다. 니의 노랫소리가 그리워 나 그대

곁에 다시 와 서있다.

그렇게 우리 같이 오순도순 살다가 같이 떠나자.

사랑할게. 좋아할게. 너만 바라볼게….

31.

광복절 유감

벌써 76번째 맞는 광복절이란다.

TV 뉴스에 잠깐 나왔다가 지나가는 날인가 보다. 웬일로 이미 상영한 광복에 관한 아니 기나긴 항거를 몸소 실천한 그녀의 이야기를 소재로 한 영화가 리모컨에 잡힌다. 뭐가 그리도 살기가 바빠서인지 재방영하는 영화를 보면서도 가슴이 메어온다. 차라리 내가 그 시절을 전혀 모르는 것은 아닐진대 왜 이다지 무심한 것을 보면 나의 국가관을 들먹이지 않더라도 나를 알 것 같다.

나의 70여 평생을 개돼지처럼 살아온 것을 부정하고 싶지도 않은 마음이다. 조직의 폭력배나 칼잡이, 밀수꾼, 그리고 뻔히 알면서도 국산 오야봉이 시키는 대로 공장에서 하수인으로 일하고 수많은 가짜 물건을 판 적은 없지만, 일본놈 밑에서 동족을 살해하며 그나마 목숨 부지시켜주는 것만을 감사하며 살려고 발버둥 치는 조무래기 등과 비교해 봐도 그다지 나은 것도 없을 것 같아 보인다. 조직에 가담은 못 했지만 말로만 일본놈, 그리고 철천지원수라는 생각만 했을 뿐, 그놈들 말대로 일본말을 입에 담고 살아온 세월. 일본 순사 나부랭이가 무고한 아녀자들을 잡아다가 개구리가 일본말로 무어냐고 묻는 개만도 못한 새끼들의 모습에서 그 말을 예전부터 알던 말이라는 것을 깨닫고 속이 타들어 갔다. 역설적으로 나도 일당(ㅇ와이로)을 챙기고 그곳에 갔으면 광화문 가서 태극기 부대에 합류하지 못한 아쉬움을 상기해 봐도 나도 죄인인지 모르겠다. 영화의 한 장면을 뒤로하고….

　지금도 세상은 요지경이다. 이규보 선생의 과거급제를 번번이 낙방한 사연이 아니더라도 참으로 수많은 사건이 펼쳐진다. 아무도 광복의 기쁨을 잊었는지 불미스러운 사건들이 연달아 터져 나온다. 어찌 공사현장에서 도로를 지나가는 차들을 덮치는가. 먹고살려고 주야로 일하는 하청 노동자들을 무참히 죽이는가. 마치 그놈들이 요소요소에 다시 나타나서 나라를 뒤엎을 생각을 하는 것 아닌지? 주위의 현장이 마치 그놈들의 행태와 정말 똑같다. 무엇이 다른가. 더욱이 모든 직종에 걸쳐 만연한 뇌물사건은 앞으로 광복 100주년에도 만연할 것 같은 나만의 두려움이 앞선다.

✎ **와이로(蛙利鷺)**

'개구리를 백로에게 뇌물을 주다.'라는 표현이다.

32.
11월의 어느 날

　　드디어 양쪽 문이 꽉 차도록 학생들이 밀려들어 온다. 이게 얼마 만인가. 꿈인가? 아니다. 나는 도무지 상상을 할 수 없었다. 코흘리개를 겨우 면한 새싹들과 한데 어우러져 이제 어엿한 굵직한 목소리와 우람하고 훌쩍 커버린 고학년 남녀의 움직임이 바로 학교의 바탕이 되는 줄 알고나 있었을까?

　나는 연실 하나같이 허리를 굽히며 인사하는 모습이 이들의 참모습이라고 주장하고 싶다. 그들의 모습 하나하나에 나의 어린 시절들하고 겹쳐 지나간다. 울창한 나무 밑을 지나 낙엽을 밟으며 족히 1킬로나 되는 국민학교 등굣길에 눈이 오나 비가 오나 사계절을 열심히 걸어 다니던 논둑길의 모습이 뭉게구름처럼 떠오른다. 먼 날 우리들도 함께 어디서 만나도 반가운 인사를 주고받는 아름다운 세상을 꿈꾸는 것이 현실이 되리라고 감히 단언한다.

　새벽밥을 먹고 엄마 아빠를 따라 일찍 교문에 나타난 어린 학생들이 보인다. 자기보다 크고 무거운 가방을 메고 신발주머니까지 들고 아장아장 걸어오는 모습이 얼마나 사랑스러운지 사랑이 물씬 묻어 나오기까지 한다. 곳곳에서는 어미의 품에서 떨어지지 못하고 매달린 둥지의 모습처럼, 뜨거운 포옹이 마치 영화의 한 장면이 연상되기도 한다. 면발치에서 떠날 줄 모르는 헤어짐과 그리움, 그리고 다시 만날 약속들이 두 손이 흔들며 멀리서나마 아이의 뒷모습을 아련히 바라보는 엄마는 그 자리에 멈춰 서 있다. 아침 시간은 그렇게 마지막 이파리를 바람이 흔들며 지나간다.

학생들이 거의 등교를 마칠 때쯤 바쁘게 걸어오는 어린이들과 인사를 주고받으며 가끔씩 시간을 묻는 어린이도 있었다. 잠시 후 얼마나 느긋한지 여기저기를 찾아 떨어진 낙엽들을 앙증맞은 손에 모으는 모습도 단풍과 어우러져 아름답게 보인다. 오늘을 함께 사는 어린이들이 있어 세상은 더욱 아름다운가 보다.

그 사이에 국내에서도 코로나19 확진자가 3천 명을 넘기고 있으며, 전혀 다른 더 무서운 신종 바이러스가 나왔다고 하니 어린 새싹들의 보살핌이 더욱 절실한 때이다. 외국(유럽이나 미국)의 사례처럼 백신 미접종자 중 청소년들의 감염이 두드러진 현상을 비춰만 봐도 알 수 있으며, 누군들 앞으로 이 처참한 현실을 따스한 초겨울 햇볕처럼 느끼며 살 수 있겠는가? 11월의 날씨도 이상야릇하기까지 하다. 누구는 지구온난화로 겨울이 겨울답지 않다고들 주장하지만, 심술인지는 모르나 갑자기 밀려오는 추위와 이상기온(가을장마와 홍수 그리고 영하의 날씨)이 온통 세계를 할퀴고 있으니 안타깝다.

빼곡한 교실에서 앞뒤 학생과도 보이지 않는 칸막이 교실이 흡사 양계장의 모습처럼 보이는 교실풍경이지만, 그래도 얼마나 다행(?)이란 생각이 든다. 집에서 꼼짝 못 하고 부모까지 옭아매는 온라인(쥼) 수업에 그들의 마음이 얼마나 상했을까 하는 생각이 든다. 그나마 초등학교에는 주에 며칠은 학교에 나와서 대면 수업을 하고 있었기에 다행스럽다. (우연히 귀가하는 엘리베이터 안에서 학원에 가지 않고 집에서 공부하겠다는 아이와 엄마의 등쌀에 울부짖는 아이의 음성이 반복되어 귓가를 맴돈다.)

여기서 잠깐! 우리 모두 다시 생각하는 시간이 필요한지 모른다. 그들이 오직 이 나라의 희망이기에 그 누구도 이러한 큰 역사를 바꾸지 못하는 현실을 직시해야 한다. "교육은 백년지대계(百年之大計)"라는 말처럼 교육 지상주의의 허울에서 벗어나야 한다. 다시 말해서 성적지상주의(成績至上主義)와 서열식(序列式, 비교하는 불행을 가르치는 시스템) 교육체계를 주장한다면 우리 모두는 헛고생만 하는 꼴이 되고 만다. 그사이 아이들은 병들어 간다. 그리고 과연 그들이 열강과 경쟁을 해서 승자가 될 수 있을지? 무엇이 우리 아이들의 행복과 미래를 설계하게 할 수 있는지를 밤샘 토론이 필요한 이유이고 '지금, 여기'에서 풀어야 할 숙제라는 것을 명심해야 한다.

현실은 세계열강들이 다투어 자기 이익만을 앞세우는 신자유주의의 체제 아래 길들여져 있다. 뼈아픈 고통을 견뎌야 하는 이유는 우리와 우리 후손들이 사는 세상이며 앞으로 가야 할 여정이기 때문이다. 그들에게 용기를 주자. 즐거운 세상을, 즐겁게 사는 방법을 가르쳐주자.

33.

공중 화장실(化粧室) 유감

　지금까지 우리 사회가 보통의 상식으로도 통하는 사회였다고 믿고 살아왔다. 그것이 한국 사회의 장점이자 강점이라고 믿었으니까. 굳이 설명을 하자면 인심人心이 통하고 예의와 공중보건(公衆保健)에서도 선진국과 비교해도 손색이 없었던 나라였다. 건물마다 1층에 공중화장실이 개방되어 있고, 서로를 존중하는 풍속이 계속되고 있었다. 고속도로 휴게소의 공중화장실의 경우, 세계적인 찬사를 받고 있는 게 현실이 되었다. 그것이 상식으로 통하는 사회라고 믿고 살아왔으니 큰 문제로 생각하지 않았고 부정하는 일부 사람도 없었다. 다만 아쉬운 것은 갑작스러운 코로나19 정국으로 전 세계가 휩쓸려가는 폭풍 같은 징조가 곳곳에 나타나고 귀중한 생명을 앗아가고 있으니 모든 사회가 폐쇄된 모습일 수밖에 없는 노릇이다.

　특히 나만 잘살면 되지, 굳이 남을 의식하는 모양새가 그리 달갑지 않게 되어버린 현재의 모습이라는 엉뚱한 판단을 해볼 때가 가끔은 있다. 급한 용무를 보려는데 어디 마땅한 곳을 찾을 수가 없을 때, 소위 공중화장실을 찾을 수는 있으나 출입문은 무슨 가정집 출입문처럼 굳게 자동 키로 무장되어 아무나 출입을 할 수가 없다. 특별히 용무가 있는 경우, 그곳에 가게나 상가의 주인분들에게 문의해서 결국 확인 절차가 있는 경우에만 그 화장실을 사용할 수 있다. 그러나 나이가 들어 길을 가다가도 갑자기 화장실을 찾는 경우가 우리 노인층들에게는 특히 얼마나 많은가(여자분들의 경우는 잘 모르겠다)? 상가 건물에 들어가 봐도 1층은 당연한 것처럼 잠기어져 있고, 그 위층으로 올라가 봐도 여전히 자기네들끼리만 사용하는 개인 공간이 되어버렸다. 그래서 간혹 참다못해 계단이나 복도에 실례를 하는 경우도 과거에도 있었고, 앞으로도 많이 발생할 수밖에 없겠다. 과거에는 기관이나 자치단체에서 나서서 1층 화장실은 무조건 개방하도록 홍보하고 잠정 규정처럼 누구나 알고 있었고, 그 결과 건물관리자나 건물주 입장에서는 어려운 점을 감수할 수밖에 없었다. 물론 부정적인 사실(함부로 사용하는 일부 사람들)로 일부 눈살을 찌푸리는 현상이 나타나기도 했었다.

그렇다면 과연 우리 마을을 미풍양속이나 남을 존중하고 아끼는 풍조가 사라져 버린 이유는 어디에서 원인을 찾아볼 있을까? 첫 번째 갑자기 불어 닥치는 코로나19로 말미암은 이유가 가장 클 것 같다. 최근에 감염이 두려움으로 인식되어 불가피한 경우로 어쩔 수 없이 바뀌고 있다(번호키로 교체). 두 번째로 집단 이기주의가 팽배한 사회가 그 원인이라고도 생각된다. 세 번째로 살기가 두렵고 어려우니 우선 남에 대한 배려가 설 자리를 잃고 있다는 증거이다. 내가 살아야 남을 의식하는 것이 인지상정인데, 갈수록 위드 코로나 시대의 대비책이라는 믿음이 한몫을 했는지 궁금하다. 마지막으로 빈부의 양극화, 소상공인의 몰락이나 영업시간 통제, 아파트 가격 폭등에 따른 물가 불안, 화폐가치의 하락이나 원재료의 생산위축이나 감소 영향으로 인플레이션이 기승을 부리다가 물자 부족의 상태인 스태그플레이션 사태가 몰고 올 결과를 예측해야 되는지 모르기 때문이다. 비단 공중화장실의 비정상적인 모습만이 그런 현상이라고는 생각하지 않는다. 다만 그 결과의 단면으로 나타난 것일 뿐, 하루빨리 위드 코로나의 지혜로운 판단이 이 같은 난국을 헤쳐 나갈 수 있지 않을까 고민해 보는 시간이다.

세계가 온통 불록화(block)에 급급하고 집단 이기주의에 힘껏 힘을 쓰는 씁쓸한 모습들이 오늘의 추한 모습이 바로 원인이라고도 생각한다. 나만이 아닌 우리의 공동체를 아끼고 보듬는 풍조가 무엇보다 급한 이유가 여기에 있다. 우리는 깨달아야 한다. 무엇이 우리의 삶을 지탱해 주는지, 그런 중대한 시기에 국민을 분열하는 모습은 자칫 착각을 일으키는 단초가 될 수 있기 때문이다. 문득 이런 성경 말씀이 떠오른다.

"형제들아 내가 우리 주 예수 그리스도의 이름으로 너희를 권하노니 모두가 같은 말을 하고 너희 가운데 분쟁이 없이 같은 마음과 같은 뜻으로 온전히 합하라."

―고린도 전서 1:10

34.
부동산과 역사 인식

　　과거로 거슬러 올라서 먼 데서 바라보아야 그 모습을 찾아낼 수 있다. 북한산에라도 정상에 올라가서 넓은 마음으로 보면 깊은 내면의 꿈틀거림이 보일까. '집'이란 초등 교과에 나오는 음악이면 설명이 충분하다. "즐거운 곳에서는 날 오라 하여도 내 쉴 곳은 작은집, 내 집뿐이리…. (이하 생략)" 비록 외국곡일지라도 우리들의 애창곡이었으니까 그리워진다.

　혹자는 이 부동산(집) 문제는 누구의 책임도 아니고 고질적인 우리나라의 병폐(病廢)라고만 단정 짓는다면 큰 오산(誤算)이다. [우스갯소리로 오산(五山) 집값이 안 오른다고 생각하면 큰 오산(誤算)이라는 말도 유행한다.] 정권이 바뀔 때마다 공약의 빛에 가려서 투기꾼의 온상이 된 지 어언 언제인가? 금융위기(IMF) 이전으로 보아야 짐짓 안정세인 것 같은 시절도 있었다. 근간을 흔드는 공약이 바로 문제를 일으켰다. 서로 자기가 해결한다고 호언장담하고 임기가 끝날 무렵 내 잘못이 아니라는 등, 대통령중임제로 바꾸면 확실히 잡겠다는 파렴치도 나타난다. 고위 공직자도 파리 목숨처럼 간당간당하니까 무슨 독립운동도 아니고 목숨을 담보로 책임을 지라고 하겠는가?

젊은이들이 영끌로 집을 사려고 한다는 말도 벌써 오래전의 일이다. 그렇다면 집에 대한 집착이 언제부터였을까? 필자가 젊고 철모르던 시절에도 (박봉의 어려움 속에서도) 그야말로 잘나간다는 유한부인(?)들께서는 매년 집과 땅을 샀다 팔았다 하면서 소위 갭투자를 일삼아 돈을 굴리고 있었다. 강남 개발이 첫 시초였을지도 모른다. 그들은 삶의 질이나 교육보다는 돈을 앞세워 부동산을 이재(理財) 수단으로 삼았다. 심지어 대기업 총수들까지 국내 땅은 물론 해외에 요소요소에 땅이나 저택을 가지고 있다고 자랑처럼 텔레비전 TV에 나온 적도 있었다. 방증(傍證)이라도 하듯 이미 10대 대기업이 소유하고 있는 국내의 땅이 전 국토의 16%를 점유한다(2020년 상반기 기준). 과거 우리나라가 외세 침략을 당해서 위기에 처했을 때도, 일본 패망의 뒤안길에서도 땅을 가지려는 몸부림은 상상 이상이었다. 소위 친일파들의 비리가 하늘을 찌르고 있었다. 그들이 바로 지주(地主)라는 명목을 앞세워 소작농(小作農)의 시발점이 되었다.

이 복잡한 사연을 알면서도 위정자(爲政者, 그들이 바로 선동의 앞잡이였나?)나 국민들은 서로 속고 속이면서 약삭빠르게 그물에서 빠져나온다. 투기는 과연 누가 조장했을까? 최근 터진 LH 비리는 비단 어제 오늘의 이야기가 아니다. 조상 대대로 공·사기업의 소속 모두들, 심지어 부동산을 개발한다는 기획부동산과 중개법인 단체들도 단맛을 빨

아먹으면서 지금도 입맛을 다지며, 전 국토의 미래를 넘보고 있는 것은 아닐지 앞날의 명암이 보이질 않는다. 더욱이 2020년 통계를 보면 외국 국적 보유자의 국내 토지 총 251,608천 평방 제곱미터이다(약 7천6백만 평: 여의도 면적의 30배 정도). (상속, 증여, 또는 계속 보유 중). 그중에서 나라별로 보면 미국 52.3%, 중국 7.9, 일본 7.3, 유럽 7.2 수준이다. 그들에게 땅과 건물을 당장 팔지 않으면 특단의 조치를 할 사람이 과연 있을까? 아픈 현실이다.

내가 왜 이다지도 비관적인 생각을 하고 있을까? 평생 벌어서 두 아들 집 사 주다니 그건 아니다. 큰애 말고는 최근에 하도 말도 탈도 많은 세상에 삼척동자도 아는 사실을 모른 체라도 하란 말인가? 그야말로 영끌로 자기네들이 빚으로 산 집이다. 큰애도 비빌 언덕만 제공했을 뿐, 지금도 대출금이 얼마 남았는지 혹은 높은 이자에 빚쟁이로 전락하는지는 알 수가 없다. 늦은 나이에 여생을 살 방법을 찾던 중 기가 막히게 딱 걸렸다. 1가구 2주택은 대출이 아예 나오지 않는 사실을 뒤늦게 알았다. 빛 좋은 재개발의 덫에 걸려 평생 몸을 묻고 갈 집을 빼앗기고 빚으로 전셋집에서 살고 있다. 신혼 초 방 하나부터 시작해서 가게 딸린 방 하나 겨우겨우, 이곳에 와서 D 아파트(25평)에 처음 내 집이라고 살 때가 그래도 가장 행복했을지도 모른다. 어렵게 장만한 단독주택을 빚을 내서 평생 동안 갚으며 지금도 칠순(七旬)이 훌쩍 넘었는데도 새벽에 나가 고된 일을 하고 있다니, 무슨 수로 이들의 장단에 춤을 출 수가 있겠는가?

더욱 걱정되는 사단은 시 전체가 재개발·재건축으로 몸살을 앓고 있음에도 불구하고 해당 공무원의 말이 한술 더 뜬다. 주민 동의로 신청한 자체사업을 시에서 막을 수 없다는 답변이다. 속으로 얼마나 좋겠는가? 지금도 시청 앞에서 끈질기게 농성을 해대는 것쯤은 알 바 아니라는 표정들이다. 더구나 부동산 광풍을 맞은 서민들까지도 너나없이 그 일에 목숨 걸고 홍보해대니 바로 그들 모두가 범인이 아니라고 누가 믿겠는가?

심지어 5대 광역시는 물론이고 중소 도시마저 우선 짓고 보자는 현상으로 그들은 무슨 돈으로 집을 지으며, 국민 재산을 몰수해서 부동산으로 사람들을 괴롭힌단 말인가. 증명이라도 하듯 서울 인구가 고공 행진하는 집값, 전셋값에 못 견디고 수도권으로 이동하고, 또 어떤 원주민 무리는 먼 곳으로 이사 가는 모습이 피란민 대열과 무엇이 다른지 묻고 싶다. 함께 살던 정(情)이란 아예 사전에서나 나오는 말이 되었다. 지방 도시에서는 교육을 핑계 삼아 수도권 또는 서울로, 세종으로 몰려대니 누가 감히 집값을 잡는다고 공갈협박을 해 대는가? 소위 대선 주자들도 이 사실을 어찌 모르겠는가? 국민 모두가 이것만이 자기 생애의 마지막 목표이자 사업(?)이라고 단정 짓고 투자를 하고 있다는 엄연한 사실을 떠나서라도, 자식 손자까지 집을 사 줘야 한다는 사고방식을 어찌 해소하겠는지 그들에게 물어보라고 감히 주장한다. 그렇다면 과연 집이 모자라서 이렇게 부동산 광풍이 분다고 항변할 텐가? 어리석은 백성들아! 그 해답은 어린아이에게 물어보면 답이 나온다. (어느 작자는 토지 공개념 운운, 또는 1가구 1주택 이외의 국민은 마치 범법사로

낙인찍으려고 하니, 한심하다 못해 슬픈 현실이다.)

집 없는 사람, 돈 없는 사람은 누가 어디로 데려가 공짜로 집 주고 쉬라고 위로해 줄 텐가?

하루는 가족 모두가 오랜만에 여행을 간 적이 있었다. 아내 칠순이라 자식과 며느리들이 합심하여 기회를 만들었다. 평생 고생만 하신 어머니를 생각하면 어렵게 학교에 다니던 어린 시절을 왜 기억을 못 하겠는가? 그날 오후, 저녁나절 손녀가 잘 노는 듯하다. 잠시 후 갑자기 화를 내면서 울기 시작한다. 할미도 깜짝 놀라서 아이를 달래보지만 속수무책이다. 밖에서 아빠, 엄마는 영문도 모른 채 평소의 기억대로 아이가 떼를 쓰는 것으로 알고 울음을 그치라고 야단들이다. 아이가 진정 우는 데는 다른 데 이유가 있었다. 먼 여행길에 들떠있어 아이마저도 배고픔을 잠시 잊고 있었나 보다. 환경도 바뀌고 배는 고파 오는데 상황은 전혀 아니라는 것을 직감하고, 아이가 다른 방법을 찾지 못하고 일어난 결과이다. 왜 "금강산 식후경(金剛山 食後景)"이라는 말이 나왔겠는가?

지금의 부동산 정책과 바로 비유할 수밖에 없는 현실인지는 잘 모르겠다. 그럼에도 국민들이 왜 울고 있는지를… 우리 부부는 맞벌이, 참좋은 말이다. 아이 둘을 키우는 게 어디 어려움이 나뿐만은 아니겠지만, 현실이 너무나 정확하게 이 사실을 밝혀준다. 결혼을 포기하거나 결혼 후에도 아이를 갖지 않는 저출산 국가(底出産 國家)의 오명이 바로 부동산 광풍의 1차적 원인임을 바로 증명해 준다. 그 이외의 여러 가지 원인은 구구절절(句句節節) 다음에 살펴보기로 하자.

35.
마음만 바쁜 월요일

　왠지 마음이 바쁘다. 혹시 수능시험 보러 가는 학생의 마음이야 오죽하겠냐만은 내 마음도 온통 편치 않다. 전날 꿈이라면 꿈이었던가? 자꾸만 나를 만나 보겠다는 사람들이 나를 괴롭힌다. 나는 늦은 나이에 무슨 큰 기대를 한 것처럼 겨우 입에서 나오는 죽어가는 목소리로 아내에게 고백을 한 순간, 그런 일을 하지 말라는 질책 아닌 질책이 나온다. 하기야 나이가 몇인데 이제야 서류 내고 면접을 본다는 게 어디 가당한 일이겠냐는 속마음이 살짝 올라온다.

　그래서인지는 몰라도 요사이 도통 책이 읽어지지도 않고, 소설 속 이야기의 내용은 고사하고 누가 주인공인지도 모를 때가 있다. 읽을 때 정신 차리고 누가 주인공과 연결된 타자인가를 상세 설명을 기록하면서 읽어야 될 것 같다는 생각이 스친다. 아무튼 작가라는 사람은 글을 쓸 때 상상의 나래가 어찌 그렇게 넓게 구사하는지 무엇보다 그것이 궁금하다. 아니면 한 줄 쓰고 상상하고 또 그렇게 반복하는 것은 아닐는지?

　그래도 요즘은 1차 서류를 제출하고 서류심사가 끝나면 면접을 자연스럽게 이루어지지 못하는 상황이다. 특히 코로나19의 맹위를 누구도 능가할 수 없어 비대면 면접도 이루어지곤 한다. 그러나 마음 졸이고 대면 면접을 준비할라치면 괜히 힘든 게 많아서 비대면이 나을 수도 있다는 생각이 떠오른다. 대면(對面)이란 용모라든지 신경 쓸 게 너무도 많다. 그런 이유로 평소와는 다르게 생각하고 행동도 조심해야지 내 마음대로 말하거나 행동해서는 오히려 마이너스 요인이 될 수도 있다. 특히 마음속에 자리 잡고 있는 나이(과거)가 결코 나를 대변하는 것인지는 잘 모르겠다. 가뜩이나 생산 활동의 위축이나 열강들의 파격 공세에 떠밀려 잠식되어버린 식품이나 의류시장은 이미 국제화에 성큼 다가왔다. 메이드 인 코리아는 찾기 힘들고, 특히 건설이나 국내 생산 공장에까지 외국인 노동자가 점령한 사실은 어제오늘의 이야기가 아니다. 젊은이들이 기피하는 3D 업종이나 임금(노동코스트)이 올라가는 품목은 외국으로 기지를 옮긴 지 벌써 오래전 일이 되었다. 더욱이 팬데믹이 경제를 주무르고 있으니 말이다.

자연스럽게 일자리는 줄어들고 구인 구직 활동도 잘 이루어지지 않는다. 특히 젊은 사람들의 일자리가 없다는 것은 무엇을 의미하는 것일까. 마땅히 노인의 일자리에라도 접해보려는 생각이 구직자뿐만 아니라 구인업체에서도 그렇게 접근하고 있으니 법적으로는 나이를 제한할수 없다는 형식은 있으나 달리 실제 나이에 민감하게 작용하고 있다. 일례로 경비원을 뽑는데 40~50대 기수들이 점령한다는 이야기는 누구나 아는 상식이 되어버렸다. 청소원도 마찬가지다. 간병 일을 히는 요양보호사, 심지어 음식점 알바까지도 외국인 근로자를 채용하고 있는 현실에서 과연 청년들의 삶은 누가 그들의 버팀목이 되어줄 수 있단 말인가?

혹시 나이 든 내가 바로 그 틈에 끼어 살고 있는 것인지도 모른다. 마침 이런 이야기가 새삼 떠오르기 때문이다. 서울 일류대학교에 입학한 신입생들에게 어느 교수님의 면담 내용이 마음을 저리게 한다.

"자네는 이 학교에 와서 무엇이 되고 싶은가?"

라고 첫 질문을 했다. 질문을 받은 학생은 곧바로 망설일 틈도 없이 이렇게 대답을 했다고 한다.

"제가 이 학교에 오려고 얼마나 노력을 했는지 아세요? 다른 '놈'(이 표현은 과장해서 한 것임을 미리 밝혀둔다.)을 밟았으니까 내가 이 학교에 왔지요. 한순간도 놓치지 않고 부모님과 같이 지켰기 때문입니다. 앞으로도 나를 지키기 위해서는 계속 밟아야지요."

이야기를 듣고 있던 그 교수는 바로 다음 차례 면담을 중단하고 교수실로 발길을 돌렸다고 한다. 이 어처구니가 없는 사실이 바로 우리의 현실이며, 미래 교육의 현주소인지 의심해 본다. 이 학생이 말한 핵심은 과연 무엇일까? 곰곰이 생각하게 된다. 이웃을 상실하고 남을 잃어버린 세대, 자기만을 추구하고 스스로 고립되어버린 이 세대의 하소연이 아닐는지?

그럼에도 불구하고 나는 왜 이런 사실들을 뒤로하고 슬퍼하지 않는가?

그 이유는 바로 '나는 내 것이 아니고 내 몸이다.'라는 것을 믿고 살기 때문인지 모르겠다. 내 몸이란 표현도 언뜻 이해하기는 '잘 가꾸고 뽐내고 자랑하라(요즘은 남녀 모두 성형수술이 대세?)'는 이야기로 잘못 알 수도 있어 주의가 필요하다. 내 몸이기 때문에 하나님의 것임을 더욱 절실히 깨달아야 한다. 특히 영과 육을 이분법적 사고로 예배를 드리는 것으로 모든 행위가 끝났다는 뜻이 결코 아니며, 당신은 진정한 이웃으로서 그들을 위해 나아가야 한다는 메시지이기 때문이다. 힘든 노동(몸)으로 이웃을 돌보고 아끼고 사랑하고 보살피라는 깊은 뜻을 기억해야 한다.

머리로 하는 노동만 가치가 있다는 가르침이 왜 나왔겠는가? 결과적으로 사농공상(士農工商)의 교육이념에서 보는 바와 같이 모든 일을 인간(기성세대)들이 계급화하지 않았던가(조선이 망한 첫 번째 이유이기도 하다)? 그것이 노동의 가치를 이데올로기적인 사실로 만든 뻔뻔스러움이 바로 주범이다.

성경의 내용을 빌려 생각해 보더라도 "나의 몸을 하나님이 기뻐하시는 거룩한 산제사로 드리라." 이 말씀이 영적예배의 좌우명이기 때문이다.

희망이 넘치는 일요일이다. 내일이면 내 몸의 청지기 역할을 불러 세우심을 기쁘게 생각하는 일이 나를 또 기쁘게 할 것이다. 그럼에도 불구하고 시간을 소중히 여기고 기다릴 여유를 갖고 있기 때문에 나는 더 소중하고 행복하다.

36.

윌드컵(world cup) 단상(斷想)

✦ **2022 FIFA World Cup Qatar 16강전을 보면서**

이 큰 행사는 본선 진출 국가가 무려 32나라(A조~H조)인 세계적인 스포츠 축제다. 나 같은 사람도 당연히 매료될 수밖에 없다. 특히 우리나라 5천만 대다수 국민들의 열화 같은 응원에 힘입어, 우리의 저력을 발휘하는 것이 이보다 기쁘고 다행스러운 일이 아닐 수 없다.

"가자! 월드컵으로"

"대~한민국!"

"대~한민국!"이라는 외침은

지금도 여기저기서 내 귓가를 맴돌고 있다.

누구는 스포츠를 국내의 시끄러운 정치 사정을 잠시나마 다른 곳으로 돌리기 위해서 만들었다는 '프로야구' 얘기만 보더라도 그 심정을 이해할 수는 있겠으나(?), 그럼에도 불구하고 스포츠는 무엇보다 '정신과 신체의 정상적인 합일체(合一體)'이기에 그런 나쁜 의도는 용납될 수도 없다. 특히 '스포츠 정신'에도 위배되는 것이기 때문이다. 승패를 염두에 두고 하는 게임 이전에, 세계로 뻗어가는 대한민국의 위상과 자부심에 조그마한 상처를 주는 일도 있어서는 결코 안 된다.

그리고 4년마다 열리는 올림픽에 버금가는 월드컵 축구는 세계적인 경기가 되었다. 어렸을 때를 생각해 보더라도 운동에 무신경한 아이들 끼리도 조그마한 공간(마당이나 논밭도 상관없었다.)만 있으면 둥그런 물체를 서로 발로 차면서 모두가 공동체를 이루어나가는 아주 좋은 시절이 있었다. 더욱이 이번 카타르 월드컵에서 두드러지는 것들은 각국 빈부의 차이나 소수민족의 나라들, 심지어 국내·외적으로 내전이나 혼란을 겪으며 참가하는 나라들의 차별 없는 아주 좋은 국제스포츠로 이어나가고 있기 때문이다.

우리나라에서는 아주 특별한(?) 아주 고무적인 TV 프로그램이 새로 생겼다. 이 프로는 내가 특히 좋아하는 프로그램이 되었기에 홍보하려는 마음이 앞선다. 연약하다못해 아주 작은 체구로 운동장에서 좌충우돌하면서 배우며 시청자를 즐겁게 해주는 이 경기(일명 'Goal 때리는 그녀들')를 아직도 시청하지 못한 국민은 감히 없을 줄 믿고 싶다. [나이나 별도의 차이(신장이나 체중 등), 각종 직업을 따지지 않고 여자들 모두에게 기회를 주고 있다.] 특히 21세기는 양성평등 시대이다. '여자는 얌전해야 된다'는 옛 시절의 교훈이 아직도 남아있다면 비극이 아닐 수 없다. 그리고 한 가지 안타까운 것은 교육현장에서도 체육시간에 여자들은(축구를 제외한) 다른 스포츠만을 교육하는 것을 목격할 수 있을

지도 모르겠다. 그리고 점점 좁아지거나 없어지는 운동장을 볼 때마다 '이건 아닌데…'라는 생각이 든다. 미세먼지와 코로나19의 영향에서 벗어날 수 없어 밖에서 하는 것들조차 어려워하는 모습들이 그런 원인이 아닌지? (나만의 생각인지는 모른다.)

또한 내가 아는 범위에서 말하자면 남녀의 신체적 발달에 크게 차이는 발생하지 않는다는 생각이다. 모두가 함께 뛰어놀아서 건전한 신체와 정신을 갖게 하는 것이 가장 큰 교육의 과제라고 믿고 싶다. 입시 준비나 그 어떤 과외보다 더 중요한 것은 각종 스포츠(학교를 벗어나 전문 스포츠 과외도 무방하다.)를 통하여 나와 서로를 알아가야 하기 때문이다. 그러면서 민주주의를 하나씩 차근차근 배워나간다면 더불어 사는 지혜를 터득하게 되고 가해행위나 피해자, 그리고 방관자의 행위를 다소 줄일 수 있다고 감히 말하고 싶다. 교내·외에서 무시(왕따)나 조롱이나 폭력도 조금씩 줄어들 수 있다는 생각이다. 뉴스에 이따금 데이트 폭력이나 성희롱, 성폭력 등 각종 비리가 그들의 생명까지 앗아가는 일이 발생되고 있기에 결코 국민 모두가 가해자 또는 피해자, 그리고 방관자(傍觀者)가 되어서는 안 되는 이유이다.

참고로 이번 우리나라와 '22 FIFA 카타르 월드컵' 경기를 펼친 나라들의 인구수를 보자.

유럽: 이베리아반도 서부에 위치한 포르투칼(1천만 명)

서부 아프리카: 가나(3천만 명)

남미 남동부: 우루과이(340만 명)

아시아 대륙 동쪽: 대한민국(5천만 명)

남미 중앙부: 브라질(2억 명)

　참고로 우리와 16강을 치른 브라질은 과거 축구 우승국이었다[그러나 이번 8강전에서 크로아티아(200만 명)에 승부차기에서 그만 고배를 마시고 만다]. 과연 '스포츠는 무엇을 인간들에게 말하려 하는가?' 모두가 모여 사는 국민들끼리 다소 어려운 과제가 있어도 슬기롭게 헤쳐 나가야 한다는 말을 전해주고 있는듯하다. 누가 이기고 누가 지는 것은 어리석은 인간의 역사(전쟁)에 남은 것일 뿐, 월드컵을 통하여 모두가 하나 되는 (정치적 이념과 종교와 특히 자본과 결탁하지 말고서…) 귀중한 시간으로 영원히 기억되기를 염원해 본다.

　그런 이유로 축구의 역사, 특히 축구공은 왜 둥근가? 마음속에서 스멀스멀 나오는 나의 질문이다. 축구의 종주국 영국에서 가장 먼저 공을 만들고 개선해 나갔다는 기사를 본 적도 있다. 기원전에는, 해골이나 돼지 오줌보를 이용했다는 것도 기사를 본 적이 있다(나의 어릴 적에도 축구공은 존재하지 않았다. 동네에서 명절에 돼지를 잡으면 형들이 둘러서서 오줌보를 얻으려고 경쟁하는 모습이 어렴풋이 생각나기도 한다). 그러나 그것들은 경기하기에 너무 아프고 특히 멀리 구르지 않는 것들이라서 공기를 불어 넣어 잘 구르게 만들었고, 그런 이유로 축구공의 근본적인 변화를 가져왔다. 다만 축구경기는 '경험을 축적해 나아가야 된다'는 암시가 깔려있었다(배구, 핸드볼, 럭비공도 마찬가지 원리가 아닐는지?). 축구 용어에도 발로 차는 경기임에도 발의 어느 부분이 적합한지 많은 연구와 경험이 나와있다. '모든 것이 경험에서 우러나온다'는 진리를 왜 인간들은 깨닫지 못하고 시행착오를 일으키는 것일까? 그럼에도 불구하고 변하지 않는 것은 없다. 운동경기란 과거의 운동경험만을 고집하는 이유도 딱 떨어지는 정답이 아닐 수 있겠다. 이번 경기에서 여러 나라 선수들이 하나같이 반복적으로 실수하는 모습들이 여기저기서 나오기 때문이다. 나는 '축구공 앞에서 겸손하지 않으면 안 된다.'라는 진리 아닌 진리를 깨닫게 된다. 결승전에 누가 힘찬 기쁨(우승)을 가져갈지는 아무도 모르기 때문이다. 공은 둥근 물체이기 때문인지 모른다. 나도 모르기 때문에… 스스로에게 질문을 던져본다.

'공은 인간의 마음을 똑 닮았나 보다.'

37.
골 때리는 코로나 축구팀

코로나로 힘든 날들을 보내는 나날이다. 모처럼 리모컨으로 무척 재미있고 가슴 찡한 프로를 만났다. 처음에는 제목부터가 조금 그랬다는 생각이었다. 뭔 이름이 지을 게 없어서? 제목부터가 생경하다 못해 성스럽지 못한 기분이 들었고, 여성을 비하하는 뉘앙스가 있는 듯했다. 바로 『골 때리는 그녀들』이라는 프로다. 글자 그대로 해석하자면 이런 뜻일 수도 있겠다. 정말 상상하기도 싫고 망설여지는 온갖 행태를 통틀어 그야말로 못 봐주겠다는 여성의 행동을 총칭하는 말처럼 들린다. 그러나 내 생각은 한순간에 빗나가고 말았다.

보면 볼수록 어느새 재미에 푹 빠져들어 간다. 벌써 도쿄 올림픽 전임에도 불구하고 인기를 몰아가더니, 흥행에 발을 맞추고 지금은 패럴림픽 (paralympics)의 멋진 금메달 레이스처럼 긴박한 스펙터클(spectacle)이다. 그야말로 여자라는 호칭을 쓰는 것부터 용서를 빌어야 할 것 같다. 당당히 여자 배구와 남자 배구 모두 4강에 올라 멋진 대미를 장식하였던 올림픽의 모습이야말로 결코 잊을 수 없는 사건들이었다.

코로나19 팬데믹(pandemic) 시대를 살고 있는 우리로서는 여성들의 파워풀한 모습, 몸을 사리지 않고 그라운드를 종횡무진하고 있는 모습이 마치 자기 몸을 추수를 겨를도 없이 새우잠을 자면서 의료현장에서 감히 팬데믹(pandemic)을 종식시키고자 지금까지의 활약이 없었다면 오늘의 대한민국의 대응단계는 벌써 실패한 사건이 될 수밖에 없다. 시간과 인력과 기술과 자본과의 싸움에서 한 치도 물러설 수 없는 기회이기에 거기에 따르는 시너지를 바탕으로 온 국민의 단결이 필요한 것처럼 말이다. 누가 어떤 이유로도 이 일을 방해해서는 결코 용서받지 못할 죄를 짓는 것이다. 물론 고통은 온 국민이 감당해야 할 숙제이기도 하지만.

명장의 **빠른** 판단 아래서 일사불란하게 뛰는 그녀들의 모습에서 여성이라는 이미지는 아예 상상조차 할 수 없다. 얼마나 감명을 주는 모습들인지 팀을 끌어나가는 모습과 어느 누구도 낙오자가 없이 보듬어주는 모습을 보면 진작 이런 교육과 실천 행동을 일찍부터 받았다면 현재의 불상사(왕따와 가정폭력, 조직 내 성추행과 성폭력, 가정파탄, 이혼가정과 미혼모)도 조금은 막을 수 있었을 것 같은 생각이 든다.

명장 앞에는 훌륭한 병사가 있어야 전쟁에서 승리할 수 있다. 작금의 고질적인 사태로서는 우리는 결코 전쟁에서 이길 수 없다. 그러나 시대가 바뀌는 상황에서 바라보면 조금은 위안을 삼을 수도 있겠다. 여자(女子)라는 사고에서 해방되고 과거 우리의 독립을 외치며 쟁취한 여성들, 전쟁의 소용돌이 속에서 가정을 지키며 견디어 온 우리들의 할머니 그리고 어머니, 그리고 당당한 소수의 여자 군인들, 간호 인력들, 법 앞에 평등을 외치는 과반에 가까운 여성 판·검사님 그리고 대다수 여교사를 여자라고 깔보고 회유하고 짓누르는 구시대적 사고의 인물이 존재한다면 전쟁은 하기도 전에 이미 끝난 거나 다름없다. 한시바삐 그 부분을 도려내고 해결의 방도(方途)를 찾아 나아가야 한다.

38.
인생은 이어달리기다

　　"자나 깨나 불조심, 꺼진 불도 다시 보자." 어디서 많이 듣던 말인즉, 우리가 사는 게 바로 이런 원리에서 산다는 말로 해석하고 싶다. 가끔은 '나만 잘하면 되지!'라는 생각으로 아무런 주의도 기울이지 않고 온 금수강산을 불바다로 만드는 것 또한 어찌 보면 우리네 인생의 한 단면으로 비치기도 한다. 자칫 화재라도 발생하면 궁색한 변명거리를 찾으려 애쓴다. 언론마저도 많은 전기를 사용하는 데서 그 원인을 찾으려 하는 해프닝이 벌어진다('산속의 송전선이 불을 내고 있다는 거짓말처럼).

　　내가 지금 이 글을 쓰고 있는 심정도 이와 비슷한 심정인가 보다. 하나만 보다가 전체를 보지 못하는 어리석음이 생활 속 여기저기서 나타나기 때문이다. 제목에서 살짝 언급한 것처럼 하루를 살아도 나와 우리 모두가 재미있게 살만한 세상을 만들어야 하기에 그 책임은 아주 무겁다. 다시 말해서 주장하고 싶은 것들이 무수히 많은 까닭이다.

바로 요즘, 초·중·고 학생들 모두 5월의 축제에 흠뻑 **빠져있나** 보다. 잠시 무거운 가방을 내려놓고(?) 자유로운 몸짓과 마음으로 세상을 볼 수 있으면 하는 마음이 간절하다. 세상을 바라보고 있노라면 그들의 인생길도 자연스럽게 찾을 수 있지 않을까? 너무 많은 욕심일지 모르지만, 모두가 함성을 내지르며 그동안의 한(恨)풀이라도 하는 것처럼 교정(校庭)에 메아리치는 소리들을 왜 기성세대(旣成世代) 우리 모두는 듣지 못하고 있는가? 지난날 그들의 선배들이 나라를 구하겠다는 함성(喊聲)처럼 각자의 염원을 누구에게 내지르는 소리인지를 알아차려야 하는 이유이다.

어린 시절 운동장에서 지르는 아이들의 소리부터, 지난날 광화문 네거리에 많은 인파와 학생들이 나와 외치던 소리까지. 무수히 많은 절규

를 귀담아들어 진즉 알아차렸다면 뼈아픈 외세의 침략(일본군과 중공군 모두) 저지는 물론 나라를 굳건히 세울 수도 있었을 것이다. 또한 우리들의 희망도 짓밟히지 않았을 것이라는 후회도 해본다. (국론이 분열되는 순간 이제나저제나 그들의 속국이 된다는 사실이 이를 증명해 준다.)

왜 그런 드라마도 한때는 유행처럼 번질 때도 있었지 않은가? "부자가 3대를 못 간다."라는 말처럼, 다시 한번 마음을 다잡아 역사(사극 드라마)를 되돌아보는 시간들이 되었으면 하는 간절한 바람이다.

그런 역사의 틈바구니 속에서도 자라나는 새싹들이 있기에 나라의 희망은 밝다. 우리 기성세대의 몫을 감당(堪當)해야 하는 책임감은 물론, 우리가 그들에게 여건을 만들어줘야 하는 문제가 선결과제임에도 불구하고 가엽게도 오직…공부(工夫)만이 살길이라는 주장을 지금까지 해왔기 때문에 빚어진 일들이다. 아무 뜻도 제대로 모르는 상태에서 아주 단편적으로 배우는(주입식 또는 암기식) 것이 모두라고 착각을 심어주기 때문이다. 그런 이유로 공교육(公敎育)이 살아야 나라가 산다는 말을 아무리 강조해도 지나치지 않는다. 그런 이유로 서로 엇박자(학부모, 사회, 교육기관)로 그곳에서 탈피하지 못하는 갇힌 신세가 되고 말았다. 누구든 이 문제를 해결해야 하는 과제 앞에서 결코 자유로울 수 없는 이유이다.

불행 중 다행스러운 것은 바로 우리 학교 축제 현장에서 밝은 미래를 찾아내고야 말았다. 학교란 바로 지, 덕, 체(智, 德, 體)를 길러주고 미래를 내다보게 하는 곳이다. 옛날 같으면 많은 학부모가 바쁜 일손을 놓고 맛있는 음식들을 들고 오셔서 모두가 함성을 지르실 텐데도 불구하고, 요즘은 살아가기가 어려운 이유라는 잣대로 학교에만 모든 것을 의지하고 있을 뿐이다.

이따금씩 보이던 몇몇 학부모들이 그 광경을 보고 어떤 느낌이 들었을까 하는 의구심이 생기기도 한다. 오늘의 마지막 축제의 꽃이라는 '이어달리기'. 모두가 힘찬 출발에 함성이 울려 퍼진다. 그때 마지막 결승선에 도달하기 직전 커브에 접어드는 순간, 1학년 친구가 안타깝게 넘어지고 만다. 그 옆에서 달리던 친구도 같이 넘어질 뻔했으나, 과연 누가 결승선에 먼저 도착하였겠는가? 어찌 이런 놀라운 광경이 일어날 수 있단 말인가? 나 혼자만 기뻐서 날뛰는 모습이 아니기를 바란다. (다 같이 상상을 한번 해보는 것은 어떨지.)

순간 여기서 그동안 우리가 놓치고 살았던 문제들이 보였기 때문이다. 우리 인생도 이어달리기와 별반 다르지 않다. '나만 배불리 먹고 잘살면[出世] 되지.'라는 좁은 생각들이 신자본주의를 병들게 한 것이 아닌지도 모른다. 그러나 아직도 늦지 않았다. 망상에 흠뻑 빠지는 우(愚)를 범했을지도 모른다는 생각을 해볼 때가 바로 '지금, 여기(이곳)'이기 때문이다. 자멸이나 공멸이 가져다주는 의미는 사뭇 너무나 크다. 우리 역사의 여기저기서 그것을 말해주고 있었기 때문이다. 다시 말하자면 '넘어진 친구를 원망하는 그런 세상'이 바로 공멸의 시작점이나, 그럼에도 불구하고 너무도 멋진 우리 친구의 모습은 감히 상상도 못 할 일이 벌어졌다. 정말 기쁘기 한이 없다. 영원히 기억에 남기를 바라면서(진정한 승자는 넘어진 친구의 몸과 마음을 헤아려주는 것이다).

과연 "학교가 죽었다(코로나19 시절 신문 칼럼 제목?)"는 말은 더 이상 통하지 않는다고 감히 주장한다. 마지막 이어달리기의 승자는 세 번째 달려 온 친구가 우승을 거머쥔다. 나는 누가 우승을 했다는 사실을 말하려는 것이 결코 아니다. 넘어진 친구와 같이 뛴 친구의 마음과 몸을 높이 추앙(推仰)하고 싶어서다. 나만 우승을 하면 된다는 입시 위주의 교육방침에서 탈피한 진정 승자의 모습을 보았기 때문이다. 오늘 바로 '학교가 살아있다(존재 이유)'는 믿음을 다잡는 날이 되었으니까….

✎ 공부工夫란? (인터넷 검색 자료)

사전적 의미로는 학문과 기술을 닦는 일, 원불교에서는 삼학수행으로 제생의세(諸生醫世)하는 모든 노력을 이른다. 공부는 원래 공부(功扶)를 의미했다. 그 뜻과 형태가 축약되어 현재 공부(工夫)라는 용어로 사용되고 있다. 본래 공(功)은 성취하다. 부(扶)는 돕는다는 뜻으로 무엇을 도와 성취한다는 의미를 지녔다. (중략)

그렇다면 공부란 '일상생활 속에서 배움을 실천하여 탁월한 능력을 발휘하기 위한 노력의 과정'으로 이해할 수 있다. 몸을 수련한다면 '몸 공부'라고 하고, 마음을 보고 마음을 닦는다면 '마음 공부'라고 할 수 있다.

제3부

눈짓

대파 꽃을 바라보며

언젠가 까마득한
그날에
시집오던 그날에
어머니를 만나
너무나 기뻤나 봅니다.

그런 인연도 잠시
청춘은 다 어디 가고
끝내 업을 힘조차
못 내시나 봅니다.

머리에 잔뜩 이고
허연 머리카락이
힘없이 엉킨 줄도 모르고
끝내 땅만 바라봅니다.

오늘에야 찢겨 저
기우다 기우다가

내일에야 고무신 사러
가시려고 하는지…

창가에 고개 내밀던
나를 키우시던 정든 신작로,
개울 건너 버려진 밭고랑으로
떠나고 싶으신 가 봅니다.

이젠 어머니 업고
실버들 춤추고
실개천이 노래하는 그 길 어디
엄마 집 가는 길
먼 추억 속에 그 길을
나를 찾으러 가려나 봅니다.

외갓집 가는 꿈

엄마가 가라 했는지
내가 가고 싶었던지?
외갓집 갈 생각에
잠을 설친다.

누가 나를 이렇게 들뜨게 하는가.
방학이 되니 버스도 타고
항상 마주하는 버스지만
오늘은 나를 위해 오나 보다
걸어서 다니던 길이지만….

한참을 걸어서 멀리 보이는 외딴집
꼬불꼬불한 그 길에는
연초록 원피스로 갈아입고
허연 다리 사이로 흐르는
개울물과 함께 앉아서
봄노래를 불러댄다
그 수양버들이 그리워진다.

담장 아래 개나리도 노란 셔츠를 입고

뽐내며 춤을 추나 보다.

옹기종기 엄마 품속에서

눈을 감은 병아리들 뒤뚱뒤뚱 잘도 간다.

날개도 없는데 날갯짓을 해대며

엄마는 뭐라고 얘기한다.

멀리 뿌연 먼지를 풍기며

방금 내린 버스도 나에게 손짓하며

춤을 추며 노래한다.

이름표를 세 개나 달고 다니던 고향버스

한산韓山—(?)—강경江景

또 하나는 기억이 가물가물하다

갈 때는 그리고 올 때는 이름표가 바뀐다.

어머니 고향에는 누가 있을까?

외할머니 모습도

아무 기억이 없는데

엄마가 들려준 남양 홍洪씨라는 말밖에

긴 담뱃대와 수염 달린 안동 권權씨 외할아버지

그리고 근엄하신 외삼촌

엄마만큼 다정한 외숙모

외사촌 형님들

나와 나이가 똑같은 외사촌 친구와 동생들

모두 바쁜 일이 있나 보다

외숙모만 부엌 앞을 왔다 갔다 하시나 보다

이곳이 어머니의 꿈속 고향인데…

혼자(alone)

말도 혼자

잠도 혼자

밥도 혼자 먹다가

나이도 혼자 먹는다.

혼자라서

혼자다

화투도 혼자 치면서

혼자와 함께 논다.

너도 혼자

나도 혼자

겨울도 혼자

코로나가 혼자를

만드나 보다

혼자 핀

풀로브 베고니아가

더 아름다운 아침이다

누군가를 기다리나 보다.

하늘나라에서 사랑하는 아들에게

보고 싶구나!

벌써 너를 본 지도 음성도 듣지 못한 지가 셀 수 없이 오랜 시간이 지나갔음에도~ 아니다. 엄마는 한시도 너를 잊은 적이 없다.

이곳에 있는 엄마를 위하는 길은 오직 하나님께 기도하는 길이다.

그 길이 나를 볼 수 있는 유일한 길이라는 것을 알게 되는 날이 오리라.

지금도 살아 움직이시는 주님을 의지하고 살고 있는 너의 가족을 돌보고 계시다. 네가 있는 곳은 고통이 없어질 수 없는 세상이니까 너무 걱정할 필요는 없다.

네가 태어나고 지금까지 똑같은 영겁의 세월이 오고 간다.

우리 아들이 생각하는 그런 곳이 아니다.

영원의 시간 속에 누가 잘나고 누가 못나고, 부자이고 가난해서 굶주리는 영혼은 없다.

아픈 사람도 그리고 힘들어 영혼을 버리려는 사람도 보이지 않는다.

어찌하겠느냐?

이곳은 철저하게 아무나 올 수 없는 곳이다.

네가 있는 그곳에서 이곳으로 오는 여정은 그리 편하지만은 않을 거다.

사랑하는 우리 아들, 며느리!

그리고 민이, 준이 모두 아름다운 배필을 만나서 잘 살기를 바란다.

새로 주시는 생명들은 나에게는 증손자녀가 되겠구나. 아무튼 잘 키워라.

하나님이 주신 생명이라는 것을 잠시도 잊지 말라.

엄마도 이제야 깨닫고 있으니 말이다.

너의 형이나 동생 둘 다 하나님 섬기며 사는 것도 다 알고 있다.

어떤 고통도 하나님께서 주신 거라는 걸, 둘째 다 알고 있으니 감사하고, 얼마나 내 마음이 기쁜지 모르겠다.

어릴 적부터 엄마가 너에게 뒷바라지도 해주지 못하여 큰 사람이 되라고 했던 말, 모두 용서해 주기 바란다.

네 길고 긴 생명이 너를 키울 때는 하나님 원망도 왜 하지 않았을까?

내 마음대로 안 되는 것이 창조주 하나님 뜻이다.

네가 얼마 전 나에게 오는 만반의 준비까지 잘하고 있다는 소식도 들었다.

하나님의 크신 능력으로 바람 같은 존재일지라도, 지켜주시는 것도 큰 축복으로 알고 있겠지?

그리고 엄마가 부탁한다.

하나님께 가장 큰 죄가 이제야 알고 보니, 결코 쉬운 일이 아니라는 것도 미리 알고 있어 다오.

시간을 아끼지 않은 죄(돌보지 않은 죄)가 가장 크다는 것을 잊지 말라.

지금 있는 너의 시간은 성령의 하나님의 일을 하라는 명령이란 말이다.

세상과 타협하지 말고 모든 편견을 내려놓고 울 때 같이 울고, 기쁠 때 같이 웃는 모습으로 성령의 모습(말씀)으로 살아 달라는 말이다.

엄마는 이곳에서 하나님의 사랑으로 모든 것을 다 얻었다.

영생이란 이런 것이란 것도 알게 되었고, 전에 내가 살았던 곳의 미련이 없는 곳이다.

이곳에선 무슨 여행증명서 같은 것도 필요 없고, 때 묻지 않은 너의 영혼만을 드리면 된다.

영혼은 아프지 말아야 하며 상처가 있어서도 안 된다.

혹시 엄마의 잘못으로 미움이나 분노가 있을 경우, 하나님께 모두 내려놓아라.

용서는 우리 하나님의 몫이니까 말이다.

새벽에 혹시 내 모습이 보이거든 너도 무릎 꿇고 기도하라.

아무것도 걱정하지 말고.

사랑한다.

우리 아들. 그리고 며느리와 손자 손녀들!

그리고 나의 구속의 선물들!

더 봄(look more)

하늘을 본다.
무수히 많은 별들을 본다.
밤새 나를 바라봤는가 보다.

하늘을 본다.
무심한 사람이라
무어라고 말들을 속삭인다.
나를 내가 바라보는 것처럼

가끔씩 떠오르는
가슴 시린 눈빛이 아련하여
하루 종일 바라본다.

아름다운 목소리
아름다운 걸음걸이
너희 조그마한 어깨
무거운 가방을 바라본다.

오늘도 발길이

머문 그곳에서 너를 바라본다.

내가 나를 바라봤는가 보다.

오래도록 잊지 않으려고.

너희 꿈을 잊지 않으려고.

어린 시절

내가 살던

그곳은 뱀 딸기가 유혹하는

무서운 언덕길이고

내가 놀던 그곳은

붕어랑 미꾸라지가 놀던

시원한 냇가에 무리 지어

물길 따라 풀 속을 헤매 놀다가

내가 있던

그곳에서는 팔딱거리는 꼬마새우들이

까만 눈망울만 굴리며

내 손안으로 모여든다.

서로 부대끼며 아우성이다.

심심해서 죽겠다고 몸을 비튼다.

어디선가 소똥 냄새가 난다.

눈짓(wink)

가만히 쳐다보면 더 예뻐 보이고
새벽에 잠이 깨면 더 예뻐 보이고
같이 밥 먹을 때면 더 사랑스럽고

퇴근해 오면
배고프다는 눈짓이 더 애처롭고
사극史劇을 어찌 좋아하는지
남편만 남긴 채 따로 방으로
눈짓을 보낸다.

요즘은 사랑조차 잘 보이지 않으니
아내 얼굴조차 잘 모르겠다.
마스크로 온통 얼굴을 가리고
새벽을 눈짓으로 가르며 나선다.

퇴근해 오면 누구인지 한참을 바라보다

가만히 쳐다보면 더 예뻐 보이고.

나의 어머니

더운 어느 여름날
축 늘어져 가는 시간들이
멈추어진 저녁나절이다

궂은 장마가 오락가락
땔감 하나 변변히 없어
축축한 보릿대 연기가
온 동네 뒤덮으려면

비료포대로 만든 만능부채를
허리춤에 펄럭대고
이 집은 무엇하고 밥해 먹나
이웃 친척 아주머니들
이 집 저 집 다닐라치면,

허리가 보일 새도 없이
검정고무신 끌어대며
땅에 기울어진 몸으로

허둥지둥 저녁을 지으시는 어머니가

가슴에 다가오는 기나긴

7월의 저녁나절이다.

그나마 중학교 학창시절

학교가 멀어서

신나는 일이 없어서

허기져서

공부보다 그냥

일찍 철이 들었나 보다.

그날 저녁은

호박나물

새우젓국

앞마당 푸성귀 겉절이에다

장날에 아버지가 사 오신

갈치 새끼 말린 것

조려서 식구들 밥상에 둘러앉아
꽁보리밥 한 그릇씩 비울 때

느지막이 방에 들어오시는 어머니
허여멀건 숭늉과 찬밥덩어리
방바닥에 따로 앉아 허기를 채우시는
그 시절이 아른거린다.
그래서일까 한 끼만 건너뛰면
여름 긴 하루가 너무도 힘들다.

                                    ─어머니 영정 사진틀 앞에서

끝내며

어딘지 어색하지만 드디어 용기를 얻었나 봅니다. 그러니까 사람은 항상 마음속에 오만 가지 생각과 꿈을 갖고 살지만, 그 꿈은 꿈으로 끝나기가 쉽지요. 왜 아니겠습니까? 모든 게 환경의 지배 아래 사람이 그 틀 속에서 바깥으로 나올 용기를 낼 수 없다는 얘기니까요. 애당초 용기는 누구에게도 배우지 못한 것이기에 단 한 번도 '너는 할 수 있어(You can do it)!'라는 말을 들어보지 못하고 여기까지 왔나 봅니다.

이런 사실을 증명이라도 하듯 처음에는 남의 글을 주로 베끼면서도 많은 행복을 맛볼 수 있었고(성경, 소설, 신문 칼럼, 시 등), 특히 성경말씀을 필사하면서 그곳에서 나에게 주는 수많은 가르침이 바로 '지혜와 용기'가 아니고 무엇이랴? 요샛말로 작가를 흉내라도 내려는 듯 어느 누구의 간섭도 없이(왜 간섭이 없겠는가?) 그냥 나를 속이고 살지 않았는가라는 생각도 듭니다. 그럼에도 불구하고 오늘 드디어 마지막 끝을 붙잡고 있다니 감개가 무량하답니다.

이 책은 누구의 설교 책도 아니고, 나의 생활을 조금씩 묻어나오는 것들을 적어본 게 전부입니다. 다만 이런 생각을 언제부터 했을까 곰곰이 생각해 보면 먼 과거가 나를 붙잡고 가르치고 있었는지, 능력이라야 "늦게 배운 도둑이 밤새는 줄 모른다."라는 말처럼. 남이 하지 말라는 것에 빠져 세월을 보냈다는 솔직한 생각입니다. 그러나 그 틈 속에서나마 남을 보게 되고, 어려운 이웃이 보였기 때문에 나의 숙원 사업이 조금씩 쌓여 갔는지 모릅니다. 그 힘이 원동력이 되어 이 기회를 붙잡았다는 심경입니다. 예의라는 것은 아예 호주머니에 넣고 다니며 여기저기 만나고 떼쓰고 해서 수정해서 만든 결과물, 특히 정신적인 지도력과 밑거름이 되어주신 부모님과 치유의 끈이 되어주신 총장님의 사랑이 아니었다면 나는 '지금, 여기'에서 어떻게 서있을 수 있겠습니까?

지금에야 깨닫게 되는 게 인생은 이 세상에 살아가는 어느 누구도 좌절이나 슬픔을 이겨내야 하는 이유가 바로 여기에 있다고 생각합니다. 그것이 바로 '인생은 이어달리기(Life is a relay race)'라는 믿음입니다.

마음속 한 가닥 큰 줄기를 붙잡고 살아가면 된다는 신념으로 모든 이에게 이 글을 바치고 싶습니다.

멀리서 지켜봐 주시는 하나님께도 이 소식을 전합니다….

2023,

계유년 늦가을에

松田 정춘진

그녀의 등굣길

펴 낸 날 2023년 11월 30일

지 은 이 정춘진
삽 화 지혜로
펴 낸 이 이기성
기획편집 윤가영, 이지희, 서해주
표지디자인 윤가영
책임마케팅 강보현 김성욱
펴 낸 곳 도서출판 생각나눔
출판등록 제 2018-000288호
주 소 경기도 고양시 덕양구 청초로 66, 덕은리버워크 B동 1708, 1709호
전 화 02-325-5100
팩 스 02-325-5101
홈페이지 www.생각나눔.kr
이 메 일 bookmain@think-book.com

· 책값은 표지 뒷면에 표기되어 있습니다.
ISBN 979-11-7048-628-2(03810)